W0469131

PURE COMME UN LIS

Catherine COOKSON

PURE COMME UN LIS

Roman

FRANCE LOISIRS
123, boulevard de Grenelle, Paris

Le titre original de cet ouvrage est :
PURE AS THE LILY
Traduit de l'anglais
par Constance Gallet

Edition du Club France Loisirs, Paris,
avec l'autorisation des Presses de la Cité

La loi du 11 mars 1957 n'autorisant, aux termes des alinéas 2 et 3 de l'Article 41, d'une part, que les « copies ou reproductions strictement réservées à l'usage privé du copiste et non destinées à une utilisation collective » et, d'autre part, que les analyses et les courtes citations dans un but d'exemple et d'illustration, « toute représentation ou reproduction intégrale, ou partielle, faite sans le consentement de l'auteur ou de ses ayants droit ou ayants cause est illicite » (alinéa 1er de l'Article 40).

Cette représentation ou reproduction, par quelque procédé que ce soit, constituerait donc une contrefaçon sanctionnée par les Articles 425 et suivants du Code Pénal.

© Catherine Cookson, 1972
© Presses de la cité, 1974, pour la traduction française

ISBN : 2-7242-1584-2

LIVRE PREMIER

MARY
(Jarrow, 1933)

CHAPITRE PREMIER

— P'pa, p'pa ! Attends-moi, P'pa !

Mary Walton débouchant en trombe de Biddle Street, apparut sur l'étroit sentier de scories entre les haies basses et courut vers l'homme, qui s'était arrêté à présent.

— Tu dois devenir sourd, pas possible, je crie depuis le milieu de la rue.

— Vraiment, petite ? Je t'ai pas entendue. Je devais être dans la lune. Mais qu'est-ce que tu fais ici à ces heures ? Je te croyais au travail.

— Oh ! Je devrais y être. Mais elle a une de ses réunions. Elles étaient dix. Alors, j'ai filé un peu plus tôt.

— Et pourquoi es-tu venue de ce côté ? demanda-t-il en levant les sourcils.

— J'allais au jardin. Je pensais t'y trouver. Tu es en retard, n'est-ce pas ? J'veux dire pour t'y rendre.

Il hocha la tête et regarda droit devant lui.

— Oui. J'étais de l'autre côté, à Wallsend, toute la matinée.

Le brillant sourire de la jeune fille disparut.

— Pas de travail ?

— Non, non, rien comme à l'habitude. Je devrais être dingue pour y aller et perdre quelques pièces pour le ferry. Pour un peu je devais revenir à la nage, conclut-il en la regardant avec un sourire.

Elle lui donna un coup de coude, il se mit à rire et poursuivit :

— C'est vrai, ils étaient comme une meute de chiens enragés. — Toute jovialité disparue, il secoua lentement la tête. — Hé ! Comme les gens changent. « D'où venez-vous ? » qu'ils nous ont demandé. Nous étions une dizaine à y être allés. On avait dit qu'ils embauchaient pas mal de gens, alors on avait voulu tenter notre chance. Notre chance, tu parles ! Dingues qu'on était ! Tu le croiras pas, petite, eh bien ! quand on leur a dit qu'on venait de Jarrow, on aurait pu croire que c'était de la Russie et que nous allions faire une nouvelle révolution. Je ne plaisante pas. Ils étaient prêts à nous assommer. Et Billy Teale voulait leur sauter dessus. Nous avons eu un mal fou à le retenir. Et je te dirai que nous avons piqué un de ces galops vers le ferry...

Mary détaillait le profil de son père : le visage était mince, bien dessiné, mais le teint en était gris. Il avait enfoncé sa casquette de travers sur le front, ce qui lui donnait l'air comique. Pourtant, son père n'avait rien de comique, il ne ressemblait pas à son grand-pa. Celui-ci, oui, il était très drôle.

Mary était inquiète pour son père. Il avait tant d'ennuis de toutes sortes. Cela faisait huit ans qu'il était au chômage, huit ans que sa mère entretenait la famille et, bien sûr, la jeune fille savait que cela pesait lourd sur l'humeur de son père. Mais il y avait autre chose d'indéfinissable dans les rapports qui existaient entre ses parents et qu'elle n'arrivait pas à comprendre. Tout avait contribué à le rendre comme il était à présent, un homme sans fierté, et c'était d'avoir perdu cette fierté qu'il semblait le plus souffrir.

Elle n'avait que huit ans quand il avait perdu son travail, mais elle se souvenait de ce qu'était alors son p'pa. Il paraissait plus grand — bien qu'il n'ait jamais dépassé son mètre soixante-sept, mais il se tenait très droit à l'époque, portait la tête haute, le menton dégagé et sa casquette était toujours bien verticale sur sa tête.

La joie qu'elle avait au fond de son cœur depuis qu'elle avait quitté Mrs Turner, ce qu'elle se réjouissait de lui apprendre, lui paraissait presque futile, inapte à égayer cet homme diminué. Mais elle en était quand même encore tout émoustillée.

Ils quittèrent le sentier et pénétrèrent dans le terrain découvert qui bordait la ville. Au loin sur la droite, il y avait une sorte de montagne miniature, mais qui n'était que le crassier du chantier naval de Palmer. Ils marchaient sur le sol inégal contournant les flaques remplies de la boue gelée et du grésil de janvier, puis ils contournèrent une colline qui n'était, elle aussi, qu'une décharge camouflée, couverte à présent de touffes d'herbe grise et enfin ils arrivèrent aux jardins ouvriers.

Ce coin de terre aride avait permis à bien des chômeurs de garder quelque dignité en alimentant de légumes frais le maigre ordinaire qu'assurait l'allocation de chômage ou les faibles ressources.

Mary tira son père par la manche, juste avant qu'ils entrent dans les jardins. Elle leva vers lui un visage souriant.

— Tu ne devineras jamais ce que je t'ai apporté.

— A moi ? Non ! Quoi donc, mignonne ?

Elle ouvrit son cabas et tira, d'entre une paire de chaussures et un tablier sale, un petit cornet pointu fait de papier journal et le tendit à son père.

— Regarde un peu.

Alec Walton sourit à sa fille chérie avant d'ouvrir le cornet et de regarder la poignée de mégots. Puis il posa de nouveau sur Mary des yeux brillants et dit :

— Des bouts de cigarettes !

Le visage rose de plaisir, Mary déclara :

— Il y en a vingt-six... et c'est pas des déchets, vois — elle en écarta un du bout du doigt — celle-là à peine entamée. Et c'est des Gold Flake... pas des ordinaires !

— Eh bien ! Il doit y avoir eu une fête.

— Oh oui ! Et ils ont fumé comme des locomotives. Et c'est pas tout, regarde...

Elle ouvrit de nouveau son sac et lui en montra l'intérieur.

— Il y a des sandwiches... à la langue. Et puis... — Elle plongea sa main dans le sac et en ramena un autre cornet de papier journal. — Du thé !

— Elle t'a pas donné tout ça ?

Mary secoua la tête.

— Tu penses bien que non ! Les deux cuillères habituelles. Mais elle m'a laissée seule cinq minutes dans la salle à manger. Et tu sais quelque chose, P'pa ?

Il répondit négativement de la tête.

— J'ai été attirée vers la boîte à thé... attirée comme par un aimant.

Elle appuya la tête contre l'épaule de son père et ils se mirent tous les deux à rire. Lorsque Mary se redressa, elle déclara, un peu indignée :

— Elle est tellement radin en ne m'accordant que deux cuillères ! Et je suis sûre qu'elle mesure chaque jour la quantité qu'il y a dans la boîte. Et elle me demande plus de travail que ne vaut l'argent qu'elle me donne.

— Oh, oui ! Je te l'ai déjà dit, elle te carotte deux heures et demie chaque semaine ! Elle a vraiment du culot...

Mary soupira et ils reprirent leur chemin.

— Elle m'accorde une demi-heure pour déjeuner. Et faut dire ce qui est, c'est toujours un bon repas, mais quelquefois, j' peux pas m'empêcher de rouspéter contre elle, parce que, tu sais, P'pa, j'ai commencé à quatre pence l'heure et j'y suis toujours.

— Eh oui ! Et ça pourrait probablement durer comme ça jusqu'à tes vingt ans. Mais Dieu te garde d'être encore chez elle quand tu auras cet âge-là. Huit shillings par semaine pour tout le travail que tu abats, le lavage, le repassage, tout. Ma parole ! Y en a qui vous prendraient les yeux de la tête et qui reviendraient chercher vos chaussettes ! Ça me rend fou de penser que tu es placée. Tu vaux mieux que ça, mieux que Mrs Turner, petite. C'est toi qui aurais dû aller à l'école secondaire et notre Jimmy être envoyé au travail.

— Oh, non ! Non, P'pa, sois juste ! Jimmy est intelligent.

— Intelligent !... Tu as plus d'esprit dans ton petit doigt que Jimmy n'en a dans tout son corps. C'est mon fils et c'est un malin. Mais la vérité, c'est la vérité. C'est la peur qui l'a fait entrer dans cette école et pas ses goûts. Je le répéterai jamais assez, si ta mère ne l'avait pas poussé depuis des années...

— Oh, P'pa, calme-toi ! Ce qu'elle a fait, elle l'a fait pour le mieux.

Mais était-ce bien le cas ? Mary s'était posé la question de plus en plus souvent ces derniers temps : sa mère avait-elle toujours agi pour le mieux ? Mary avait peur des pensées qui lui venaient au sujet de sa mère. Parfois, et il n'y avait pas si longtemps, elle aurait voulu la voir morte. Ainsi quand sa mère l'avait retirée de l'école pour la faire travailler chez Mrs Turner. Et une autre fois, quand Jimmy était entré à l'école secondaire, car elle avait économisé sur tout pour lui acheter des vêtements. C'est à peu près à cette époque que les disputes n'avaient plus cessé dans la maison et Mary se rappelait son père grondant :

— Tu te vendrais pour lui donner ce qu'il veut.

Mary pensait son père un peu jaloux de Jimmy.

C'est aussi à peu près à ce moment que sa mère avait commencé à travailler chez Mr Tollett, à sa boutique du coin de la rue, après qu'il eut perdu sa femme... Depuis, les choses étaient allées mieux, d'une certaine manière tout au moins, car il y avait plus à manger. Mr Tollett, donnait tous les vendredis soir, en plus de sa paie, un panier d'épicerie à sa mère. Mais Mary avait l'impression que son père n'aimait pas voir sa mère travailler pour Mr Tollett. Il l'appelait bien par son prénom, Ben, parce que très jeunes, ils avaient été amis, avant que le père de Mr Tollett fasse son chemin et devienne propriétaire de trois magasins d'épicerie.

— Regarde un peu, dit Alec en montrant du bras pardessus les carrés de légumes, dotés chacun d'une cabane construite de bric et de broc, une certaine bicoque à la plus lointaine extrémité. — la porte est ouverte, ton grand-pa est là.

— Oui, je vois ! dit Mary, puis elle se tourna vivement vers son père. — Surtout va pas lui donner la moitié de ces mégots, il les mettrait dans sa pipe et en rien de temps ils auraient disparu en fumée. — Elle se mit à rire : — Tu sais comment il est. Tiens, j'ai trois pence, je vais les lui donner pour qu'il s'achète un peu de tabac.

— Tu feras rien de ça ! C'est ton soir de cinéma. Et de toute façon, tu sais ce qui se passera si tu lui donnes trois pence... il les gaspillera en bière ou en tabac.

Mary s'appuya contre le bras de son père en riant et elle riait encore lorsqu'ils entrèrent dans la cabane. Ils y trouvèrent le père d'Alec, à croupetons, soufflant sur une boîte de fer blanc percée et remplie de cendres.

Peter Walton avait soixante ans mais en paraissait soixante-dix jusqu'au moment où il parlait. Alors sa voix s'élevait si légère, si gaie, que si l'on n'avait pas vu son visage, on aurait imaginé qu'elle était celle d'un jeune homme. Et même d'un jeune homme amusant, car il accompagnait d'un rire chacune des phrases qu'il disait. Et s'il ne réussissait pas à mettre de l'humour dans ses mots, il y parvenait toujours grâce à son accent, un mélange d'irlandais et d'écossais.

Ses petits yeux ronds brillèrent sous ses paupières fripées :

— Ah ! Vous voilà tous les deux. Hello, petite !

— Hello, Grand-pa ! Tu n'arrives pas à faire marcher ton feu ?

— Faudra que le diable s'en mêle... Oh ! regarde — il hurla de joie comme un gamin en voyant une flamme jaillir des cendres humides — mon truc a réussi. Faudra que le diable s'en mêle que j'ai dit. Qu'est-ce que tu penses de ça ?

— Grand-pa, tu fais une fumée qui va tous nous étouffer.

Mary toussa et battit des mains. Alec dit :

— C'est un gaspillage de cendres. Nous ne nous arrêtons pas. A propos est-ce que tu as touché ton indemnité ce matin et donné quelque chose à ma mère ? Elle n'avait presque plus le sou.

— Non, j'y suis pas allé ce matin, mais hier soir et j'ai eu droit à un plein sac de poussier. Elle boulange. Ça te satisfait ?

Alec renifla, puis regardant le feu, il demanda avec un visible agacement :

— Pourquoi es-tu venu ici d'ailleurs ? Tu as invité des gens à prendre le thé ?

— Exactement ! Regarde.

Peter pivota et montra du doigt une planche sur laquelle étaient posés un minuscule paquet de thé et une petite boîte de lait condensé. Alec plissa les yeux et dévisagea son père.

— Tu as eu de l'argent ?

— On ne peut pas dire ça, mon garçon.

— Alors, d'où tiens-tu ça ? Je parie que c'est pas ma mère qui te l'a donné.

— Pour ça tu as raison. Ta mère me donne jamais rien, elle est pingre ! C'est une vieille radine ta mère, la plus radine des mégères que j'ai jamais connues de ma vie !

— Oh, Grand-pa !

Mary riait à belles dents. Ah ! Quel numéro, son grand-pa ! A l'entendre on pouvait croire qu'il détestait sa grand-ma, alors qu'il était entiché d'elle. Alec la regardait.

— Oui, parfaitement, ta grand-ma est une femme avare. Je l'ai vue mettre un bout d'élastique autour d'un penny et l'étirer jusqu'à en faire un shilling. Oui ! C'est comme ça qu'elle est ta grand-ma.

— Tu as de la chance qu'elle ait pu faire ça !

Alec hochait la tête en posant sur son père des yeux graves, mécontents. Mary aurait voulu dire : « Grand-pa plaisante, P'pa. » Mais son père était dans un mauvais jour, très mauvais. Cette histoire de Wallsend l'avait blessé. Oh ! Si seulement il trouvait du travail, n'importe lequel ! Même sa mère serait gentille avec lui, alors. Mary en était sûre.

Alec soupesait le thé et le lait.

— Tu les as piqués ?

— Moi ? Voler ! Est-ce que tu me crois capable de voler ?

— Oui ou non, l'as-tu fait ?

— Dieu m'est témoin !

Peter se signa, ce qui n'était pour lui qu'un geste machinal, souvenir de ses grands-parents catholiques. Alec secoua la tête.

— Un de ces jours, tu finiras au bout d'une corde, souviens-toi de ce que j'te dis.

— Tu pourrais bien avoir raison, mon garçon. Tout ce que j'espère c'est qu'ils m'expédieront rapidement.

Comme Mary se tordait de rire, Alec dit avec sérieux :

— Ça suffit comme ça, garde ta salive ! Cesse de faire le guignol, Père !

— J'ai des sandwiches, Grand-pa, intervint Mary brusquement calmée. Ce sera comme un pique-nique.

— Des sandwiches ! Montre un peu... Et à la langue. Il y avait un banquet au château ?

— Elle avait un comité.

— Pour quoi, cette fois-ci ?

— Des souliers pour les gosses.

— Des souliers pour les gosses ! Quand est-ce qu'elles feront quelque chose pour les vieillards ?

— Je le lui demanderai demain.

— C'est ça ! Et tu lui diras que j'ai besoin d'un peu de linge et que ta grand-ma voudrait des culottes bouffantes.

— Arrête, P'pa.

Peter eut un petit rire et se mit à souffler sur le feu jusqu'au moment où l'eau chanta dans la boîte de fer blanc. Puis il la mélangea au thé dans une théière brune au bec cassé et, lorsqu'ils furent tous assis sur des caisses retournées, il rompit le silence en disant à son fils :

— Tu sais où j'ai été aujourd'hui ?

— Non.

— Au bureau de la *Shields Gazette.*

— Au bureau de la *Shields Gazette !* Tu as fait tout ce chemin ? Tu dois être devenu fou.

— Oh ! Je ne suis pas allé jusqu'à High Shield, pas au bureau principal, j'ai été à celui qui est sur les quais.

— Ils t'ont jeté dehors ?

— Hé ! presque... Ses yeux pétillaient.

— Rien d'étonnant !

Alec détourna la tête et regarda à travers la porte le crépuscule qui montait déjà. Puis il ajouta :

— Tu es vraiment dingue ! Personne n'achète des vers, ils n'achètent même pas de bons articles aujourd'hui... alors des vers !... Tu es vraiment maboul.

— Ce ne sont pas des vers, je te l'ai déjà dit souvent. C'est des poèmes. Et quelqu'un les achètera un jour, c'est moi qui te le dis.

Le visage rouge, Alec regarda de nouveau son père en hochant la tête.

— Oh, P'pa ! Sais-tu que tu me gênes ? Toi un poète... Tu ne connais même pas la différence entre un point final et le point d'arrêt d'un bus !

— Peut-être que non, mais Robbie Burns* ne la connaissait pas non plus.

— Mais il vivait à une autre époque et il avait quelque chose à dire.

— Moi aussi, mon garçon, moi aussi j'ai quelque chose à dire. Ecoute plutôt.

Il fourra la main dans la poche intérieure de son veston

* Poète — paysan écossais (1759-1796), qui a écrit notamment des vers en dialecte écossais.

déformé et en retira une liasse de papiers, mais Alec fit un geste de la main :

— Je n'ai pas envie de les entendre.

Mary le tira doucement par la manche et plaida :

— P'pa, P'pa... — Puis elle se tourna vers son grand-père : — Vas-y, vas-y...

Peter déploya devant lui une feuille de papier cornée.

— Oui, petite. Faut davantage qu'un lourdaud de fils pour m'arrêter. Ecoute ça, ça s'appelle « Valeur de l'argent ».

Il pointa le menton en avant, baissa les yeux sur son papier et commença :

Nous avons joué y a trois ans
Au Papa et à la Maman
Maman a ôté sa robe
Et Papa son vieux pantalon,
Au coin de la cheminée
Et le résultat ça fut
Notre Jimmy qui a trois ans...

Et les vers s'égrenaient, naïfs, libres et frustes, décrivant le petit être nouveau, son appétit de vivre, l'émerveillement attendri des parents. Mais aussi leur inquiétude : chômage, pas de paie, une aide si misérable, la queue qu'il faut faire pour l'obtenir, le père qui s'affaiblit et se demande s'il pourra reprendre le travail quand il y en aura. C'est dur de vivre et de faire vivre un gosse avec les deux shillings que le gouvernement donne pour un gosse...

Et voilà ! Peter fit un signe de tête à son fils, puis à Mary dont les yeux brillaient.

— C'est très joli, Grand-pa. — Puis sa voix se brisa et elle reprit très haut, penchée vers son père : — C'est vrai, P'pa, c'est vrai. Je trouve ça joli, triste, mais joli.

— Bon bon, c'est joli, dit péniblement Alec en regardant sa fille.

Depuis qu'il était un tout petit garçon, Alec avait entendu les vers de son père. Si celui-ci avait été capable de ne pas les réciter en dehors de la famille, c'eût été sans importance. Mais Peter était convaincu qu'il était un poète, un poète du peuple et, chaque fois qu'il en avait l'occasion, il déclamait ses vers en public. Il arrivait à se faire écouter, parce qu'il avait un certain talent d'acteur qui valait mieux que ses rimes, mais avec les années, Alec trouvait que ça devenait de plus en plus gênant. Les gens se moquaient de son père et Alec n'aimait pas le voir tourné en ridicule. Cela le mettait même en colère, car il savait bien qu'au fond de lui-même son père possédait quelque chose de rare. Mais ce quelque chose était aussi un handicap, car jamais, même quand il y avait du travail pour tous, son père n'avait été capable de garder une place. Alec pensait que si son père avait fait autant d'efforts pour gagner son pain que pour écrire ses vers, sa mère aurait été à l'abri de la Dépression pendant quelques années. Mais, en tout cas, sa mère avait un avantage sur les autres. Elle avait appris, il y avait longtemps, à faire durer un penny autant qu'un shilling comme venait de le dire son père. Certaines fois, Alec reconnaissait éprouver pour son père un sentiment profond. Il ne lui donnait pas le nom d'amour, mais c'était pourtant bien cela. Comment ne pas aimer en effet un homme comme ça, un homme qui, en dépit de tout, avait gardé la joie de vivre. Alec regardait à présent Mary qui, une lueur dans les yeux, lui demandait silencieusement d'être gentil pour son père. En un certain sens, elle ressemblait à celui-ci. Elle avait en elle la même bienveillance et des accès de joie. Mais sa joie ne se traduisait pas en poèmes, Dieu merci ! Alec souriait intérieurement. Que deviendrait-il sans Mary ? Elle était sa seule consolation, son seul bonheur. Un jour, elle se marierait et alors !... Enfin, il suffirait d'y penser le moment venu, pour l'instant elle était là. Mais, tournée comme elle l'était, ils ne seraient plus très longtemps ensemble, car elle était vraiment jolie et s'épanouissait de jour en jour. Son teint était de lis et de rose et ses yeux extraordinaires. Personne dans la famille n'avait des yeux verts. Mary les devait sans doute à un lointain ancêtre. Un jour, elle serait une beauté, elle était déjà plus grande que lui et elle valait mieux que les garçons du coin. Il y avait cinquante maisons dans leur rue et seuls trois hommes travaillaient à plein temps. Les quelques garçons occupés étaient apprentis et le jour où ils auraient terminé, ils se retrouveraient sur le derrière. Bien sûr ça ne les empêchait pas de se marier et, à vingt ans, certains avaient déjà deux gosses. Mais ça n'arriverait pas à Mary, ça sûrement pas. Alec ne savait pas exactement comment il allait s'y prendre mais il lui ferait quitter la rue et Mrs Turner et ses quatre pence de l'heure, ne serait-ce que pour un magasin, un magasin de classe. Cela lui donnerait au moins un peu de prestige.

Ces derniers temps, Alec s'était rendu chaque jour à la salle de lecture du syndicat pour lire les annonces des journaux, non pas pour lui-même, son cas était sans espoir, on ne faisait pas appel à des ajusteurs, mais il cherchait pour Mary, parce que, si lui ne le faisait pas, personne ne s'en occuperait. La situation telle qu'elle était convenait parfaitement à sa mère. Mary revenait à la maison dans l'après-midi pour préparer le thé et veiller à ce que tout soit prêt pour le moment où Master Jimmy arriverait, puis Mary repassait et vaquait aux différents travaux que sa mère avait laissés pour elle, tandis qu'elle-même allait gagner... Gagner ! Il était entendu qu'elle passerait deux heures le matin et deux heures l'après-midi dans le magasin, mais à présent elle ne le quittait pratiquement plus.

— P'pa, veux-tu encore du thé ?

— Non, chérie, merci. Regarde, il se fait tard — il montra d'un signe de tête le jour qui baissait — nous ferions bien de nous en aller. — Il remit sa caisse à l'endroit, tapa sur l'épaule de son père, avec jovialité cette fois. — Viens, prince des poètes !

Et ils éclatèrent tous de rire.

Comme ils éteignaient le feu et rassemblaient leurs affaires, Peter dit :

— Hé ! On ne sait jamais. Plus d'un mot dit en plaisantant s'est accompli. Toute la ville se réjouira quand je donnerai une réception pour fêter mon grand prix !

— Tenue du soir ou tenue de ville, Grand-pa ?

— Ecoutez-la ! Ecoutez-la ! s'écria Peter. — Père et fils regardèrent Mary, unis pour l'instant dans une commune admiration. Puis Peter dit : — Tu as la langue si acérée que tu te couperas toi-même.

Il lui prit la tête entre les mains et répéta :

— Tenue du soir ou tenue de ville, et lancé ça aussi vite qu'un couteau ! Ah, ma chérie !

Il se pencha vivement en avant et l'embrassa sur le coin de la bouche. Elle se suspendit un instant à lui, puis il se dégagea, jeta les yeux autour de lui et cria :

— Où diable ai-je pu la mettre ?

— Quoi donc, Grand-pa ?

— Ma pipe ! Ma pipe !

— Pas la moindre idée, marmonna Alec en sortant de la cabane.

Mary glissa trois pence dans la paume de son grand-père. Il la tint un instant serrée contre lui.

— Merci, petite, merci. Je te revaudrai ça. Un jour, d'une façon ou d'une autre, je te revaudrai ça, dit-il en hochant la tête.

— Bien sûr, Grand-pa. Et tu sais — elle approcha son nez du sien — j'exige des intérêts !

Ils sortirent de la cabane en riant aux éclats. Peter passa son bras autour de la taille de Mary et, d'une voix harmonieuse, bien timbrée, il se mit à chanter :

J'aime une petite,
Une jolie, jolie petite.
Elle est aussi pure que le lis du vallon,
Elle est aussi douce que la bruyère,
La jolie bruyère rose,
Mary, ma campanule d'Ecosse.

Ils rejoignirent Alec, Mary marchait entre les deux hommes. Tendant son cabas à son père, elle lui demanda :

— Veux-tu me porter ça, P'pa ?

Elle glissa alors ses mains sous leurs bras et, riant, trébuchant sur les dénivellations du terrain, ils quittèrent les jardins.

Ils s'arrêtèrent en arrivant à Biddle Street et Peter, toujours au mieux de sa forme, déclama :

— Ici se séparent nos routes, mon amour !

Et Mary imitant l'attitude et la voix de son grand-père répondit :

— Au revoir, au revoir ! « Peut-être ne nous rencontrerons-nous plus jamais ! » Le grand film de Ronald Colman ! Dernière, mardi soir !

Et comme Peter et Mary riaient de nouveau aux éclats, Alec déclara :

— Vous devriez voir vos têtes, tous les deux — il saisit le bras de Mary — allons, viens, sinon le crieur de ville va arriver pour voir ce qui se passe.

— Une minute — Mary fourra sa main dans sa poche — tiens, Grand-pa, dit-elle en lui tendant deux bonbons à la menthe.

— Oh ! des menthes ! Bonne petite ! Je raffole des menthes. Mais tu sais — il la menaça du doigt — si je rentre en en suçant un, ta grand-mère me sautera dessus comme un chien de berger. Elle jurera que je cherche à masquer mon haleine. Et où donc je prendrais l'argent pour boire ? Mais elle est assez obstinée pour prétendre que je suis plein comme une outre.

Alec secoua la tête avec impatience et enjoignit à Mary :

— Viens à présent !

— Sa-lut ! cria Peter.

— Sa-lut, répondit Mary. Sa-lut !

— Oh ! Salut, au revoir et à bientôt ! dit Alec.

Il fit quelques pas, puis regarda Mary. Elle glissa de nouveau sa main sous son bras et tous deux rirent gentiment, tandis que Mary disait :

— Je l'aime tant !

— J'espère seulement qu'en ce moment tu l'aimes assez pour nous deux, parce qu'il t'a soutiré tes trois pence, n'est-ce pas ?

— Oh, P'pa ! C'est sans importance. Trois pence !

Elle se souvint alors que son père ne les possédait probablement pas. Les quelques pièces que sa mère lui accordait sur le double salaire, double, parce qu'ils étaient deux à présent dans la famille à travailler — il les avait certainement dépensées pour traverser l'eau, ce matin. Mary savait que son père se serait senti beaucoup plus à l'aise si ni sa mère ni elle ne travaillaient et qu'il puisse aligner son salaire à lui sur la table de la cuisine. Elle se dit qu'elle avait été stupide et qu'elle aurait dû donner ses trois pence à son p'pa et non à son grand-pa.

CHAPITRE II

Le 95 de Cornice Street se composait de quatre pièces, une arrière-cuisine, et deux escaliers. Dans l'arrière-cour, il y avait des cabinets, séparés de ceux appartenant au 93, mais la buanderie et la seule bouche d'eau, un robinet dans la cour, étaient communes avec les locataires du rez-de-chaussée.

Alice Walton se vantait d'avoir la maison la mieux meublée de la rue et c'était vrai. Elle avait dix-sept ans lorsqu'elle avait épousé, en 1916, Alec qui venait de terminer son apprentissage au chantier naval et, grâce à la guerre, gagnait bien sa vie. En 1918 il touchait trois fois plus que son père en 1914. Alice savait dès le début ce qu'elle voulait dans la vie et était bien déterminée à l'obtenir. Cette détermination l'avait conduite d'une chambre meublée à deux pièces dans Hope Street, puis aux quatre de Cornice Street. Ils s'étaient installés là en 1921, quand Mary avait quatre ans et Jimmy deux. Alice avait prévu qu'ils ne resteraient pas dans cette maison plus de trois ans, moment où Mary voudrait une chambre pour elle seule. Alice n'avait pas l'intention d'avoir d'autres enfants et, à l'époque, elle l'avait clairement fait entendre à Alec et lui avait enjoint de prendre ses dispositions en conséquence. Elle ne savait pas exactement ce qu'elle attendait qu'il fît et il ne savait pas exactement ce qu'elle voulait de lui, sinon qu'il utilise quelque chose et il n'allait pas faire tant d'embarras. En tout cas, chance, hasard ou dispositions, ils n'avaient pas eu d'autres enfants. Cela avait permis à Alice de meubler sa maison comme elle le voulait.

En 1923, elle possédait un vrai salon, avec un ensemble de

trois pièces, une vitrine, une bibliothèque aux portes de verre et deux guéridons. Le plancher n'était pas recouvert d'un linoléum, mais d'une natte grise qui allait d'un mur à l'autre, grande nouveauté à l'époque. Dans le living, Alice était fière d'avoir un buffet de service, quatre chaises d'époque XVIIIe, qu'elle avait achetées d'occasion et dont elle ignorait la valeur, mais qui lui avaient plu et deux fauteuils, qui avaient orné un jour le fumoir du club. Elle possédait dans sa chambre à coucher un grand lit de bois, mais avait cependant dû se contenter de lits de fer pour la chambre des enfants. Les fenêtres étaient toutes garnies de rideaux en épaisse dentelle de Nottingham et l'impression des stores de papier jaune imitait la dentelle.

En 1924, Alice projetait de franchir une nouvelle étape, quand ses yeux tombèrent sur « Moat Cottage ». Pourquoi cette maison de six pièces, construite au milieu d'un grand jardin, dans la banlieue de la ville, avait-elle était dotée de ce nom, ce n'était pas évident, car tout autour le terrain était plat et il n'y avait pas trace de douve ni sèche ni remplie d'eau. Alice était passée souvent devant le cottage en allant se promener avec ses enfants, mais ce n'est que lorsqu'elle l'avait vu à louer qu'elle l'avait convoité. Quand elle en avait parlé à Alec, celui-ci avait immédiatement demandé :

— De combien est le loyer ?

— Onze livres et six pence.

Presque le double de ce qu'ils payaient pour leur maison actuelle. Etait-elle folle ?

Folle ou pas folle, lui avait-elle dit, elle aurait le cottage. Elle n'allait pas rester sa vie durant dans une rue minable comme Cornice Street, avec vue sur l'arrière-cuisine de quelqu'un et quelqu'un d'autre ayant vue sur la sienne. De plus elle en avait assez de vivre entourée d'une bande d'idiots.

A cela, Alec avait répondu très clairement :

— J'ai une nouvelle à t'annoncer, nous travaillons à mi-temps à partir de la semaine prochaine.

Et cela avait été le commencement de la fin du rêve de Moat Cottage. Cela avait été aussi le commencement d'un changement dans son caractère. Auparavant les côtés désagréables de sa nature trouvaient un exutoire dans son ambition d'avoir une maison mieux meublée que celle du voisin, des enfants mieux habillés et plus intelligents. La fonction d'Alec, au milieu de tout cela, était celle de pourvoyeur.

Au bout d'un certain temps, Alec devint un sujet d'irritation mais, quand il n'eut plus de travail du tout, l'agacement d'Alice tourna en une amertume frisant la haine. Et elle reporta le peu d'amour qu'elle avait eu pour lui sur son fils James. Jimmy ferait pour elle tout ce que son père n'avait pas réussi à faire.

En ce moment, elle regardait son fils, assis au coin de la haute cheminée, les genoux repliés presque jusqu'au menton, plongé dans un vieux journal de bandes illustrées.

— Mets ça de côté et fais tes devoirs, lui dit-elle.

— Quoi, M'man ?

— Tu m'as très bien entendue. Pose ce torchon et fais tes devoirs.

— Mais M'man, je ne commence jamais mes devoirs avant d'avoir eu mon thé.

Il la dévisageait et elle répondit :

— Nous ne prendrons pas le thé avant que les autres soient rentrés. Je ne vais pas en faire deux fois. Et qu'est-ce qui arrive à ta sœur ? Elle finit à deux heures et il en est presque cinq. Plus on en fait dans cette maison, plus on vous en demande. Je ne suis pas aidée. Tu m'entends — sa voix était perçante à présent — laisse ça et fais tes devoirs.

Jimmy se leva, plia l'illustré, et il était sur le point de le fourrer dans sa poche quand sa mère le lui arracha des mains et hurla :

— Combien de fois je t'ai dit que tu ne dois pas remplir tes poches ? Ça les déforme. Dieu sait que ça m'est déjà assez difficile de t'habiller. Enlève ton veston et suspends-le. Je suis fatiguée de toujours te répéter les mêmes choses.

Elle soupira et, la voix plus calme, ajouta :

— Voyons, mon garçon, c'est pour ton bien que je dis ça. Ne le comprends-tu pas ? demanda-t-elle en se penchant sur lui.

— Si, M'man, répondit-il d'un ton morne.

A cela elle ferma les yeux, joignit les mains et les pressa contre sa poitrine.

— Si, M'man... si, M'man... A quoi sert l'école secondaire, si tu ne peux pas te débarrasser du langage vulgaire de la rue. Si, M'man. Tu n'es même pas capable d'apprendre à dire « oui ».

Le garçon restait planté sur ses pieds, la tête baissée, les yeux à terre. Comme Alice le poussait vers la petite table au coin de la pièce, ils entendirent la porte d'en bas s'ouvrir. Alice pointa le menton, puis tourna la tête presque d'une épaule à l'autre.

— Ils arrivent, dit-elle en traversant la pièce et en ouvrant la porte de la cuisine qui donnait dans la souillarde où aboutissait l'escalier. — Elle jeta un regard furieux à Mary, qui précédait son père, et demanda : — D'où viens-tu à cette heure ?

— J'étais avec papa — Mary enlevait son chapeau et son manteau — je... je l'ai rencontré et je suis allée avec lui au jardin.

— Au jardin !

Alice recula d'un pas dans la pièce, le bras en direction de la table dressée pour le thé.

— Ce travail, Miss, c'est vous qui êtes censée le faire. Vous devez être rentrée à trois heures, Miss. Il y a une pile de repassage qui attend depuis trois jours et — elle tourna la tête en direction de son mari, sans le regarder — il n'y a plus une goutte d'eau. Et pas de charbon non plus. C'est peut-être moi qui devrais faire tout ça ?

Alec ne répondait jamais. Il enleva dans la souillarde son veston et sa casquette, les suspendit à la porte de l'escalier, alla jusqu'à la table sous la petite fenêtre, versa un peu d'eau dans la cuvette d'émail, se lava les mains, se les passa sur la bouche, puis dans les cheveux, entra dans la cuisine et s'assit à la table.

Celle-ci était bien garnie pour un jour de semaine. Une grande miche de pain frais, un gros morceau de margarine sur un plat de verre, un autre plat de verre avec la confiture de prune et, sur une assiette, quelques tranches minces de pâté en croute.

Le thé versé, le repas se poursuivit en silence pendant quelques minutes. Puis Alice reprit ses récriminations au point où elle les avait laissées.

— Trois fois par jour tous les jours de la semaine, je dois ressortir. Et croyez-vous que personne...

La tasse d'Alec, brusquement reposée sur sa soucoupe, fit un tel bruit que tous tressaillirent. Le thé éclaboussa la nappe propre et ce fut la première chose que vit Alice. Pendant ce temps Alec bondissait de sa place en criant :

— Personne ici ne te force à sortir trois fois par jour. C'est ton idée à toi, ta fichue idée. Tu t'ingénies à en trouver l'occasion... Ah !

Il grinçait des dents. Mary ne le regarda pas quitter la pièce. Elle l'entendit claquer la porte de l'escalier. Alors, à son tour, Alice qui avait paru interloquée par l'éclat de son mari bondit sur ses pieds, hurlant dans la direction de l'arrière-cuisine.

— Pas besoin de sortir, que tu dis ? Ah oui, pas besoin de ressortir ! Eh ben ! dans ce cas ça irait mal pour vous ici. C'est pieds nus que vous iriez et le ventre creux, tous !

— Et toi ? dit-elle en se retournant brusquement vers Mary qui se levait de table, où veux-tu aller ?

— Oh ! dans ma chambre, simplement, dit la jeune fille d'une voix calme.

— Tu vas t'asseoir, et finir ton thé.

— Je n'ai plus faim.

— Tu vas faire ce que je te dis.

La main d'Alice s'abattit sur l'épaule de Mary et la fit retomber sur sa chaise si violemment que le choc lui arracha un petit cri.

— Et quand tu auras fini, tu te mettras à ce repassage.

Mary regarda sa mère avec indignation et protesta :

— Mais c'est mardi ! le mardi je vais au cinéma, tu le sais.

— Eh bien ! tu n'iras pas ce soir.

— Si j'irai !

Alice se leva sans cesser de regarder sa fille et d'une voix maintenant contenue :

— Alors, comme ça, tu me braves !

Mary baissa les yeux sur son assiette, se mordit les lèvres et plaida :

— C'est la seule fois de la semaine que je sors le soir. Et ça coûte seulement trois pence.

— Ce soir, qu'ça soit trois pence ou six pence, ou rien du tout, tu n'y vas pas.

Et là-dessus, Alice sortit de la pièce, entra dans la chambre à coucher, y empoigna son manteau, revint dans la cuisine en achevant de le boutonner et, son regard allant de l'un à l'autre des visages inexpressifs de ses enfants assis à la table, elle dit :

— Et maintenant vous savez c'qui vous reste à faire, vous deux. Toi le repassage, et toi tes devoirs.

Puis elle sortit.

Le silence s'établit dans la cuisine. Le frère et la sœur ne se regardaient pas, ils restèrent un moment le nez dans leur assiette et puis, ensemble, comme obéissant à un signal, ils se mirent à manger.

Quand la pluie commença à fouetter les vitres, Mary alla rapidement dans l'arrière-cuisine et en revint aussi vite, disant :

— Il est sorti sans manteau, il va être trempé !

— Faut-il que j'aille le chercher et lui dire qu'elle est partie ?

— Oui, vas-y, fais ça. Remonte d'abord Ellison Street. Il se sera peut-être abrité sous la porte d'un magasin, un des magasins fermés. Ou encore dans Ormond Street.

— Si, si...

— Et n'oublie pas de mettre ton vieil imper, sans ça, toi aussi tu vas être trempé comme une soupe. Et il vous fait un de ces froids !

Le garçon sut gré à sa sœur de l'aider à endosser son manteau. Ça le surprenait, car il ne se sentait aucune reconnaissance lorsque c'était sa mère qui l'aidait à cela. C'est comme quand son père lui disait un mot aimable. Il savait bien que son père lui préférait sa sœur, mais ça ne lui faisait rien, parce que lui aussi, aimait bien Mary. Sûr qu'il aurait été content que son père fasse un peu plus cas de lui, parce qu'il l'admirait son père, quoique sa mère puisse dire. Il savait bien que si son p'pa était sans travail, ça n'était pas de sa faute. Dans sa classe, il n'y avait que quatre camarades dont les pères étaient occupés à plein temps. Deux avaient leur père qui travaillaient à mi-temps. Tous les autres étaient logés à la même enseigne. Alors qu'est-ce que M'man avait à dire ?

Jimmy trouva Alec sous la porte d'une boutique qui avait été barricadée, une de ces boutiques qui n'avaient pas survécu à la fermeture du chantier naval. Il se mit lui aussi à l'abri et, avec un clin d'œil, il annonça :

— Elle est sortie, P'pa.

— Elle qui ? La mère du chat ?

Ça c'était une des attitudes de son père que Jimmy ne comprenait pas. Il reprit doucement :

— M'man est partie, P'pa.

— Voilà qui est mieux. On ne vous apprend donc pas à être polis dans ton école ?

Jimmy ne réagit pas, et poursuivit :

— Mary dit qu'si tu veux rentrer... Elle a gardé la théière au chaud.

C'était un peu de son invention, mais il était content d'avoir trouvé ça.

Alec le regarda et lui mit la main sur l'épaule. Il sentit le manteau humide.

— T'aurais pas dû venir, te voilà tout mouillé.

— Alors nous sommes sur la même galère.

Le garçon souriait à son père. Alec lui rendit son sourire, lui pinça l'oreille et tous deux sortirent de leur abri, malgré l'averse qui faisait rage.

Il était sept heures quand arriva grand-mère McAlister. Mabel McAlister était une fidèle réplique de sa fille en plus âgée. Même figure étroite, même nez pointu, même bouche petite aux lèvres charnues — qui cadrait si mal avec le reste du visage — ses cheveux châtains clairsemés et fins s'échappaient en mèches folles de dessous son chapeau de feutre bleu. Pourtant elle avait dû être séduisante. Elle avait soixante-trois ans et à trente-quatre, l'âge actuel d'Alice, elle avait dû lui ressembler et, comme elle encore, gâter par sa maussaderie, ses prétentions à un aspect agréable.

Grand-mère McAlister regarda son gendre assis dans son fauteuil auprès du feu de débris de charbon et son ton même était une accusation quand elle dit :

— Elle n'est pas encore rentrée ?

Alec se leva sans hâte.

— Non. Elle a un peu de retard, mais elle devrait être là

d'une minute à l'autre. Asseyez-vous donc. Voulez-vous que je vous fasse une goutte de thé.

— Pas la peine, merci. J'ai eu le mien y a qu'un instant.

Elle n'avait pas dit un mot à Mary qui repassait sur la table de la souillarde apportée dans la cuisine pas plus qu'à Jimmy penché sur ses devoirs. Elle s'assit en face d'Alec qui avait repris sa place. Pendant un moment elle ne fit qu'étendre alternativement les jambes comme pour soulager des crampes, puis elle ramena les pieds ensemble, croisa les mains sur ses genoux et regardant Alec elle interrogea :

— Faites toujours rien ?

— Non, pas de boulot.

— Ted Bainbridge, vous savez, celui qui habite à côté de chez moi, il a trouvé quelque chose à Wallsend, la semaine dernière.

— Tant mieux pour lui. Nous on y est allé ce matin. On a manqué de se faire attaquer, pas embaucher.

— Ben ! vous devriez pas aller là-bas troubler l'ordre !

— Qui a dit qu'on y allait pour troubler l'ordre. On cherchait du travail. On nous avait raconté que ça reprenait. Qu'est-ce que vous parlez de troubler l'ordre ?

— Ben ! Regardez c'qui s'est passé à North Shields l'an dernier. On a dit que ceux de Shields étaient montés par des cars v'nant d'ici.

— Ah, grand Dieu ! dit Alec en secouant la tête. Ils ont pas besoin de personne pour les monter. Y a autant de gens à faire la queue pour l'aide aux chômeurs chez eux qu'ici. Ils ont manifesté contre...

— Manifesté ! Ils feraient bien mieux de dépenser leur énergie à chercher du travail.

— O Seigneur !

Alec murmurait ces paroles comme s'il priait intérieurement. Pouvait-on blâmer Alice de vivre comme ça alors qu'elle a été élevée par cette chipie, assise là ! S'il y avait jamais eu une idiote en ce monde, c'était bien celle-là.

— Elle met du temps à rentrer, reprit Mabel McAlister en regardant autour d'elle. — Ses yeux s'arrêtèrent sur Mary. — Ta maman est bien longue à revenir. Va voir c'qui la retient comme ça.

Mary ne répondit pas, elle leva les yeux sur son père et y

lut un imperceptible assentiment. Elle posa son fer à repasser sur sa grille.

— Tu veux ôter l'autre fer du feu, P'pa.

Elle passa dans sa chambre prendre son manteau, le boutonna jusqu'au cou, s'enveloppa la tête étroitement d'un foulard et descendit l'escalier principal pour n'avoir pas à passer par la cuisine. Elle ne pouvait pas supporter sa grand-mère McAlister.

Leur maison était l'avant-dernière au haut de la rue et tout en bas se trouvait la boutique de Mr Tollett, où travaillait sa mère.

Un excellent homme Mr Tollett, pas comme les autres, pensait Mary. Ça ne faisait que quatre ans qu'il était venu reprendre le magasin, après la mort de son père. Sa mère était décédée à peu de mois d'intervalle, ça avait été très triste. Certaines gens prétendaient qu'ils étaient morts de chagrin, parce qu'ils avaient dû fermer leurs deux autres magasins à cause de leurs dettes.

Mr Tollett n'était pas marié en arrivant, mais n'avait pas tardé à épouser une fille de Newcastle, de Jesmond, le quartier chic. On disait qu'elle ne parlait guère à ses voisines. Mary l'avait entrevue une ou deux fois, parce qu'elle ne se montrait jamais dans la boutique. Elle n'était pas laide, mais avait un air arrogant. Et voilà que l'an dernier, elle était morte, laissant un bébé âgé d'un an seulement. C'est depuis lors que sa mère travaillait pour Mr Tollett.

Au début, elle ne s'occupait que du bébé, de la maison et des repas, mais maintenant, elle aidait au magasin. Elle y allait trois fois par jour, même le dimanche.

A mi-chemin il y avait une ruelle conduisant à Crowdon Road. Un réverbère se trouvait sur le bord du trottoir opposé et des quantités d'enfants y jouaient. Ce soir, à cause de la pluie, les gosses étaient rentrés. Mais en s'approchant du réverbère, Mary distingua deux silhouettes sombres qui se tenaient à l'abri du courant d'air venant de la ruelle. Quand elle les reconnut, son cœur se mit à battre plus vite : c'étaient Hughie Amesden et Paul Connelly.

Comme toujours, ce fut ce dernier qui parla :

— Hello, Mary.

Elle s'arrêta, avec une certaine hésitation, dans le halo de la lanterne.

— Hello, dit-elle.

— Où tu vas comme ça ?

— Oh ! au magasin…

Elle regardait Paul en lui répondant, mais c'était Hughie qu'elle voyait. Elle n'avait pas besoin de le regarder pour le voir. Elle le voyait si nettement pendant la nuit qu'elle l'imaginait presque assis au chevet de son lit, lui faisant la conversation. Et elle savait bien qu'il était aussi impossible qu'il lui fasse la conversation que d'être assis à côté de son lit, parce qu'il ne lui avait jamais parlé. Une seule fois, il lui avait lancé un « Hello » et pourtant elle le connaissait depuis l'âge de dix ans. Il était si bien de sa personne que cela faisait mal à Mary rien que de regarder la finesse du grain de sa peau. Son visage était long et pâle, ses yeux noirs et enfoncés dans les orbites, mais ces cheveux étaient blonds et ondulés.

La haute taille de Hughie ajoutait à son charme. C'était le garçon le plus grand des environs. Cela devait bien lui faire un mètre quatre-vingts et il n'avait que dix-sept ans. Mary n'avait jamais oublié le premier jour où elle s'était aperçue qu'elle l'aimait. C'était l'été dernier, un dimanche soir. Mrs Turner lui avait donné une robe qu'elle s'était transformée et dans laquelle elle se trouvait jolie. Alors, ce soir-là, elle était allée à l'église parce qu'on peut s'y faire voir de beaucoup de monde à la fois. Surtout en sortant dans les derniers. Les gens qui stationnent dehors vous regardent. Et elle tenait à ce qu'on la regarde dans sa nouvelle robe parce qu'elle n'en avait jamais eu une pareille et qu'elle avait dû se défendre, sa mère voulant la garder pour elle. Sa mère s'appropriait presque tout ce que Mrs Turner donnait à Mary. Elle aimait la toilette, sa mère. La robe était d'un jaune tendre, pas criard. Mary aurait été incapable de donner un nom au tissu, un très fin lainage. Le décolleté était carré, la jupe ample. Cette robe, elle ne l'avait plus, sa mère l'avait jetée au feu un jour de dispute. Mais ce dimanche soir-là, Hughie Amesden et Paul Connelly étaient au bout de la rue. Mary avait rapidement descendu les marches, car Hughie dépassait tout le monde d'une bonne tête. Elle se revoyait se dirigeant vers eux et c'est alors que s'était produite une chose singulière, délicieuse et inquiétante. Elle avait vu Hughie Amesden disparaître lentement dans une lumière blanche. Il n'y avait plus trace de lui mais seulement cette lumière blanche. Paul Connelly lui-même semblait s'y être fondu. Et, fait tout aussi singulier, elle ne se souvenait plus d'être passée devant eux. Elle était déjà dans une autre rue quand elle était revenue à elle. Où les garçons avaient-ils pu disparaître ? Elle s'était retournée et les avait vus au bout de la rue ! Elle avait passé devant eux sans s'en rendre compte. Elle était restée plantée là, portant sa main à sa gorge, aspirant l'air et toussant. Si bien qu'une femme qui passait s'était arrêtée et avait demandé : « Vous ne vous sentez pas bien, petite ? » Elle lui avait pris le bras et avait ajouté : « Oh ! mais vous êtes toute frissonnante, ma bonne, vous avez pris du mal. »

Mary avait remercié la passante d'une inclination de tête et s'était éloignée. Mais elle avait compris qu'elle était tombée amoureuse de Hughie Amesden, qu'elle l'avait toujours été depuis qu'il était venu habiter le quartier, quand elle avait dix ans. Pourtant il ne lui avait jamais, jamais parlé. Seulement cette fois où ils faisaient la queue devant le cinéma. Il s'était mis à côté d'elle et il avait dit « Hello ». Elle avait répondu « Hello » et il s'était dirigé vers les places à six pence, tandis qu'elle gagnait celles à trois pence.

En revanche, Paul Connelly, était toujours désireux de parler avec elle. Mais elle ne pouvait pas souffrir Paul Connely. Comment Hughie et lui pouvaient-ils être amis : Paul n'avait que la moitié de la taille de Hughie !

Elle levait maintenant ses cils embués de pluie et regardait son Adonis. Et lui aussi la regardait et sous ce regard elle fléchit la tête et murmura :

— Faut que je m'en aille, j'vais chercher ma m'man.

Aucun des garçons ne fit de commentaire, ils restèrent encore quelques secondes à se regarder tous les trois, puis Mary se retourna gauchement et se mit à descendre la rue en courant. Elle tremblait à nouveau. Elle tremblait toujours quand elle voyait Hughie Amesden.

Elle arriva au magasin et vit à travers la vitrine qu'il était désert. C'était inhabituel, car Mr Tollett vendait un peu de tout et qu'il y avait toujours quelqu'un ayant besoin d'un article entre sept heures et demie du matin et huit heures du soir, même dix heures le samedi.

La boutique occupait un coin de rue, une vitrine sur Cornice Street, une autre sur Benbow Street, ruelle qui débouchait sur Crowdon Road. Une porte ouvrait sur Benbow Street, donnant accès à une petite cour presque toujours encombrée d'emballages de toutes sortes et de toutes tailles. Il y avait derrière le magasin deux pièces utilisées comme réserves. Dans la principale, Mr Tollett gardait ses pots de beurre, ses meules de fromage et ses sacs de farine, au plafond des crochets auxquels il suspendait ses quartiers de lard. Dans l'autre pièce, il mettait ses articles de mercerie et d'épicerie. La porte de la cour qui ouvrait sur la première pièce avait un demi-panneau vitré. A côté de cette porte, il y en avait une autre qui donnait accès à ce qui primitivement avait été une maison distincte. Du rez-de-chaussée on avait fait un garage et l'étage, comportant quatre pièces, avait été réuni à l'appartement régnant sur le magasin. Cela faisait beaucoup de place. Une seule fois Mary y était montée et avait pu jeter un coup d'œil sur le salon. Elle avait été impressionnée de ses dimensions : Mr Tollett avait fait une seule pièce de deux et c'était absolument ravissant. Sa mère l'en avait vivement chassée, lui disant de ne pas venir l'embêter et que Mr Tollett n'avait pas besoin que toute la rue vienne chez lui. Mary aurait voulu dire à sa mère qu'elle n'était pas toute la rue, mais sa fille et qu'elle venait lui apporter un message de son p'pa.

Maintenant entrée par la porte de Benbow Street, elle s'approchait de celle de la réserve et voyait vaguement quelqu'un bouger à l'intérieur : c'était sa mère. En mettant la main sur le bec-de-cane, elle approcha davantage son visage de la vitre brouillée de pluie. Elle distinguait outre sa mère, Mr Tollett et ils parlaient ensemble.

L'intérieur était éclairé, ce qui faisait paraître la vitre encore plus brouillée et gênait la vue. Au premier abord, Mary crut que c'était à cause de cela que le visage de sa mère lui paraissait avoir une expression inhabituelle. Et puis sa main lâcha le bec-de-cane et elle regarda intensément à travers le panneau vitré. Ce n'était pas la pluie qui transformait le visage de sa mère. Jamais elle ne l'avait vue regarder comme ça. Ses yeux implorants étaient posés sur le visage de Mr Tollett. Et elle s'humectait les lèvres. A présent Mr Tollett inclinait la tête. Sa mère parlait, Mary ne pouvait pas l'entendre, mais elle voyait Mr Tollett qui prenait quelque chose sur une chaise. C'était le manteau de sa mère. Elle regarda celle-ci l'endosser, puis baisser la tête.

Brusquement Mr Tollett s'approcha de la porte. Mary bondit en arrière et faillit tomber en s'empêtrant dans une pile de cageots disposés le long du mur. Sans le bruit du vent, on l'aurait entendue. Elle se tenait immobile le long d'un tuyau d'écoulement qui devait être bouché plus haut, car l'eau tombait sur elle en une petite cascade, au point de l'aveugler presque. Cependant elle n'osait remuer de peur d'attirer l'attention, car maintenant Mr Tollett et sa mère étaient dans la cour.

Elle se contenta de retirer sa tête de dessous la gouttière et, dans le rayon de lumière qui venait de l'intérieur, elle put voir les deux personnages. Mr Tollett tenait sa main sur la poignée de la porte extérieure et il disait :

— Ce n'est pas que je sois ingrat, Alice, ne pensez pas cela mais... mais ce serait mal. Alec est un type bien, je le connais depuis toujours, c'est un type bien.

— Un type bien ! Si vous saviez ! Il n'a pas besoin de moi. Ni moi de lui ! Il n'y a rien entre nous depuis des années. Je vous l'assure, Ben...

Un silence suivit, si brusquement qu'on aurait dit qu'une main s'était abattue sur la bouche de sa mère.

Mr Tollett tenait ouverte la porte extérieure. Mary vit sa mère la franchir vers la rue. Tollett la referma et poussa le verrou. Il tint un moment sa main dessus, puis se retourna vers la porte du bâtiment et elle crut l'entendre murmurer « Dieu tout-puissant ! », mais elle n'en était pas sûre. Encore tout effrayée, elle restait immobile, quand la sonnette du magasin tinta. Elle laissa s'écouler une minute et s'avança à tâtons vers la porte de la rue, tira le verrou et quitta la cour. Elle ne pensait plus à sa mère ni à Mr Tollett, mais à son père et se répétait : « Oh P'pa !... Oh P'pa !... »

Ce n'est qu'au moment de regagner la maison, qu'elle se dit : « M'man veut aller avec Mr Tollett. Elle s'offrait à Mr Tollett !... » Elle se souvenait vaguement avoir entendu dire que sa mère avait connu Mr Tollett vers le même temps où elle faisait la connaissance de P'pa. Et puis Mr Tollett était parti vivre dans le Sud avec une tante à lui. Il avait travaillé dans une usine d'autos — ou s'était occupé de quelque chose concernant les autos — tout ça, c'était vague. Elle se souvenait seulement d'avoir entendu p'pa dire à grand-pa : « Il ne reprendra pas la boutique, il n'a jamais pu se faire à cette vie-là, c'est pour ça qu'il est parti dans le Sud. »

Son p'pa n'avait plus jamais été heureux depuis qu'il avait perdu son emploi, mais ça semblait avoir été encore pire pendant l'année écoulée, depuis que m'man était allée travailler chez Mr Tollett. Eh bien ! c'était ça la raison : il savait que m'man aurait voulu le quitter pour Mr Tollett.

De même que sa réaction physique était de trembler à la vue de Hughie, son premier amour, Mary ressentait une peine physique proche de l'angoisse quand il s'agissait de celui qui restait son grand amour : son p'pa. Et son p'pa devait être au supplice, oui au supplice, parce qu'il aimait m'man. Il fallait bien qu'il l'aime, n'est-ce pas, puisqu'il l'avait épousée ? Et il l'aimait encore, bien sûr, sans quoi il n'aurait pas autant souffert. Ainsi raisonnait Mary.

Oh ! sa m'man ! Elle la haïssait, sa m'man ! Elle n'avait plus honte d'avoir parfois désiré qu'elle meure. Elle aurait plaisir à lui dire en rentrant : « Je t'ai vue avec Mr Tollett. Tu es une vilaine femme, voilà ce que tu es, une vilaine femme... » Ça serait difficile, quand sa mère lui tomberait dessus de ne pas se rebiffer et lui dire, qu'elle, Mary, était au courant de sa conduite. Mais il ne faudrait pas, son p'pa avait déjà bien assez d'embêtements.

Quand sa fille rentra, Alice s'en prit à elle immédiatement.

— Partie me chercher, s'pas ? La rue est droite d'ici le magasin. C'est-il que tu te serais rendue invisible ? Parce que je ne t'y ai pas vue. Si tu es allée dans la ruelle, à quelque rendez-vous, gare à toi, ma belle...

Mais elle n'alla pas plus loin, car Mary jeta :

— Tais-toi !...

Elles se dévisageaient les yeux dilatés tandis qu'Alec, Jimmy et grand-mère McAlister les regardaient, stupéfaits et étonnés tous trois qu'Alice ne giflât pas sa fille à la volée. Au lieu de cela, elle fit une aspiration profonde, se détourna, se saisit de la marmite posée sur la cuisinière et l'enfonça avec force sur les braises en les écrasant.

Mary quitta sans se presser ses vêtements mouillés, passa devant sa mère et entra dans la chambre à coucher. Se plaçant face au pied du lit, elle en empoigna la barre métallique et se balança nerveusement d'avant en arrière. Ainsi sa mère savait qu'elle savait. Et bien ! peut-être ça allait-il lui faire peur et la ramener dans son bon sens. Et quelque chose de bon sortirait peut-être de là : elle ne lèverait jamais plus la main sur Mary, parce que celle-ci lui dirait alors : « Essaie, essaie un peu ! » Et cela suffirait. Curieux, tout de même, comment vont les choses !

CHAPITRE III

Il avait neigé dru pendant toute une semaine, et puis dégelé, et puis gelé de nouveau et encore neigé. Dans la nuit s'était produite une chute de grésil et le gel par là-dessus avait, comme disait Alec, transformé la ville en patinoire.

Il attendait Mary au coin de Hurworth Place. Non pas qu'il eût peur qu'elle ait de la difficulté à rentrer : elle n'aimait rien tant que de se livrer à des glissades. Pire que les gosses, à son âge ! Non, il l'attendait parce qu'il avait quelque chose à lui apprendre, une nouvelle qui, pensait-il, pourrait lui donner un meilleur départ dans la vie.

Quand elle l'aperçut elle s'exclama :

— P'pa ! Qu'est-ce que tu fais là ? Mon Dieu, tu as l'air frigorifié. Quelque chose qui va pas ?

— Non, non, tout va bien. Mais j'ai une nouvelle pour toi. Tiens, allons chez ta grand-mère. J'veux pas te dire ça ici, il fait un froid à vous faire tomber les oreilles.

— Ça tu l'aurais pas volé, quelle idée de rester dehors sans bouger ! Ça pouvait pas attendre ?

Elle s'empara de son bras, glissa la main sous la manche élimée du manteau et dit en se serrant un peu contre lui.

— Tu pourrais avoir un autre pardessus, au moins un d'occasion. Mrs Turner a passé la revue des affaires de son mari et elle dit qu'il lui en faudrait un neuf. Comme y en a déjà deux qui sont encore bons, alors s'il s'en fait faire un, elle me donnera probablement le numéro trois. C'est pas une mauvais femme, sauf qu'elle est pingre pour le thé.

Elle serrait plus étroitement le bras de son père. Lui tourna la tête vers elle et rit.

— Eh ben ! dis-lui de se dépêcher, sinon je serai transformé en statue de glace !

— Où as-tu été aujourd'hui ?

— A Shields.

— Tout ce chemin ! Et par ce temps-là !... Tu espérais du travail ?

— Pff... tu rigoles !

Et lui-même rit doucement.

— Alors pourquoi y es-tu allé ? Tu as pris le train ?

— Non, j'avais envie de marcher.

— Te balader jusqu'à Shields ! Par ce verglas ! Jusqu'où es-tu allé ?

— Chez Crofton's, Market Place. — Il lui poussa le coude dans les côtes. — Je ne t'en raconterai pas plus avant d'être rentré. Respirer ça me coupe la gorge.

Quand ils ouvrirent la porte de derrière du Bingley Street, grand-maman Mary Walton qui était devant sa table, les mains dans une jatte en terre pleine de farine se retourna et s'exclama avec vivacité :

— Regardez-moi qui le vent nous amène. Entrez, entrez, et fermez la porte, sinon je vais m'envoler.

Claquant la porte derrière eux, ils entrèrent en riant. Mary l'avait souvent remarqué, son père semblait rajeunir quand il se retrouvait dans sa propre maison, la maison de sa jeunesse, avec ses parents à lui. Il avait trente-six ans, ce qui n'était pas vieux, mais à sa fille il paraissait tel, sauf lorsque, comme maintenant, il était là à souffler sur ses doigts, auprès de sa m'man à qui il demandait :

— Qu'est-ce que tu es en train de faire ? Des gâteaux pour le thé ?

— Non, pas de fantaisies comme ça ! Du pain. Mais si vous restez assez longtemps, je vous fabrique une galette...

— Alors je reste ! Pas toi, Mary ?

— Oh oui, Grand-ma ! Où est grand-pa ?

Grand-mère Walton se tourna vers la cloison.

— Tiens écoute ! V'la la réponse. — Un ronflement sonore venait d'éclater. — Allez, va l'éveiller, dit la vieille à Mary.

— Oh ! laisse-lui encore une minute. — Puis se tournant vers son père. — Alors, raconte, viens-y ! Qu'est-ce que tu as comme surprise pour moi ?

Alec enleva son manteau, y prit un papier dans la poche intérieure et l'étalant sur la table montra du doigt une annonce entourée au crayon.

— Lis ça.

Mary lut :

« Jeune aide-vendeuse demandée pour le rayon de confection pour dames. Perspective d'avenir. S'adresser à Crofton's, King Street, South Shields. »

Sans se redresser elle tourna le visage vers lui et dit :

— Mais, P'pa ! J'aurai pas une chance. Il va y en avoir un million à se présenter. Crofton's ! C'est une boîte chic, pas un bazar.

— Je sais, je sais, j'ai déjà été chez Crofton's. — Il secoua la tête, souriant à demi. — Bien plus, j'y suis allé ce matin. Regarde ce que j'ai acheté.

Il tirait de sa poche un nœud de ruban d'une éblouissante blancheur.

— Du ruban ! s'exclamèrent les deux femmes d'une seule voix.

Il leur adressa à chacune un hochement de tête et dit :

— Eh oui ! du ruban...

— Qu'est-ce qui t'a pris d'aller acheter ça ? demanda sa mère dont le petit visage rond exprimait la stupéfaction.

— Sûr que c'est pas pour fermer ma braguette, M'man.

— Oh ça va, tais-toi ! T'es pire que ton père avec tes vulgarités.

— Oh là là ! Des vulgarités ! — Il secouait la tête en riant. — Eh bien ! si vous voulez le savoir, je vais vous tirer toutes les deux de la misère. Voilà, c'est comme ça ! Vous souvenez-vous l'une ou l'autre de Jenny Broadbeut ?

— Bien sûr, je m'en souviens, dit la grand-mère, elle travaillait...

— Oui, chez Crofton's qu'elle travaillait. Et puis elle a quitté pour se marier. Et quand il est mort, elle a repris son travail. Elle est au rayon de la mercerie.

Il tournait à présent la tête vers Mary, comme pour l'instruire :

— Et c'est là qu'on vend du ruban. Tu sais ?

Elle lui donna une poussée et il rit.

— Quand j'ai vu cette annonce ça m'a fait penser à Jenny. Et que ma m'man lui avait rendu service autrefois et qu'il fallait voir si elle s'en souvenait.

— Oh toi ! Mon Alec...

— Oui, ton Alec. Eh bien ! ton Alec, il est descendu et il a dit : « Hello, Jenny, j'peux t'y avoir un nœud de ruban ? » Elle a pas répondu tout de suite, elle était un peu estomaquée. Et puis elle a ri à moitié et elle m'a dit : « Oui, Sir », et quand elle m'a tendu le ruban, moi je lui ai tendu le journal où il y avait l'annonce et je lui ai demandé si elle pouvait t'aider à obtenir la place. Elle a dit que si, et que tu devrais être là-bas demain matin à neuf heures et demie.

— Mince, P'pa ! Moi, chez Crofton's. Mais... ça fait du chemin pour y aller et faudra que je paie mon tram. Quel est le salaire ?

— J'ai pas demandé, mais ça peut pas être moins que ce que tu gagnes à présent et de toute façon tu devras en déduire ton tram. Mais c'est un bon départ pour toi, quelque chose de mieux !

— Oui, oui ! — Le visage de Mary s'épanouissait. — Ça serait mieux, Grand-ma, de travailler chez Crofton's, une grosse boîte.

Elle agitait la tête d'un côté à l'autre, mais son menton retomba peu à peu sur sa poitrine comme si elle était prise d'une soudaine timidité.

— Hé ! Tu me vois travaillant chez Crofton's ?

— Tu n'y es pas encore, petite...

— Oh, M'man, soit tranquille intervint Alec. Jenny Broadbeut est une femme qui tient parole. Si je me souviens bien...

— De quoi tu te souviens bien ?

Peter Walton entrait en frottant ses yeux gros de sommeil.

— J'aurai peut-être une place à Shields, chez Crofton's, Grand-p'pa.

— Quoi ? — Peter s'assit. — Allons raconte-moi ça.

On lui répéta tout et quand il eut compris, il fut du même avis que son fils.

— Ça serait fameux, ma chérie, si tu pouvais te lancer

vraiment dans la vie ! Avoir un emploi distingué, pas être en service. Remarque, y en a une à qui ça n'a pas fait de tort. — Du pouce, il désignait sa femme. — On lui a appris à pétrir, à se servir de ses mains, mais faut avouer qu'on lui a jamais appris à s'habiller !

— Ça alors !... — Mary Walton prit la masse de pâte qu'elle était en train de pétrir et en menaça son mari. — Tu peux remercier le Bon Dieu, mon faraud, que je ne puisse pas gaspiller ça, sinon tu l'aurais en pleine figure.

— Alors mets-le vite au four. Tu as bien quelques petits raisins pour faire à ma mignonne un gâteau de Noël ? — Il cligna de l'œil à Mary. — Et moi je m'arrangerais bien d'un peu de thé. A quoi penses-tu ? Pas de thé en train ?

— Oh ! Grand-pa !

Mary fit mine de lui donner une tape, il l'entoura de ses bras.

— Viens sur mes genoux et prenons le temps de nous câliner. T'occupe pas d'eux.

Et ils s'installèrent. Peter, son visage pas rasé pressé contre l'épaule de Mary, cette dernière reposant son menton sur la chevelure rare et hirsute du vieillard, tous deux se berçant l'un l'autre.

Brusquement la porte extérieure s'ouvrit et Jimmy entra.

Il resta planté là, haletant et tous le regardaient, mais, au moment où sa grand-mère allait l'interroger, il dit :

— P'pa, j'ai... je t'ai cherché partout, j'ai été au jardin..., partout. M'man... M'man, elle s'est blessée à la jambe.

— Blessée à la jambe !... C'est grave ?

Le garçon fit signe que oui.

— Ça a l'air. Il a fallu qu'on l'emporte de la rue et elle criait comme une écorchée.

— Quand c'est-il arrivé ?

— Il y a déjà un bon moment. Ils m'ont envoyé te chercher. Je ne savais pas où te trouver.

Jimmy reprit sa respiration.

Alec revêtait son pardessus. Mary s'était déjà habillée et nouait son foulard autour de sa tête quand Peter dit :

— Je viens avec vous.

— Non, non, P'pa. Tu serais sur le dos avant d'être arrivé

au bout de la rue. Nous avons mis un temps fou pour venir ici. Je vous donnerai des nouvelles. Allons-y les enfants !

Ils sortirent vivement et Mary se demanda pourquoi les bons moments ne duraient jamais.

La maison paraissait encombrée de voisins alors qu'en fait ils étaient seulement quatre : Mr et Mrs Ryder, de la maison du bout de la rue, Mrs Weir et sa belle-fille, du 90.

— Qu'est-ce qui est arrivé ?

Alec se tenait près du lit sur lequel sa femme était allongée, le corps couvert par l'édredon. Il obtint pour toute réponse un gémissement. Ce fut Jack Ryder qui dit :

— Je ne sais pas si j'ai bien fait, Alec, mais j'ai envoyé chercher le docteur. A mon idée, elle s'est cassé la jambe. Elle a hurlé quand on l'a bougée, et elle s'est évanouie pendant qu'on la ramenait. Les chemins sont comme de la glace et les gosses avec leurs glissades les ont rendus mille fois plus dangereux. C'est sur un de ces endroits-là qu'elle passait, qu'on m'a dit.

Alec répondait en hochant la tête affirmativement.

— Vous avez eu raison, Jack, c'est ça qu'il fallait faire. Merci, merci à tous.

Et il adressait à chacun un signe de tête. On le lui rendait et l'une après l'autre les personnes présentes s'en allaient. Jusque sur le palier Alec leur répétait : « Merci !... Merci ! »

Dans la chambre, Mary se tenait au pied du lit et observait le visage de sa mère. Elle la vit se mordre durement les lèvres avant de dire :

— Viens ici.

Elle s'approcha et se pencha sur le visage crispé. Alice la regarda dans les yeux.

— Va au magasin, dis à Ben... à Mr Tollett, ce qui m'est arrivé. Dis-lui que... tu vas l'aider à ma place.

Mary lui rendit son regard et, au bout d'un instant, répondit calmement :

— Oui, M'man.

Alice essaya de changer de position et cria de douleur. Des gouttes de sueur perlaient sur son front et Alec qui revenait lui dit :

— Reste tranquille. Ne bouge pas.

Elle ne le regarda pas, tenant toujours les yeux sur Mary qui restait immobile et dit :

— Va.

— Où vas-tu ?

Alec se retournait et regardait Mary se diriger vers la porte de la chambre. Elle lui répondit :

— M'man dit que j'aille prévenir Mr Tollett et... prendre sa place à son service.

Alec la regarda encore un instant, puis de nouveau Alice. Mais les yeux de celle-ci étaient fermés, de sorte qu'il n'émit aucune protestation. Et Mary sortit.

Elle n'était pas en peine de trouver son chemin entre les patinoires des enfants, mais elle se sentait coupable à cause de ses sentiments. Elle aurait dû être très inquiète pour sa mère et sa jambe cassée, et pourtant elle ne pensait qu'à une chose : « A croire qu'elle l'a fait exprès, oui, on le dirait... on le dirait. » Elle savait bien ce qui serait arrivé sans ça et comment sa mère aurait accueilli sa demande. Elle ne désirait pas travailler chez Mr Tollett, non qu'elle eût quelque chose contre lui ; au contraire, c'était quelqu'un de bon, quelqu'un de très bien, mais elle ne désirait pas travailler chez lui, tout simplement. C'est chez Crofton's qu'elle voulait aller. Et son père prendrait son parti. Oui, bien sûr, il la soutiendrait.

Il y avait quatre clientes dans le magasin et Mr Tollett était très affairé. Mary se tint un peu à l'écart et le regarda. Elle comprenait pourquoi sa mère était attirée vers lui. Il était vraiment de belle apparence. Il n'avait que trente-cinq ans, un an de moins que son père, mais il paraissait beaucoup plus jeune. Il avait la peau bronzée, des yeux brun foncé et des cheveux noirs — son grand-père était Italien. On disait que ce grand-père était marchand de glaces ambulant. Mr Tollett avait un sourire aimable. Il était en train de faire rire Mrs Foggerty quand on entendit une voix d'enfant.

— Papa !... Papa !...

— Mon Dieu, David !... Oui j'arrive, cria Mr Tollett. Juste une minute, Mesdames.

Comme il se déplaçait le long du comptoir, il s'aperçut de la présence de Mary et dit aimablement :

— Oh ! Hello, hello Mary !

Il ouvrit la porte de la réserve et regardant le petit garçon qui était là, s'écria :

— Comment diable es-tu descendu jusqu'ici ! Eh bien ! sois gentil et remonte vite. Alice va arriver dans une minute. Va !

— Mr Tollett, M'man s'est blessée à la jambe, elle se l'est cassée, je crois. Elle m'envoie... m'occuper du petit, en attendant... Vous voulez que je l'emmène ?

— Alice s'est cassé la jambe ! Oh, mon Dieu ! Comment ça ?

— En rentrant chez nous. Elle a glissé sur une patinoire des gosses.

— Oh, ceux-là ! dit une des clientes, ils auraient besoin d'une leçon. Ça ne pense à rien ! Moi aussi j'ai glissé sur un de leurs sales trucs. Un peu plus et je m'étalais. Il faudrait interdire ces glissades aux gosses. Mais ces feignantes du haut de la rue... ce serait à elles de débarrasser devant leur maison.

— Pourquoi ça serait-il à elles, intervint une autre, quand y a assez d'hommes pour faire ça. Dieu sait qu'ils auraient le temps. Mais c'est au-dessus de leur dignité de prendre en main un balai. Les pires, c'est les jeunes. Pour jouer au billard électrique ou aux dés ils trouvent toujours des sous.

Mary passa devant Ben Tollett, se pencha vers l'enfant et le prit dans ses bras. Elle traversa la réserve et, par la cour, gagna l'escalier de l'appartement et pénétra dans un monde nouveau.

Pour fâchée qu'elle fût contre sa mère, Mary ne pouvait s'empêcher d'admirer ce qu'elle voyait. Ici tout reluisait de propreté. Elle se tenait dans une longue pièce, berçant l'enfant dans ses bras et regardant tout autour d'elle. A un bout de la pièce, une fenêtre donnait sur Cornice Street. Un beau store de filet pendait devant les vitres et la fenêtre était encadrée de lourds rideaux de velours vert. A l'autre extrémité, dans le mur latéral, s'ouvrait une autre fenêtre garnie de la même manière. Il y avait un ensemble, canapé et deux fauteuils, recouvert de chintz. La cheminée était encore plus belle que celle de Mrs Turner : moderne, très moderne, toute en brique, avec un foyer surélevé. Mary n'avait jamais rien vu de pareil. Et puis, de chaque côté de la cheminée, dans les renfoncements du mur, il y avait des vitrines, l'une avec des livres, l'autre avec de jolies porcelaines. Dans l'angle de la pièce, il y avait un coffre dont le couvercle était levé. Mary s'en approcha et vit que c'était un gramophone, un de ces appareils de luxe combinés avec un poste de radio. Elle en avait vu la réclame.

L'enfant lui rappela sa présence en disant :

— Du thé, je veux du thé.

— Oui, mon chéri, répondit-elle, je vais te le préparer.

Elle revint dans le vestibule et ouvrit une porte. Elle vit avec stupéfaction la salle à manger. Pas si prétentieuse que celle de Mrs Turner : il n'y avait que deux pièces d'argenterie sur le buffet, mais très jolies. Elle n'avait pas imaginé que Mr Tollett avait une vraie salle à manger.

L'enfant se débattait dans ses bras et l'obligea à le poser à terre. Délivré, il courut à travers le vestibule et poussa une autre porte qui laissa voir la cuisine.

Là aussi, de coquets rideaux mettaient à l'abri des regards des voisins d'en face. Mary inspectait tout des yeux et s'avouait qu'elle ne se serait pas attendue à trouver ici une cuisine beaucoup mieux équipée et plus moderne que celle de Mrs Turner.

Tout ce luxe l'émerveillait. Mais l'enfant vint en geignant la tirer par la jupe. Cela la fit sortir de son rêve et elle se mit à chercher où l'on mettait les choses. Elle demanda au petit si on ne lui donnait pas du lait.

— Non, du thé !... du thé !

Elle s'installa à une petite table près de la fenêtre et lui servit un thé léger, avec du pain, du beurre et de la confiture, un morceau de biscuit et une assiette de crème cuite qu'elle découvrit dans le buffet.

Quand il eut fini, l'enfant s'éloigna en trottinant, traversa le palier et entra dans une nouvelle chambre où Mary le suivit. Un petit lit en occupait le coin, un parc à jouer le centre. Tout autour gisaient plus de jouets que Mary n'en avait vu sa vie durant.

— On va jouer ? dit l'enfant en la regardant avec le plus grand sérieux.

— Oui, oui, s'empressa-t-elle de répondre. A quel jeu ?

— Au train.

Et il se mit en devoir d'extraire de leurs boîtes locomotives, wagons, rails et de les agencer avec une dextérité surprenante sur le linoléum. Quant à Mary, elle comprit que son rôle consistait à s'asseoir et à le regarder.

C'est ainsi que les trouva Ben Tollett. Il s'immobilisa dans l'encadrement de la porte et, pendant quelques secondes, resta inaperçu. Quand la jeune fille se rendit compte de sa présence, elle sauta sur ses pieds en disant :

— Il avait envie de jouer.

— Oui, oui. Il a toujours envie de jouer. Mais dis-moi, qu'est-il arrivé à ta mère ?

— J'sais pas au juste.

Elle répondait en tripotant ses ongles, pensant à ce qu'il y avait entre cet homme et sa mère — ou plutôt à ce qu'il n'y avait pas, puisqu'il refusait de s'y prêter.

— Ils ont envoyé chercher le docteur, ils croient que la jambe est cassée. Nous... nous étions chez ma grand-mère, P'pa et moi. Jimmy est venu nous chercher. C'est... C'est tout ce que je sais.

— Mon Dieu, mon Dieu ! — Il secouait la tête. — Et maintenant nous voilà bien embarrassés, pas vrai ? — Avec un sourire, il ajouta : — Tu crois que tu pourras le mettre au lit plus tard ? Je fermerai la boutique de bonne heure, il faudra que les gens s'en arrangent. Puis, je verrai quelles dispositions prendre.

— Oh ! je peux m'occuper du petit, dit-elle avec un hochement de tête.

Elle regarda l'enfant qui d'un revers de main envoyait tout son bel arrangement de wagons et de rails à l'autre bout de la pièce.

Ben porta la main à son front et sourit tristement.

— Il faut avoir de la patience avec lui.

— Ça ira très bien. A quelle heure le couche-t-on ?

— À sept heures, s'il le veut.

— Pouvez-vous... pouvez-vous me dire ce que vous prévoyez pour le dîner ?

— Oh, n'importe quoi ! Ça n'a pas d'importance. Je peux monter quelque chose de froid. Ne te mets pas en peine. Installe-toi confortablement et surveille le petit. Je t'en serai reconnaissant. Ça ira ?

— Oui, ça ira, Mr Tollett.

Il hocha la tête, dévisagea un instant Mary, puis il sourit et quitta la chambre. Le petit garçon s'élança vers la porte en criant :

— Papa ! Papa !

Mary l'attrapa par la main en disant :

— Allons, viens et ramasse tout ça ! Quand tu auras fait de l'ordre on regardera ton livre d'images.

Du haut de ses deux ans le bambin la regarda. On ne lui avait jamais dit auparavant de ranger quoi que ce fût. Alice le faisait pour lui. Alors pour montrer qu'il n'avait rien à voir avec ça, il donna à Mary un coup de pied dans le tibia.

Elle eut la réaction qu'aurait provoqué le geste venant de Jimmy. Sa main partit et s'abattit sur la joue de l'enfant. Il y eut un bref silence, tous deux étaient interloqués : le petit parce qu'il n'avait pas souvenir d'avoir reçu une gifle et Mary parce qu'elle avait l'impression d'avoir fait quelque chose de terrible. Comment ! Elle n'était pas depuis une heure avec cet enfant et voilà qu'elle l'avait frappé ! Mais quand il commença à pousser les hauts cris, elle ne le prit pas contre elle pour le consoler et dit seulement :

— Viens, maintenant, sois gentil, nous allons tout ramasser ensemble.

A sa grande surprise, il se mit à faire ce qu'elle disait, mais quand ce fut fini il s'assit sur le plancher et, la regardant de bas en haut, il déclara :

— Je t'aime pas !

Comme si elle était redevenue une enfant qui se chamaille avec un camarade de jeu, elle baissa le visage vers lui et répliqua :

— Moi c'est pareil, je t'aime pas non plus.

Il y eut encore un court silence, mais qui fut brisé par un éclat de rire de Mary. Elle s'assit sur une chaise basse et continua de rire. Elle ne pouvait plus s'arrêter et porta les mains à la bouche.

L'enfant s'approcha et se tint en face d'elle, lui posa les mains sur les genoux et se mit à rire avec elle.

Soudain, et à sa grande consternation, Mary s'aperçut qu'elle ne riait plus mais pleurait. Et entre chaque sanglot, elle hoquetait : « Oh M'man... m'man ! On dirait qu'elle l'a fait exprès. »

Il était dix heures du soir et on discutait encore à la maison. Du moins Alice continuait-elle à pérorer. Sa jambe pouvait la faire souffrir, ce n'était pas ça qui arrêterait sa langue et, pour la centième fois, elle répétait la même phrase :

— Si une des femmes de cette rue s'introduit chez Mr Tollett, je ne pourrai jamais m'en débarrasser. Ne croyez pas qu'elle me rendra mon travail quand j'irai mieux. Vous avez entendu ce qu'a dit le docteur : ma cheville est complètement cassée. Il faut que je reste allongée. Et comment vivrons-nous ? Je vous le demande. Le temps que la ville verse une indemnité et en ayant juste l'allocation chômage, on peut bien mourir de faim. Et Jimmy doit absolument rester à l'école secondaire. Ça, c'est le principal. Et il faut qu'il soit habillé proprement, pas qu'il finisse comme toi — elle regardait Alec — je veux qu'il ait un bon départ dans la vie et pour ça il faut qu'il ait le diplôme de son école. Et ça serait-il la dernière chose que je ferais en ce monde, eh bien il l'aura !

« Crofton's ! Combien crois-tu que tu y gagnerais ? — Ceci s'adressait à Mary qui était assise le dos au mur, l'air maussade. — Dix shillings par semaine tout au plus, sur lesquels prendre le prix de ton bus jusqu'à Tyne Dock et un autre depuis là jusqu'à Market Place, et ça peut pas faire moins de huit pence par jour ! Tu es folle, ma fille. Mais pas moitié aussi folle que ton père ! C'est lui qui t'a mis ça dans la tête. Je me doutais qu'il y avait quelque chose qui se mijotait ! Eh ben ! vous pouvez oublier tout ça jusqu'à ce que je sois sur pied. Là, vous pourrez reprendre vos idées de grandeur. Mais en attendant, Miss, il va falloir te sortir du lit de bonne heure, ce qui te changera, pour être à la boutique à sept heures. Tu leur feras le déjeuner et t'occuperas du petit. Tu diras à Mrs Turner que maintenant tu finis à midi, ça te donnera le temps de revenir au magasin leur servir le repas d'une heure. Tu pourras préparer les plats la veille, tu auras pour ça tout l'après-midi et la soirée. Je te dirai ce qu'il faudra faire.

Alec n'avait pas interrompu ce flot de paroles d'Alice, mais, à présent, il quittait l'embrasure de la fenêtre où il s'était réfugié. Il s'approcha du lit, où l'on avait installé un pare-feu pour empêcher les couvertures de porter directement sur la cheville sensible, et dit d'une voix sombre :

— Ce n'est pas une bête de somme, tout de même.

— Je ne veux pas en faire une bête de somme. Mais elle se l'est coulée douce jusqu'à présent. Et puis, ça va pas durer. Je lui demande de faire ça seulement jusqu'à ce que je sois sur pied.

— Mrs Weir le ferait volontiers, elle l'a proposé.

Alec parlait d'une voix calme mais assourdie.

— Mrs Weir ! Ah ben alors ! C'est justement une de ces garces qui ne demandent qu'à me souffler la place ! Elles sont jalouses de me voir travailler là, parce qu'elles savent bien que ça nous permet de manger mieux qu'elles, d'en avoir plus que pas une d'elles... Décidément, tu vois pas plus loin que le bout de ton nez !

Elle balaya Alec d'un grand geste du bras. Il pivota et alla dans la cuisine où, au bout d'un instant, Mary le suivit en silence, évitant de regarder sa mère en passant devant le lit.

Jimmy était déjà là et son visage reflétait l'appréhension : il était toujours effrayé par les disputes. Alec promena son regard de l'un à l'autre et, d'une voix de gorge, exhala sa misère et son amertume :

— C'est le cou qu'elle aurait dû se casser. Oui, vingt dieux, c'est le cou !

CHAPITRE IV

L'adaptation se fit très vite. Après quelques jours, Mary perdit son air maussade et, à la fin de la première semaine, elle apporta à la maison le billet d'une livre que Mr Tollett lui avait donné plus six shillings, les gages réduits par Mrs Turner. Elle les plaça sur la couverture du lit et dit à sa mère :

— Voilà : ça fait vingt-six shillings.

Comme Alice étendait la main pour prendre l'argent, Mary rafla promptement six shillings et regardant sa mère dans les yeux elle déclara :

— J'ai besoin de plus d'un shilling d'argent de poche.

— Quoi ?...

— Tu as très bien entendu. M'man. J'ai besoin de plus d'un shilling d'argent de poche. Je... Je veux m'acheter de quoi m'habiller. Tant que j'aurai deux emplois, je veux avoir cinq...

— C'est ma main que tu vas avoir par la figure.

Mary recula d'un pas.

— M'man, tu n'es pas en position de discuter. Je te l'ai dit : je veux cinq shillings chaque semaine et si je les ai pas, je retourne plus là-bas. Tu ne m'auras pas, tu sais.

Elle avança la tête avec bravade en direction de sa mère laquelle donnait l'impression qu'elle allait s'évanouir.

— Pas question de te donner cinq shillings et voilà c'est tout !

— Non ? Eh bien je les prends, M'man. Voilà ce qui te revient.

Elle jeta un shilling sur le lit.

— Et je les prendrai chaque semaine, dis ce que tu voudras, je n'ai rien en fait de bas et mes souliers vont me lâcher. Tu t'occupes des affaires de Jimmy et jamais des miennes. Je ne me souviens pas avoir porté quelque chose de neuf. Ça a toujours été des vêtements de Mrs Turner. Ou bien tu m'as ramené des frusques de chez le fripier du marché de Shields. Je veux enfin porter du neuf, M'man.

— Fiche-moi le camp !

Mary sortit de la chambre et vint dans la cuisine. Elle regarda son père malicieusement et murmura :

— Ça y est.

— Tu t'en es tirée ?

— Je m'en suis tirée !

Ils se sourirent. Alors, extrayant une demi-couronne de sa poche elle la lui fourra dans la main. Il la repoussait en disant :

— Non !... non !...

— Si, P'pa ! moitié, moitié.

— Ah !... ma petite fille...

Il lui caressa les cheveux. Puis se retournant, il regarda Jimmy qui, assis à la table, assistait à la scène les yeux écarquillés. Mary également regarda Jimmy, elle mit de nouveau la main dans sa poche et lui tendit un demi-shilling. Il ne le prit pas, pas tout de suite. Son regard remonta de la main de sa sœur à son visage et il demanda :

— C'est pour moi ?

— Tiens, pour qui d'autre ? Pour le chat du voisin ?

Jimmy baissa la tête, pressant sa main sur sa bouche pour étouffer son rire. Mais il n'y arrivait pas et au moment où sa sœur lui poussait la pièce dans la main, la voix d'Alice s'éleva, querelleuse.

— Jimmy, viens ici ! Tu m'entends Jimmy !

Lorsqu'ils furent seuls, Alec murmura :

— Il ne va rien te rester, petite.

— T'en fais pas, P'pa — Mary le regardait en coin. — Je suis sur la bonne piste. C'est une mine d'or, ou au moins d'argent, regarde !

Elle tirait de sa poche une autre demi-couronne.

— Mr Tollett me l'a donnée pour moi. Il a bien précisé. « Ça c'est pour toi ! » qu'il m'a dit.

Alec sourit.

— Ah ! ça c'est gentil de sa part !

Elle le regarda encore. Et cette fois le sourire malicieux avait disparu.

— Il est gentil, P'pa. C'est un homme très bien.

Ils se regardèrent l'un l'autre et Alec hocha lentement la tête.

— Oui, Ben est un garçon très bien... tu te plais là-bas ?

— Oui, P'pa. Oh, oui ! C'est agréable, j'ai pas du tout l'impression de travailler. La maison est si bien installée. Tu l'as jamais vue ?

— Non, non, petite, je n'y suis jamais allé. A quoi ça ressemble-t-il ? Raconte-moi ça.

Elle commença à décrire et il la regardait : il l'écoutait moins qu'il ne réfléchissait. « Ça serait trop dommage si elle prenait goût au service de maison, elle vaut mieux que ça. Oh oui ! Beaucoup mieux que ça ! »

L'habitude était prise : Alice donnait ses instructions à Mary, lui disait ce qu'elle devait prévoir pour le repas de Ben, et comment les préparer. Mary écoutait docilement et répondait : Oui, M'man... oui, M'man, tout en sachant qu'à midi et demi elle se précipiterait tout essoufflée par la cour de derrière et l'escalier, pour achever ou faire réchauffer un repas de sa composition qu'elle avait mis en train la veille.

Elle bavarderait avec l'enfant, plaisanterait avec lui, le ferait rire. Elle avait inventé des noms pour tous ses jouets. La poupée de chiffon s'appelait maintenant Ching Lan Lou. Peu importait qu'elle réprésentât un nègre aux cheveux crépus de laine noire, ils avaient beaucoup de plaisir avec Ching Lan Lou.

Et puis, le repas terminé — servi dans la salle à manger pas dans la cuisine — elle appellerait Ben et irait le remplacer au magasin.

Un jour il lui avait dit :

— C'est dommage que nous ne puissions pas déjeuner ensemble, Mary.

Et elle avait répondu :

— Oh ! c'est très bien comme ça, Mr Tollett. — Elle avait ajouté : — Je mange davantage quand je suis toute seule.

Et sur ce ils avaient ri tous les deux très fort, comme d'une bonne plaisanterie. Et secouant la tête il avait dit :

— Oh, Mary ! Mary !

Elle s'entendait très bien avec Mr Tollett, mais ils se voyaient vraiment fort peu. C'était, comme on dit, deux bateaux qui se croisent la nuit. Il était déjà à la boutique quand elle arrivait le matin et il ne lui disait que quelques mots, quand ils se remplaçaient pour qu'il puisse prendre ses repas. Très souvent, quand elle lui apportait son thé de l'après-midi, elle le lui servait dans l'arrière-boutique et tapait à la porte.

— Merci, merci, Mary, lui criait-il.

Le seul jour où ils déjeunaient ensemble, c'était le mercredi, quand il prenait son après-midi de congé.

Un soir, au moment de partir, Mary déclara :

— Vous avez tant de travail qu'il vous faudrait un aide.

A quoi il avait répliqué :

— J'en ai eu un, mais il... s'aidait surtout lui-même, et un petit peu trop !

— Oh ! vraiment.

— Oui, vraiment.

— On ne peut décidément se fier à personne.

— Oui, c'est un fait. On ne peut se fier à personne Mary.

Elle aurait eu toutes les facilités de se servir dans l'armoire bien fournie de l'étage : cinq à six cuillerées de thé chaque jour ne se seraient pas fait remarquer dans la boîte, mais elle n'aurait jamais voulu faire ça, pas à Mr Tollett. Le panier d'épicerie qu'il donnait à sa mère tous les vendredis soir et qu'il continuait à lui donner à elle, en contenait plus de quinze shillings ! Non, elle ne chiperait pas un grain de sel à Mr Tollett.

Elle se sentait heureuse comme jamais auparavant, parce que maintenant elle avait des choses à donner, de l'argent pour son p'pa et pour Jimmy. Le prix d'une once de tabac pour son grand-père, un quart de boules de gomme à sa grand-mère. Mais elle ne payait pas ces boules de gomme ! Quand elle en avait offert le prix à Mr Tollett, il n'avait pas voulu le prendre, même quand elle lui avait dit :

— C'est pas pour moi. Alors si vous voulez pas que je les paie, il faudra que j'aille quelque part ailleurs en acheter, la semaine prochaine.

— Pour qui est-ce alors ? Pour ta maman ?

— Non. — Ce non avait été dit un peu sèchement. — C'est ma grand-mère qui aime ça.

— Eh bien ! alors, fais-en présent à ta grand-mère, avec mes compliments.

— Oh, merci ! je n'y manquerai pas. Mais la semaine prochaine il faudra accepter que je vous les paie.

Oui, vraiment, Mr Tollett était chic. Mary souhaitait que la jambe de sa mère reste dans le même état pendant des mois. Non qu'elle lui voulût du mal, mais seulement parce que, dans l'état actuel des choses, la vie était merveilleuse !

Et c'est alors qu'elle reçut la carte de la Saint Valentin.

— Tu as une lettre, lui dit Alice en la regardant sévèrement, comme elle entrait dans la chambre à coucher pour rendre compte de sa journée.

— Une lettre, M'man ? Et de qui ?

— C'est ce que j'aimerais bien savoir. Tu traînes avec un garçon ?

— Moi ? Un garçon !

Le visage de Mary s'anima, sa voix exprima la plus sincère indignation, comme si de sa vie elle avait jamais songé à des relations avec un garçon !

— Non ! tu sais bien que non. Quel temps est-ce que j'aurais pour ça ? Je suis prise depuis le petit matin jusque tard le soir. Quand est-ce que je pourrais rencontrer un garçon, je te le demande ?... Où est cette lettre ?

Alice prit d'un geste rageur la lettre sur sa table de nuit et la tendit à sa fille. Celle-ci l'examina, la retourna, remarqua que le timbre de la poste indiquait Jarrow. Elle ouvrit enfin l'enveloppe et en tira une carte. Cette carte représentait une rose d'un rouge sombre. Mary la contempla, retourna la carte et lut : « De la part d'un admirateur silencieux. »

Le visage de Mary, qu'Alice ne quittait pas des yeux, était devenu aussi rouge que la rose de la carte.

— Donne ça.

La main d'Alice cherchait à saisir la carte, mais Mary se déroba prestement et dit :

— C'est à moi.

— De qui est-ce ?

— Un ami.

— Et tu disais que tu n'en avais pas ! Tu fréquentes un garçon, hein ?

— Non. Et puis quoi ? — Elle fourra à nouveau la carte dans l'enveloppe. — Et puis quoi ? Si j'avais un garçon ? J'ai passé seize ans. Janie Anderson, de l'autre côté de la rue, elle est bien mariée depuis la semaine dernière et elle n'a pas encore dix-sept ans.

— Me parle pas de Janie Anderson, cette traînée. Tu voudrais peut-être faire comme elle et aller à l'autel avec le gros ventre ?

— Oh, M'man, M'man, mais pour qui me prends-tu ?

Le ton de Mary éclatait d'indignation.

— Oh ! je sais bien ce que tu vaux, dit Alice en hochant la tête. Et si j'apprends que tu fréquentes un garçon du voisinage, tu auras une telle râclée que tu ne pourras seulement plus t'asseoir.

Elles s'affrontaient âprement du regard et le secret qui était entre elles remontait à la surface. Mary allait le crier quand elle en fut empêchée : Alec entrait par la porte restée ouverte.

— Viens t'en par-là. — Il tira Mary par le bras, la jetant presque hors de la chambre. Puis regardant sa femme il dit avec lenteur : — Dommage que tu ne fasses pas comme tu dis, pas vrai ?

Alice ne répondit rien, mais ses lèvres s'écartèrent, laissant voir ses dents serrées : les muscles de son cou se tendaient comme des cordes tandis qu'Alec continuait, calme, mais avec autorité :

— Si elle veut fréquenter un garçon, qu'elle le fasse. Comme elle dit, elle a seize ans passés. Elle pourrait prendre modèle sur sa mère et se jeter sur lui, hein ? Janie Anderson n'est pas la première traînée.

Et là-dessus il tourna le dos sans hâte et sortit.

A la cuisine, Mary était assise à la table, elle avait à nouveau tiré la carte de son enveloppe et la contemplait. Elle se tourna vers Alec et la lui tendit en disant :

— Je n'ai pas de garçon, P'pa, et je me demande bien de qui ça peut être.

C'était vrai, mais elle espérait que l'expéditeur de cette carte était Hughie Amesden : lui, il était effectivement silencieux. Bien qu'il ne lui eût parlé qu'une fois, elle se rendait compte qu'il était aussi attentif à sa présence qu'elle à la sienne.

Alec lut le message au dos, regarda la rose plus longuement, puis dit :

— C'est joli... Pas idée de qui ça peut venir ?

— Non, non, P'pa... Pourtant... Il y a un garçon que je connais et qui ne parle pas beaucoup... — Elle haussa les épaules. — Je ne pense vraiment pas qu'il m'enverrait une carte.

— Bien, mais tout de même, c'est un commencement. Tu vas voir, tu vas maintenant en recevoir à chaque courrier.

— Oh, P'pa ! dis pas de bêtise.

— Les gars, dans ma classe, ils te trouvent jolie.

Tous deux se retournèrent vers Jimmy qui venait de parler. Jusque-là il se tenait dans le coin de la cuisine, penché sur ses bouquins et paraissant se désintéresser de la conversation. Et son père éclata de rire et dit :

— Tu vois, c'est la gloire pour toi.

Mary lui donna un coup de coude.

— Oh, P'pa, je t'en prie... et toi notre Jimmy, ne raconte donc pas d'histoires !

— Pas du tout, pas du tout. Je te dis les choses comme elles sont. Ils parlaient de filles, un jour. Alors, y en a un qui a dit que tu étais formidable.

— Et ce garçon-là, il avait quel âge ?

— Quatorze ans, comme moi.

— Quatorze ans ! Tu vois ça, P'pa, quatorze ans. Quel connaisseur !

Alec remarqua :

— Bah ! Ça grandira, ça a le temps !

Une voix parvint de la chambre à coucher, impérieuse :

— Jimmy, viens ici.

Jimmy se leva pesamment de son coin, les regarda tous deux un instant, puis partit, la mine résignée.

L'air soudain las, Alec regardait le feu et disait entre haut et bas.

— Tu sais, de nous trois, je commence à croire que c'est lui qui a les plus mauvaises cartes.

Et soudain Mary fut envahie de tristesse. Pas à cause de ce que son père venait de dire, mais parce qu'il n'essayait plus de faire croire qu'il trouvait la situation normale entre lui et sa mère. Ils étaient trois contre un, à présent, mais Mary savait que les trois ensemble n'étaient pas de force contre l'autre.

CHAPITRE V

Mary travaillait au magasin depuis six semaines quand, un beau jour, Alice déclara :

— J'en ai marre de tout ça, je me lève.

— Fais pas de bêtises, M'man. Le docteur a dit huit semaines et qu'il faudrait que tu sois prudente.

Alice la regarda sévèrement et reprit au bout d'un moment :

— Mrs Weir dit qu'on peut avoir des béquilles en s'adressant au dispensaire. Ton p'pa n'a qu'à aller demain m'en chercher et une fois que je serai sur mes jambes je descendrai voir comment tu t'en tires. Qu'est-ce que tu fabriques là-bas, ma fille ?

— Ce que je fabrique ? Qu'est-ce que tu veux dire, M'man ?

— Je dis ce que je dis. Parce que je sais bien que tu ne tiens pas le moindre compte de mes instructions. Je ne sais pas ce qui se passe, mais tu as un petit air trop guilleret. Il a fallu que je te supplie positivement pour que tu prennes ce travail et maintenant tu sembles toute chavirée à l'idée de le laisser. Mais tu vas le laisser, ma fille, tu vas le laisser, crois-moi.

Mary se mordit les lèvres, secoua la tête et sortit.

C'était un mercredi, elle se mit donc à table avec Ben et le repas était presque achevé quand celui-ci demanda :

— Y a-t-il quelque chose qui ne va pas, Mary ?

Elle baissa un instant les yeux sur son assiette, puis releva la tête.

— Je vais bientôt ne plus venir, ma m'man va se lever maintenant. Enfin, dès qu'elle aura des béquilles.

— Ah ? — Ben continua un moment de manger, puis dit : — Mais elle aura à s'en servir pendant des semaines encore, elle ne pourra pas poser le pied par terre avant quelque temps.

Elle le regarda de nouveau et dit calmement :

— Ma m'man veut.

Quand elle eut terminé son pudding et comme elle reportait les assiettes à la cuisine, il la suivit dans l'embrasure de la porte et demanda :

— Aimerais-tu continuer à travailler ici, Mary ?

Elle lui jeta un coup d'œil par-dessus son épaule.

— C'est la place de m'man.

— C'est la place de celle à qui je veux la donner.

— Ma m'man n'accepterait jamais.

Et elle détourna la tête.

— Je suis très satisfait de la manière dont les choses vont Mary. Et... et l'enfant s'est attaché à toi. Il a été plus heureux et plus obéissant que jamais ces dernières semaines. Il... il avait besoin d'une... d'une camarade de jeu, en quelque sorte.

Il souriait gentiment. Mary ne le regardait pas et s'affairait à sa vaisselle, mais au son de la voix de Mr Tollett, elle savait qu'il souriait. Elle en avait appris beaucoup sur lui, durant ces semaines, et elle pouvait comprendre, d'une certaine façon qu'il plaise à sa mère — qu'il lui plaise trop même — parce qu'il n'était pas comme son p'pa. Mais personne ne valait son p'pa, personne. Et sa m'man pouvait être bien contente d'avoir un mari comme p'pa.

— Elle ne voudra jamais, répéta-t-elle.

— Oh ! reprit-il — et dans le ton de sa voix se faisait sentir une note d'autorité — ce n'est pas ce qu'elle veut ou ne veut pas qui compte. Si tu veux rester, tu le peux et j'en serai très content. Seulement je trouve que deux places c'est trop pour toi. Ça te fait trop d'heures. Si... si tu décides de rester ici à temps complet, je te paierai en conséquence. Tu n'y perdras rien.

Elle le regarda de nouveau. Ses yeux bruns étaient engageants et laissaient voir leur profondeur. A certains moments Mary se sentait mal à l'aise sous ce regard.

— Veux-tu réfléchir à cela ?

— C'est tout réfléchi. Je voudrais rester et j'y aurais plaisir, grand plaisir, mais c'est... c'est ma m'man.

Il lui adressa un signe de tête et un sourire s'épanouit progressivement sur son visage.

— Si c'est là ton sentiment, Mary, ne nous tracassons pas du reste. Nous aborderons la difficulté quand elle se présentera. Continue simplement comme maintenant.

Il se retourna prêt à s'en aller, mais il s'arrêta, regarda de nouveau Mary et dit :

— Veux-tu me rendre un service ?

— Oh, oui ! Oui, Mr Tollett !

— Eh bien ! vendredi soir, je voudrais m'absenter. J'ai un dîner à Shields, un dîner d'affaires. Ça n'arrive qu'une fois par an. Alors si tu voulais rester avec David jusqu'à mon retour, je t'en serais reconnaissant.

— Oh, oui ! oui naturellement, je resterai très volontiers.

— Merci, Mary.

Quand elle fut seule dans la cuisine, elle s'arrêta un moment dans son travail et regarda par la fenêtre, à travers les rideaux de filet. Des nuages blancs amoncelés filaient dans le ciel au-dessus des pots de cheminée et elle observait le soleil qui en sortait, les ourlant d'une frange d'argent. Le jour lui paraissait merveilleux et la vie qu'elle entrevoyait merveilleuse aussi. Voici donc qu'elle aurait cet emploi pour de bon. Sa mère n'y pouvait rien si Mr Tollett énonçait clairement sa volonté. Et en restant ici, elle, Mary, ferait d'une pierre deux coups : assurer son avenir et en même temps celui de son père. Alice ne pourrait arriver à rien si elle ne revenait plus au magasin, n'est-ce pas ? Bien sûr, elle en serait folle furieuse — oh, oui ! sûrement — mais si elle allait trop fort, Mary savait ce qu'elle ferait. Elle irait vivre chez sa grand-ma. Il s'y trouvait une chambre libre et sa grand-ma ne serait que trop contente de l'y recevoir. Et ce serait délicieux de vivre avec ses grands-parents. Imaginez : travailler toute la journée ici dans cette belle maison et à la nuit ne plus avoir à rentrer dans le cottage du haut de la rue y retrouver sa m'man.

« Oh — elle soupira — cette perspective était trop belle pour se réaliser... »

Le vendredi soir, elle remonta la rue en courant avec le panier d'épicerie et sa paie et tendit vivement à sa mère les vingt et un shillings.

— Attends, attends donc, dit Alice, comme sa fille se dirigeait précipitamment vers la porte, tu files comme un diable dans la tempête.

— Hé ! c'est que, tu sais, il faut que je retourne : Mr Tollett sort ce soir et je dois m'occuper du magasin. Il faut que je me dépêche.

— T'occuper du magasin, toi ! Toi toute seule ! Et le vendredi soir encore ! Le moment le plus chargé de la semaine ! T'occuper du magasin !

— Oui, moi, M'man. — Mary rentra d'un pas dans la pièce et affronta sa mère du regard. — Et s'il ne m'en croyait pas capable, eh bien, il ne m'y laisserait pas !

— Disparais ! Quand je serai sur mes pieds ma belle, tu ne me tiendras plus tête. Dieu de Dieu, tu verras ça quand j'aurai mes béquilles.

Mary la dévisageait. Elle fut sur le point de dire :

— Et il y aura une autre surprise qui t'attend M'man. » Mais, comme disait Mr Tollett, il suffit d'aborder la difficulté quand elle se présente.

Dans la cuisine, Mary donna en hâte la demi-couronne habituelle à son père et les six pence à Jimmy. Alec la suivit sur le palier et demanda :

— Qu'est-ce qu'il y a, petite ?

Elle le regarda en face et dit à mi-voix :

— Elle aura une surprise m'man. Mr Tollett veut me garder, il ne veut plus qu'elle revienne.

— Il ne veut pas...

Mary allait descendre en hâte, mais elle en fut retenue par la consternation qu'elle lut sur le visage de son père.

Lentement, celui-ci articulait, plus pour lui-même que pour elle :

— Ça va être la catastrophe pour Alice, ça va la briser...

Mary avait cru que son p'pa serait content de la nouvelle. Visiblement il ne l'était pas.

— Mais tu ne vas pas rester toujours en service, petite ? Si tu peux trouver quelque chose de mieux ?

— Mais là-bas je ne fais pas le travail d'une domestique, P'pa, c'est comme des vacances. Je m'y plais.

D'un mouvement machinal, il la poussa doucement vers l'escalier en disant :

— Va, va maintenant, nous reparlerons de ça plus tard.

En arrivant à la boutique, Mary alla directement derrière le comptoir. Ben venait justement de servir une cliente et, comme celle-ci quittait le magasin, il regarda Mary et dit :

— Bon. Tu es sûre que tu t'en tireras ?

— Sûre. J'ai déjà servi les clients.

— Oui, mais le vendredi soir c'est différent. Vers neuf heures, tu vas voir apparaître quelques-unes de ces resquilleuses de la dernière minute. Rappelle-toi bien : pas de crédit pour celles-là, pas un penny à ces Mulhattan, Fawcett, Mac-Mullen, Romney... Si elles me voient partir, je parie qu'elles vont rappliquer comme un bataillon de fourmis. Tiens surtout Hannah à l'œil. Hannah Mulhattan. Ne la laisse pas t'enjôler.

Mary se mit à rire.

— N'ayez pas peur, j'y veillerai. Vous dites Mrs Mulhattan, Mrs Fawcett, Mrs Mac-Mullen et Mrs Romney ?

— Oui, celles-là. D'ailleurs je vais sortir par la porte de derrière, l'auto est dans la ruelle et peut-être ne me verront-elles pas partir.

Une demi-heure plus tard, Mary était en train de servir une cliente quand elle s'entendit appeler de la réserve.

— Mary, veux-tu venir une minute.

— Un instant, Mr Tollett.

Dans la réserve, elle s'arrêta court en le voyant. Comme il était bien mis ! Jamais elle ne l'avait vu habillé ainsi. Il portait un complet gris sombre, un col blanc empesé et une cravate grise. Tout cela lui allait parfaitement. Ses souliers noirs brillaient et il avait négligemment jeté autour de son cou une écharpe de soie blanche dont il fit disparaître les pans dans son pardessus noir.

Mary comprit une fois de plus, la comparaison que sa m'man avait dû établir avec son p'pa et pourquoi elle était attirée par Mr Tollett.

— Je rentrerai vers onze heures, dit-il, peut-être avant si j'en ai assez. Si au contraire je ne suis pas là à onze heures et demie, tu sauras que je me suis enivré et que quelqu'un me ramènera.

Il souriait largement, montrant de belles dents blanches. Tout ce que Mary put lui dire fut :

— Oh ! Mr Tollett !

— Sait-on jamais ! Je sors si peu, je n'ai pas l'habitude de la boisson. En tout cas, poursuivit-il plus bas, dès que tu auras fermé le magasin, installe-toi confortablement. J'ai laissé quelques douceurs sur la table et j'ai sorti trois ou quatre disques qui te plairont, je pense. Passe une bonne soirée.

— Oh, ça c'est gentil ! Merci, Mr Tollett. Et vous...

Elle mit sa main à sa bouche comme pour héler quelqu'un de très éloigné et susurra :

— Et vous, soûlez-vous bien, si vous en avez envie !

— Merci, Mary. Merci.

Et tous deux riant, ils se quittèrent.

Mary devait en principe fermer boutique à neuf heures mais ne put le faire que vingt minutes plus tard. Elle avait dû servir une bande de retardataires, mais pas de mauvaises payeuses.

Elle se sentait fatiguée en montant à l'appartement et elle se laissa tomber dans un profond fauteuil du salon. Les rideaux étaient tirés, le feu flamboyait joyeusement et la lumière était allumée. C'était gentil de la part de Mr Tollett d'avoir laissé allumé alors qu'il n'y avait personne dans la pièce. Elle regarda en direction du tourne-disque : les disques étaient bien là, à côté, un grand plat de douceurs.

Elle s'arracha au fauteuil et vint à la table, elle inspecta le plat et s'exclama :

— Oh ! des gaufrettes à la noix. Comment a-t-il pu deviner ?

Elle ne lui avait jamais dit que c'était son parfum préféré.

Pour commencer, je vais me faire une tasse de chocolat et prendre quelque chose de consistant. Je garderai ça pour le manger en écoutant les disques, se dit-elle.

Oubliée la fatigue, elle se précipita vers la cuisine, se prépara un chocolat, mit une tranche de jambon entre deux tranches de pain et s'assit à la table près de la fenêtre pour manger son sandwich. Elle ne voulait pas l'apporter au salon, de crainte d'y faire des miettes. Quand elle eut fini, elle se lava les mains et aussi le visage qu'elle sentait en sueur. En s'essuyant à la touaille elle se regarda dans le miroir fixé au mur. Celui devant lequel Ben se rasait. Etait-elle vraiment jolie ? se demandait-elle. Souvent des hommes le disaient sur son passage et cela lui était agréable, bien qu'elle se donnât l'air de ne pas y prêter attention.

Elle revint au salon, examina les disques : *Dans le jardin du monastère... Beauté endormie... Le beau Danube bleu...* L'orchestre de danse de Victor Silvester... Oh ! elle allait mettre celui-là d'abord, elle l'aimait beaucoup.

Tout en l'écoutant et en mordant dans une gaufrette, elle se mit à valser toute seule, faisant le tour de la pièce, zigzaguant entre les meubles. Elle aimait danser et aurait voulu le faire parfaitement. Elle était allée une fois à un bal organisé par l'école catholique avec Teresa Herwitt et ç'avait été merveilleux. Mais sa mère ne pouvait pas sentir les Herwitt parce qu'ils étaient catholiques. D'ailleurs elle jugeait communs tous les gens de la rue, sa m'man..., sauf Mr Tollett, bien sûr.

Mary n'avait jamais eu de véritable amie, ne pouvant inviter aucune de ses camarades chez elle. Personne dans Cornice Street ou Benbow Street ne paraissait à sa mère digne de considération.

Savait-elle ce que ces mêmes voisins disaient d'elle, car quand elle se mettait en colère, elle devenait encore plus commune que les autres !

Da-da-da, Da-da-da, chantonnait-elle tout en dansant. Oh ! c'était merveilleux, cette grande pièce bien chauffée, éclairée d'une lumière rose, avec cette musique délicieuse, ces gaufrettes exquises.

Elle en était au quatrième disque et continuait à danser. Elle finissait tout de même par se sentir lasse et résolut de passer à la lecture. La bibliothèque présentait un certain choix. Parmi d'autres noms plus ou moins connus d'elle parce qu'on avait parlé de ces auteurs à l'école où elle était allée, elle choisit tout en haut du rayonnage *L'Homme aimé des femmes,* de Bernard Shaw et s'installa dans un fauteuil, les friandises à la portée de la main. A peine avait-elle lu quelques pages que ses yeux se mirent à papilloter, sa tête chercha l'appui du dossier, le livre glissa de sa main, et elle s'endormit.

Ce fut un bruit venant de la rue qui la réveilla. Des gamins couraient et criaient, donnant des grands coups de pied dans une boîte de fer-blanc. Elle se redressa d'un bond et regarda la pendule : dix heures et demie. Elle avait donc tant dormi ! Elle se sentait très fatiguée. Elle s'étira, bâilla, rechargea le feu et se fit une tasse de thé bien fort. Il ne fallait pas que Mr Tollett la trouve endormie sinon il penserait lui avoir demandé quelque chose au-dessus de ses forces. Elle se tapota le visage, avec de l'eau froide, se pinça la joue pour en aviver la couleur, ce qui était bien inutile, se donna un coup de peigne, puis, de retour au salon mit un nouveau disque *Le beau Danube bleu.* Elle recommença à danser, mais cette fois juste devant le gramophone.

Quand des bras la saisirent par derrière, la firent pivoter et l'entraînèrent dans un mouvement de valse. Elle étouffa un cri. Puis, sur le rythme de la musique, haleta :

— Oh... Mis-ter... Tol-lett...

— Da-da-da, Da-da-da.

Ben aussi chantonnait sur l'air de la musique et il l'entraînait vers le canapé. Et quand le disque fut au bout, elle aspira l'air profondément tandis que les bras la pressaient comme un étau. Pour une seconde leurs joues se touchèrent, des lèvres effleurèrent son oreille. Puis d'un mouvement brusque il l'écarta de la longueur de ses bras et elle le regarda bouche bée. Hé ! il était ivre. Cela se voyait, il était ivre !

— Oh, Mary ! Je... je suis désolé, mais c'est un peu ta faute. J'ai fait ce que tu m'as dit et je me suis grisé. Je ne suis pas soûl, pas vraiment... Je suis parti avant, j'ai pensé qu'il valait mieux rentrer pendant... que je le pouvais encore.

— Vous êtes-vous bien amusé, Mr Tollett ?

— Oui et non, Mary. Oui et non...

Il tituba en se rapprochant d'elle et lui reprit les mains.

— Et puis, Mary ne m'appelle pas Mr Tollett. Ça fait des semaines que j'ai envie de te le dire. Il faut m'appeler Ben. Vas-y. Appelle-moi Ben.

— Oh Mr... — Elle secoua la tête et rit d'un rire haut perché puis dit : — Entendu, Ben.

— Voilà qui est mieux.

En le regardant en face, elle sentait ses jambes trembler sous elle comme si elle avait couru longtemps. Les yeux de Mr Tollett étaient sombres et brillants. Leur regard était plus profond que jamais. Elle essayait de maîtriser le tremblement qui gagnait toute sa personne et elle disait :

— Merci. Merci pour les friandises, pour les gaufrettes à la noix... j'ai beaucoup aimé ça.

— Oh, Mary, je t'en prie, ne parlons pas de ça. Qu'est-ce que c'est des friandises ! Il y a tant de choses que je voudrais te donner ! Ne t'en es-tu pas aperçue ?

Il secouait la tête avec impatience, approchait le visage du sien.

— Oh mon Dieu !... Mary...

Elle ne pouvait pas l'arrêter. L'eût-elle pu que sans doute elle ne l'aurait pas fait. Mais voilà qu'il se laissait glisser à genoux devant elle, ses bras l'enlaçaient à la hauteur des cuisses, il appuyait la tête contre sa taille et disait d'une voix suppliante :

— Oh Mary ! Oh, Mary, ne le sais-tu pas ? Mais si, tu le sais bien... Je t'aime !... Je t'aime !... Je t'aime !...

Et chaque fois il pressait la tête plus fortement contre la jeune fille.

— Ça me rendait fou ces dernières semaines. Tu ne te rendais compte de rien ? — Il relevait maintenant la tête et la regardait de bas en haut. — N'aie pas peur de moi.. N'aie pas peur, Mary, n'aie pas peur !...

Elle répondit et sa lèvre inférieure tremblait :

— Mais non, je n'ai pas peur.

Et c'était vrai qu'elle n'avait pas peur... en même temps qu'elle avait peur quand même. Elle ne se comprenait plus. Mr Tollett était là, qui lui disait qu'il l'aimait. C'était bien vrai que depuis des semaines il le lui faisait sentir et qu'elle refusait de comprendre. Et pourtant ses regards étaient éloquents...

Elle sentit sa respiration coupée ! C'était lui qui pressait à nouveau la tête contre elle et le son de ses paroles était maintenant étouffé.

— Je t'aime, Mary. Oh, mon Dieu, comme je t'aime ! Je n'ai jamais aimé comme ça de ma vie. Jamais !... Jamais !...

Elle ne trouvait rien à répondre. Elle ne savait pas comment répondre à de telles paroles. Tout ce qu'elle aurait voulu dire c'était : « Ne restez pas à genoux, comme ça, Mr Tollett. » Parce que ça ne lui paraissait pas bien qu'il soit ainsi agenouillé devant elle.

Comme s'il l'avait devinée, Ben se remit sur ses pieds, mais il la tenait toujours contre lui et la poussa doucement jusqu'au canapé où il la fit allonger et s'allongea près d'elle. Elle était de nouveau emprisonnée dans ses bras et l'entendait lui dire doucement :

— Est-ce que je te plais un petit peu, Mary ?

Elle ne répondit pas tout de suite, mais inclina la tête, puis dit :

— Oui.

Et c'était vrai, il lui plaisait.

— Crois-tu que tu pourrais m'aimer ?

Elle le regarda. Il était beau, mais pas de la même façon que Hughie Amesden. Ça faisait des années qu'elle aimait Hughie Amesden. L'aimait-elle encore ? Elle ne le savait plus, elle savait qu'en ce moment elle était excitée en même temps qu'elle avait peur. Peut-être était-ce de l'amour, c'était en tout cas plus que de la sympathie, mais cela ne ressemblait pas au sentiment qu'elle éprouvait pour Hughie Amesden : elle n'avait jamais vu une lumière éblouissante autour de Mr Tollett... de Ben. Oh ! elle n'arriverait jamais à l'appeler Ben, ça lui paraissait bien trop hardi. Présomptueux, c'était le mot. Le mot qu'elle avait si souvent entendu chez Mrs Turner. Mrs Turner trouvait un tel présomptueux et tel autre aussi. Ça voulait dire se prenant pour plus qu'ils n'étaient.

Et maintenant... Ben... était là qui lui disait qu'il l'aimait ! Mais qu'en penserait sa mère.

— Et m'man ? dit Mary.

Il secoua impatiemment la tête et répondit d'une voix basse mais ferme :

— Mary, si tu ne reviens pas demain, dis-toi que ta mère n'y reviendra pas pour autant. Non jamais. Pas pour y travailler ni pour autre chose. Autant te dire que... qu'elle a été un grand tourment pour moi, ta maman.

— Je sais.

— Tu sais ?

— Oui... j'ai... je l'ai vue une fois à travers la porte vitrée de la réserve... C'était la fois où vous l'avez fait sortir par la cour, derrière.

— Ah, mon Dieu !

Il courba la tête, mais pour la relever bien vite.

— Mais il n'y a jamais rien eu entre nous, jamais. Quand nous étions enfants, elle me suivait partout, et moi je ne pouvais pas la souffrir. Je ne devrais pas dire ça, mais c'est vrai, quand Jane est morte, j'étais dans tous mes états et j'ai été heureux de trouver son aide, mais je n'imaginais pas que ça allait recommencer, sans quoi je ne lui aurais pas laissé mettre le pied ici... Et tu sais, Mary, j'ai été tout surpris, quand tu es venue, de voir que tu n'avais rien, mais rien, de ta mère ! Tu tiens tout de ton père. C'est quelqu'un de très bien ton papa.

— Oui, oui, quelqu'un de très bien.

Rien que pour ça, elle pouvait aimer Ben. Parce qu'il trouvait son p'pa quelqu'un de très bien.

— Il n'aurait jamais dû épouser Alice. Seulement, elle, elle était décidée à se faire épouser. Et... encore une autre chose. C'est à cause d'elle en grande partie que je suis allé chez ma tante, dans le Dorset. J'avais littéralement peur d'elle, elle avait l'esprit de domination. Tu sais, dans ce temps-là, nous vivions tous très près les uns des autres. Ton père et moi d'un côté de la rue, elle en face. Eh bien ! je ne pouvais pas sortir, ni par-devant ni par-derrière, sans me jeter dans ses jambes. Quand mon père est mort et que je suis revenu ici, et que j'ai trouvé que nous allions habiter la même rue !... Dieu du Ciel !... Mais puisqu'elle était mariée... je me disais que tout irait bien. Et c'est alors que j'ai épousé Jane. Et Jane était quelqu'un qui savait tenir les gens à leur place...

Il prit entre ses deux mains le visage de Mary et dit gentiment :

— Ne tremble pas comme ça... Ecoute, je vais... je vais te dire une chose que je n'ai jamais dite à âme vivante... et que je ne te dirais pas probablement si je n'étais un peu pompette... Mais... mais il faut que tu saches... Eh bien !... je n'ai jamais été amoureux de Jane. Rien de ce que je ressens à présent pour toi je ne l'ai éprouvé pour elle. C'est la vérité pure. Ah, si j'avais pu te rencontrer quand j'avais dix-sept ans, dix-huit, dix-neuf ans ! Sais-tu quelque chose, Mary ? J'avais près de trente ans que je n'avais encore jamais rencontré une fille qui me plaise. Je me disais que ce n'était pas normal. Comprends-tu ça ? Je voulais me faire un foyer, avoir une femme, des enfants, j'en avais assez de vivre en tête à tête avec ma tante, mais je ne voulais pas revenir à Jarrow et retrouver les gens d'ici. Jarrow !.. — Il fit la grimace. — Ça n'était pas assez bon pour moi ! Puis maman est morte et papa aussi et j'étais tout seul, absolument seul dans la vie. C'est alors que j'ai rencontré Jane. Et... je peux dire — ce n'est pas de l'orgueil — que c'est elle qui m'a épousé. Pourtant j'étais content de changer d'existence. Peux-tu comprendre tout ça ? Non, bien sûr, tu es trop jeune... Et puis il s'est passé quelque chose de curieux. Jane a choisi de rester ici au lieu d'aller à Gosforth.

« C'était vraiment curieux, Mary, parce que, sous ses manières distinguées, elle avait les mêmes idées que mes parents.

« Elle nous voyait posséder en un rien de temps une chaîne de magasins. J'avais beau lui dire que mon père en avait justement fermé deux. Non, elle répliquait que la crise ne durerait pas toujours, que c'était le moment d'acquérir des immeubles quand les prix étaient avantageux et de continuer à acheter des actions, celles qui étaient au plus bas. Ma tante Annie m'avait lancé dans ce genre d'opérations. C'est grâce à ça qu'elle vivait si confortablement. Ah, Mary — il eut un pâle sourire — qu'est-ce que je te raconte là ? Des actions ? des magasins ! alors qu'une seule chose compte pour moi : c'est que je t'aime. Tu es si fraîche, si douce, si belle, si gentille... oh ! si gentille !

Quand il l'attira à lui et posa ses lèvres sur les siennes, Mary fut prise d'un frisson et crut qu'elle allait s'évanouir. Elle avait souvent rêvé d'être embrassée, d'être embrassée par Hughie Amesden, mais même quand elle imaginait ses lèvres sur les siennes, cela n'avait jamais été comme à présent. Elle se sentait faible. Il n'y avait plus d'air dans sa poitrine, elle ne pouvait plus respirer. Quand leurs bouches se séparèrent, elle fit une profonde aspiration. Les lèvres de Ben se posèrent sur ses yeux, son oreille, son menton, son cou, descendirent sur sa gorge.

— Je t'aime, Mary. Je t'aime, Mary. Je t'aime...

Sa voix était comme une incantation qui lui emplissait la tête.

— Et toi, m'aimes-tu, dis m'aimes-tu ? Dis que tu m'aimes. Dis-moi que tu m'aimes un tout petit peu. Dis-le Mary ! Dis-le-moi...

Ses yeux bruns plongeaient dans les siens. Elle n'avait jamais vu d'yeux aussi larges, aussi sombres, aussi profonds.

— Dis-le, Mary, dis-le.

C'était comme un murmure qui lui parvenait du fond d'un tunnel.

— Oui, oui, je vous aime.

Et de nouveau, elle se sentit le souffle coupé. Elle fut couverte de baisers et ne sut plus ce qui lui arrivait, hormis qu'elle rendait les baisers. Et à présent, il semblait l'embrasser avec toutes les parties de son corps. Elle était en sueur, brûlante, elle avait la curieuse sensation qu'elle gonflait, qu'elle allait éclater...

Ils étaient allongés sur le canapé, côte à côte et tout d'un coup, elle se sentit tomber et ils roulèrent ensemble sur le tapis. Ils se regardèrent un instant et elle éclata de rire. Et de nouveau elle était dans ses bras.

Les mains de Ben étaient chaudes et douces et il répétait continuellement :

— N'aie pas peur, Mary, je ne te ferai aucun mal. N'aie pas peur. Aucun mal...

C'est pourtant ce qu'il fit, car soudain une douleur violente la transperça. Et après cela le monde s'arrêta de tourner.

CHAPITRE VI

— Qu'est-ce qu'y a, ma chérie ?

Grand-Ma Walton se penchait sur Mary.

— Tu n'as pas l'air dans ton assiette, ces jours. C'est dur ! pour toi, aussi, ce double travail. Ça sera une bonne chose que ta maman retourne là-bas. Elle sera bientôt sur ses pieds, hier quand j'y suis allée, elle les posait déjà tous les deux par terre.

— Qu'est-ce qu'il y a, petite ?

C'était au tour de Peter Walton de se pencher sur Mary, une expression brusquement soucieuse sur son gai visage.

— Qu'est-ce qu'il y a ? C'est ta m'man qui est diabolique ? T'en fais pas pour ça, c'est son genre, tu devrais en avoir pris l'habitude, depuis le temps ! Tiens, tu vas bien manger ce morceau de gâteau avec nous ? Ta grand-mère l'a fait cuire ce matin, c'est léger comme une plume.

— Non merci, Grand-pa. J'ai pas envie de manger. J'ai... j'ai mal à la tête.

— Mais il me semble que tu as tout le temps mal à la tête ces jours-ci. Ecoute, si ça continue, faudra voir le docteur. As-tu dit ça à ta m'man ?

Mary baissa les yeux.

— Non.

— Ben, tu devrais !

Son grand-père passait maintenant son bras autour d'elle et l'attirait en murmurant gentiment :

— Ton p'pa est embêté, embêté à s'en rendre malade, il arrive pas à te comprendre.

Oh ! si elle arrivait seulement à se comprendre elle-même, si seulement elle pouvait parler à quelqu'un. Elle était venue pour tout dire à sa grand-mère, parce que celle-ci était la personne qu'il fallait pour communiquer les nouvelles. Elle avait promis à Ben de ne pas revenir sans avoir parlé à sa grand-ma. Ils avaient discuté plusieurs fois la chose. Ben aurait voulu aller lui-même en haut de la rue le dire à Alec. Il répétait : « Je suis heureux que ça soit arrivé, mon amour, tu entends, j'en suis heureux. Parce que maintenant faudra bien que ça vienne au grand jour et que tu vas m'épouser ! »

L'épouser ? Il lui en avait parlé dès le lendemain du jour où c'était arrivé. En venant à l'appartement elle n'avait pas été capable de le regarder en face, mais lui l'avait prise dans ses bras en riant et il avait dit :

— Ah, mon amour ! Je suis l'homme le plus heureux de la terre. Je vais de ce pas voir ton père.

A cela elle avait un instant paru prise de folie et elle lui avait crié, hurlé presque :

— Non ! Non, il ne faut pas ! Non, Ben, il ne faut rien dire à mon p'pa, je n'veux pas.

Elle avait bien compris, au cours d'une nuit sans sommeil que son père n'ignorait rien de ce qu'il y avait entre Ben et Alice et que même si Ben s'était montré correct, il avait détourné sa femme de lui. Alors si maintenant, Ben venait lui parler d'épouser Mary, son père verrait rouge. Instinctivement, elle pressentait qu'il se livrerait à quelque extrémité, parce que, en plus de tout le reste, Ben était d'âge à être son père à elle et que si m'man était parvenue à ses fins, il aurait pu l'être effectivement.

Ben l'avait rassurée.

— Très bien, très bien, laissons ça, nous ne le ferons que quand tu le voudras. Mais rends-moi justice, ne me prends pas pour un homme qui a peur de ses responsabilités.

Elle l'avait regardé et, à sa propre surprise, elle s'était jetée contre sa poitrine.

Non, elle ne l'avait pas mal jugé, car elle l'aimait bien. Elle n'avait pas aimé ce qui s'était passé la fameuse nuit, mais lui, elle l'aimait bien quand même. Il était bon, agréable... et il était digne d'amour. Il paraissait si différent de tous les hommes des environs. Comme s'il était d'une autre classe.

Mais ce n'était pas seulement de l'apprendre à son père qu'elle craignait. Il y avait aussi sa mère. Et voilà, elle n'avait pas eu ses règles, et elle savait ce que cela signifiait : quand on n'a plus ses règles, on va avoir un bébé. Et, de plus, elle ne se sentait pas très bien.

Maintenant elle regardait alternativement les deux vieux visages inquiets penchés vers le sien et elle dit :

— Je voudrais parler à ma grand-mère, Grand-pa.

Peter se redressa.

— Bien ma petite fille. — Et avec un effort pour revenir à sa manière facétieuse, il ajouta : — Je ferais aussi bien de m'en aller. T'ai-je dit que j'avais affaire à l'hôtel de ville ? Il y a aujourd'hui réunion des conseillers. Tout un groupe. Ils ont demandé à me voir. Je crois qu'ils voudraient faire de moi le maire.

Cette plaisanterie n'amenant aucun sourire sur les lèvres de Mary, il sortit.

Grand-maman Walton attira une chaise de bois vers la table, s'assit et s'empara des mains de Mary. Elle plongea les yeux dans les siens un bon moment et, avec la divination de l'âge, elle dit :

— Non petite, non, pas ça ?

Mary comprenant que les explications étaient inutiles inclina simplement la tête.

— Ah, mon Dieu ! Un enfant !

— Oh, Grand-ma !

Elle se jeta entre les bras de la vieille femme et celle-ci se mit à la bercer, en lui tapotant le dos.

— Qui est-ce ? Je ne savais pas que tu avais un amoureux.

Mary sanglotait si amèrement qu'elle ne put répondre immédiatement. Puis elle releva la tête, renifla, essuya ses larmes du revers de la main et dit :

— C'est pas un amoureux, c'est Ben.

— Ben ?

— Mr Tollett.

— Mon Dieu ! Tu plaisantes, petite.

— Non, Grand-ma, non.

— Ah le salaud ! Profiter d'une gamine.

— C'est pas ça, c'est pas ça ! Ecoute, Grand-ma. — A son tour elle avait saisi sa grand-mère aux épaules et la secouait. — C'est pas ça du tout. Il voulait m'épouser tout de suite et c'est moi qui voulais pas. J'avais peur d'en parler à p'pa. Et à m'man. Le reste... c'est arrivé comme ça, et maintenant je veux l'épouser, Grand-ma.

— Tu veux, ma fille ?

— Oui, oui, Grand-ma.

— Alors pourquoi tu avais peur d'en parler à la maison ?

— Je pouvais pas... J'avais une raison.

— Ah oui ? Laquelle ?

— Eh bien ! Grand-ma, j'sais pas comment dire ça. Je devrais pas en parler.

— Tu en as trop dit et tu ferais bien de tout me raconter. Si tu veux que ça n'aille pas plus loin, tu me connais...

Oui, elle connaissait sa grand-mère, ça n'irait pas plus loin. Aussi dit-elle calmement :

— M'man était après Ben tout le temps qu'elle a travaillé au magasin. Lui, il la repoussait. J'ai vu un soir, vraiment vu et je l'ai entendu dire à m'man qu'il voulait pas, parce que mon p'pa était un homme bien.

— Ta m'man !... après lui !... Non ! — Elle ajouta avec véhémence : — Et il disait que ton p'pa était un garçon bien ? Il pensait pas ça quand il t'a culbutée.

— Pas culbutée, Grand-ma. C'était pas comme ça ! Je dois le dire, j'ai bien voulu. Si j'avais pas voulu, il l'aurait pas fait. Moi vois-tu, je pouvais pas le laisser dire ça à p'pa. Parce que p'pa il savait que m'man courait après lui, je veux dire après Ben, et il aurait pris ça pour une double insulte.

— Eh bien ! il n'y a rien de changé. Comment tu penses qu'il va prendre les choses, à présent ? Tu as raison de croire que ça lui fera pas plaisir. Il va sûrement réagir sans douceur. Tu sais pour ton p'pa, tu es rien moins que le soleil, il te croit incapable de mal faire, quand même tu serais tentée par mille diables. Pour lui, tu es, comme ton grand-père te le chante, aussi pure que le lis du vallon. Ah, Mary, Mary ! Pourquoi a-t-il fallu que tu fasses ça !

— Grand-ma, je l'ai pas fait exprès. C'est arrivé comme ça, répondit-elle en pleurant.

Grand-mère Walton soupira profondément.

— Eh bien, il faut le dire à présent. Et tu veux que ça soit moi, c'est-il ça ?

— Oui, Grand-ma.

— Alors dans ce cas, je vais pas attendre qu'il vienne ici. Je ferais aussi bien de faire d'une pierre deux coups et de le leur dire à tous les deux à la fois. Je prends chapeau et manteau.

Un quart d'heure après, elles sortaient ensemble de Bingley Street, passaient devant la gare, échangeant à peine une parole jusqu'à ce qu'elles arrivent devant le magasin.

Grand-maman Walton s'arrêta et dit alors :

— Tu ferais bien d'aller le préparer à la nouvelle. Ton père va se mettre en colère et se précipiter ici. Il faudra plus que des câlineries et des mots gentils pour le calmer, je te le dis !

Mary resta un moment à regarder sa grand-mère monter la rue avec son manteau noir luisant d'usure, son chapeau noir perché droit sur sa tête. Petite et mince comme elle était, on aurait juré une gamine jouant à se déguiser en vieille femme.

Mary n'entra pas par le magasin, mais par la cour et monta l'escalier. Elle n'était pas arrivée depuis longtemps que Ben la rejoignit.

— Alors ? interrogea-t-il.

— Ma grand-mère est allée leur dire.

Il eut un petit rire.

— Je pense qu'il va y avoir quelques heures difficiles, mais je suis content qu'on en arrive là. J'avais au creux de l'estomac le même pincement que pendant la guerre, quand après avoir été appelé, je pensais au jour où il me faudrait monter en première ligne, et que je me demandais à quoi ça ressemblait. — Il sourit bizarrement. — Maintenant je sais.

Il la regardait bien en face. Et puis soudain, il l'attira dans ses bras et lui donna un long baiser passionné. Ensuite, d'un doigt délicat il dessina le tour de sa bouche et dit :

— Ce n'est pas payer trop cher pour toi, Mary, que d'affronter n'importe quel combat.

Et il la laissa. Ce devait être la dernière fois qu'elle voyait son beau visage.

Alice se tenait près de la table. Elle se cramponnait au bord de celle-ci, les poings si serrés que les jointures de ses doigts étaient blanches. Au contraire, son visage était rouge, rouge tomate comme si elle allait avoir une attaque. Ses yeux étaient injectés, elle semblait au bord de la folie.

Alec, lui, n'avait pas bougé du coin du feu. Une de ses mains s'accrochait à la barre de cuivre. Il gardait la bouche ouverte et son teint était gris. Il semblait prêt à s'affaler sur le protège-feu, il était en état de choc, privé de force, incapable de bouger.

Sa mère se tenait là, qui lui disait que Mary était enceinte de Ben Tollett. Il avait bien entendu les mots, à preuve qu'il se les répétait mentalement, mais pour lui ils n'avaient pas de sens. Non qu'il ne crût pas sa mère, il la croyait. Il savait à présent pourquoi Mary était si étrange depuis des semaines. Il se rappelait le moment où elle avait brusquement changé. C'était le soir où elle avait dû attendre le retour de Ben, parti pour un dîner de gens d'affaires à Shields. Elle en était rentrée dans un état proche de l'épuisement, et il lui avait dit :

— Tu peux pas continuer comme ça. C'est ce double travail. Deux jobs, c'est un de trop.

Elle n'avait jamais paru bien depuis ce jour-là.

Il se rappelait très exactement maintenant l'air qu'elle avait. C'était à cause de ce qui était arrivé cette nuit-là. Ben Tollett ne s'était pas contenté de lui soulever Alice, il lui avait fallu Mary... Mary !... Sa Mary !...

D'un seul coup, son esprit se réveilla. Ben avait pris Mary. Eh bien ! il allait le tuer ! C'est ça : il allait le tuer ! Personne ne devait toucher à Mary, surtout pas Ben Tollett, après ce qui s'était passé entre lui et Alice. Parce qu'il ne fallait pas prétendre qu'il ne s'était rien passé entre eux. Depuis qu'elle travaillait à la boutique, elle ne se laissait plus approcher par lui, Alec. Elle n'avait jamais été très portée sur la chose, mais depuis toute une année, plus rien. Alors, il ne fallait pas venir lui raconter... Et là-dessus, ce Ben avait séduit Mary !

Son corps suivait avec peine la promptitude de sa pensée, pourtant sa démarche pesante, quand il quitta le coin de la cheminée attira l'attention d'Alice en la distrayant pour une seconde de sa rage aveugle. Elle le regarda gagner la porte donnant sur le palier. Grand-mère Walton le vit aussi et cria en essayant de le suivre :

— Mon petit Alec, mon petit Alec, n'y va pas ! Pas comme ça !

Alice se jeta sur elle, l'attrapa par les bras et s'équilibrant elle-même par cette prise se mit à crier plus fort :

— Laissez-le aller ! Laissez-le faire ! Qu'il lui casse la figure ! Vous entendez ? qu'il mette son visage en compote.

— Tiens-toi tranquille, ma fille, calme-toi.

Et grand-mère Walton se dégagea, attrapa à son tour Alice par les bras et l'obligea à s'asseoir sur une chaise. Mais, à peine assise, celle-ci se releva et boitant jusqu'au haut de l'escalier, elle cria :

— Oui, casse-lui la figure ! Et son magasin et tout. Fiche tout en l'air ! Pour une fois dans ta vie, tâche de bien faire les choses !

Il n'avait pas besoin des conseils d'Alice. Il savait ce qu'il avait à faire. En descendant la rue, son pas s'accélérait. Arrivé à la boutique, il en poussa la porte si brutalement que le vantail, heurtant un sac de pommes de terre, lui fut renvoyé dans la figure et qu'il dut l'ouvrir à nouveau. Entré dans le magasin où il n'y avait que deux clientes, il s'arrêta un instant au milieu, regardant Ben à son comptoir. Celui-ci avait légèrement pâli.

Un silence s'établit entre tous les présents. Enfin Alec parla :

— Salaud que tu es !

Les mots lui sortaient du fond de la gorge. Il reprit un peu plus haut :

— Oui, sale cochon ! Dégoûtant personnage... — Puis, plus haut encore : — Une enfant. A peine plus qu'une enfant... Et pure, une fille toute pure.

— Qu'est-ce qu'il y a, Alec ?

C'était une des femmes qui tentait de s'interposer. Il l'écarta si violemment qu'elle alla buter contre le comptoir ou s'étalaient la papeterie, les cartes de vœux, les illustrés et les hebdomadaires féminins.

— Alec ! — La voix de Ben trahissait son appréhension. — Ecoute, viens dans l'arrière-boutique. C'est une affaire privée, viens derrière.

— Viens derrière, qu'il dit. Viens derrière !... Vous l'entendez ? Il viole ma fille et il me demande de venir derrière.

Vous l'entendez, Mrs Wilson ? Et vous, Mrs Cooper ? Il a violé notre Mary, ce salaud-là. Il a violé Mary !...

D'un bond, il se pencha par-dessus le comptoir, empoignant à pleines mains la blouse de Ben, sa veste, sa chemise.

— Allons, lâche-moi, lâche-moi...

Ben, à demi étranglé, se libéra enfin, mais en reculant heurta le rayonnage où s'entassaient les boîtes de conserves. Alec releva la partie rabattue du comptoir, passa derrière et atteignit Ben de nouveau. Ils luttèrent l'un contre l'autre et les conserves dégringolaient et le comptoir vacillait... Une demi-meule de fromage tomba lourdement sur le sol. Les femmes se mirent à hurler, l'une d'elles se précipita dans la rue en criant : « Au secours ! »

Pendant ce temps les deux hommes continuaient de lutter, coincés dans l'étroit espace derrière le comptoir et déjà du sang coulait sur la figure de Ben. Soudain ils débouchèrent au milieu de la pièce pour venir dans leur élan s'écraser contre un présentoir de biscuits. Celui-ci vacilla d'avant en arrière pour finalement s'écraser contre la vitrine extérieure avec un craquement retentissant.

Les femmes qui avaient été rejetées vers le coin se glissèrent le long du comptoir, à temps pour arrêter Mary qui accourait de l'arrière-boutique et qui hurlait :

— Oh, P'pa ! Oh, P'pa !

— Tu y peux rien, petite, laisse-les s'en sortir, dirent les commères, et l'une d'elles attira Mary contre elle et l'immobilisa.

Ce fut à ce moment que Ben réussit à se débarrasser d'Alec et à le repousser. Mais ce faisant son pied glissa sur des fruits écrasés qui jonchaient le sol. D'un mouvement vif, Alec revint par le côté, tenant en main un bocal de bonbons. Il le balança un instant et l'envoya en plein sur le visage de Ben Le verre éclata sous le choc comme fendu par un coup de hache et le sang jaillit, souillant les bonbons qui retombaient de tous côtés.

Ben s'immobilisa sous le choc. Personne d'ailleurs ne bougea, pas même Alec qui s'appuyait à présent contre le comptoir, pas même la femme qui retenait Mary, ni Mary elle-même, ni les gamins qui se pressaient dans l'entrée. Ce furent des hommes qui les écartèrent et se précipitèrent de la rue, s'exclamant l'un après l'autre :

— Seigneur !

— Grand Dieu !

— Qu'est-ce qui est arrivé ?

— Ça, alors !

La tension cessa. Alec se détachant du comptoir quitta la boutique. Il ne regarda ni Mary ni personne. Ses vêtements étaient déchirés, son visage éclaboussé de sang... mais c'était celui de Ben.

Il écarta les gens qui se pressaient sur le trottoir. On lui fit place et il commença à remonter la rue. Un instant, il s'immobilisa à la vue d'un agent de police qui se précipitait. Celui-ci eut une seconde d'hésitation, puis repartit en courant vers le magasin. Alec reprit son chemin.

Quand il rentra chez lui, sa mère s'exclama :

— Oh, mon Dieu, qu'est-ce que tu as fait ? Tu es plein de sang, qu'est-ce que tu as fait ?

Et Alice cria :

— Alors ça y est ? Parle donc ! Ça y est-il ?

Il la regarda longuement, durement.

— Oui ça y est. J'ai fait comme tu disais. Tu es contente à présent ?

Et il alla s'asseoir près du feu. Quand sa mère s'approcha avec une serviette et se mit à lui essuyer la figure, il ne la repoussa pas.

Mary berça la tête de Ben jusqu'à l'arrivée du médecin. La boutique avait été évacuée à l'exception de deux hommes et d'une femme et de l'agent. Elle resta à genoux près du blessé en attendant l'ambulance, y monta avec lui et l'accompagna jusqu'à l'hôpital Harton, à Shields.

— Etes-vous sa fille ? demanda l'infirmière.

— Non... Non.

— Sa femme ?

Mary fit un signe négatif.

— Qui sont ses parents les plus proches ?

Elle ne savait pas. Seulement qu'il avait une cousine qui habitait Wallsend, mais elle ne connaissait pas l'adresse et d'ailleurs elle était impotente.

Une demi-heure plus tard, l'infirmière revint lui dire :

— Il est prêt pour la salle d'opération.

Elle demanda dans un souffle :

— Est-ce grave ?

— Ils vont essayer de sauver l'œil.

Oh, mon Dieu ! Ses yeux bruns, ses magnifiques yeux bruns. Et c'était son p'pa qui avait fait ça, à Ben ! Elle n'arrivait pas à le croire. Elle s'était bien dit que son père deviendrait littéralement fou en apprenant ce qui était arrivé, mais pas à ce point-là. Elle croyait que ça se passerait en paroles, qu'il l'injurierait, puis que d'un certain temps il ne lui parlerait plus et qu'enfin tout redeviendrait normal. Son p'pa était un homme doux qui ne ferait pas de mal à une mouche. Et tout ça c'était sa faute à elle. Ah ! comme elle aurait mieux aimé être morte.

Encore une demi-heure et on la fit entrer dans une pièce annexe où on lui donna une tasse de thé.

L'infirmière lui demanda :

— Est-ce un de vos parents ?

Mary secoua la tête et ne répondit rien. L'infirmière leva les sourcils et n'insista pas.

Au bout d'une heure et demie, Ben fut ramené de la salle d'opération. L'infirmière-chef en personne vint dire à Mary :

— Vous feriez mieux de rentrer chez vous. Vous ne pourrez pas le voir avant demain.

— Que lui a-t-on fait ? demanda-t-elle d'une voix à peine audible.

— Hé bien, il a fallu beaucoup de points de suture. Il avait de profondes coupures au visage et des éclats de verre dans les plaies.

— Et... et son œil ?

— Oh, je crois que ça va aller. Les coupures heureusement l'ont épargné. Il a eu de la chance. Et pour le cou encore plus, l'artère a été manquée de peu.

Elle hocha gentiment la tête.

— Allez, rentrez chez vous, petite, vous viendrez le voir demain.

Mary s'en alla sans rien dire, descendit l'allée jusqu'à la grille et là seulement pensa qu'elle n'avait pas d'argent pour rentrer à Jarrow par le bus. Elle continua donc à pied.

Le long de la route interminable, elle pensait à son p'pa. Qu'allait-il lui arriver, à lui ? Des gamins passaient braillards et riant. Elle aussi, il y avait si peu de temps, elle était une gamine pleine de rire et maintenant c'était fini, elle ne rirait jamais plus.

Elle approcha enfin de Jarrow. Mais au lieu de gagner le haut de la rue, elle se dirigea instinctivement vers le magasin de Ben. Là, serait sa demeure si Ben vivait ? De toute façon, elle ne retournerait plus au 95.

Mrs McArthur avait pris soin de l'enfant. Mrs McArthur était une brave femme, pas une commère, elle s'occupait de ce qui la regardait, et c'était une des meilleures clientes de Ben. La porte de la boutique était fermée, Mary entra par la cour et monta l'escalier. L'enfant pleurait et Mrs McArthur dit :

— J'ai essayé de le consoler, mais rien n'y fait.

Mary prit l'enfant dans ses bras et le berça.

— Papa, je veux mon papa.

Et elle lui répondit :

— Il va venir bientôt, David. Il va très bien, il va revenir.

— A-t-il beaucoup de mal ? demanda à voix basse Mrs McArthur.

— C'est la figure.

— Lui a-t-on fait quelque chose ?

— On l'a opéré. Je ne sais pas ce qu'ils ont fait, mais... ils lui ont sauvé l'œil.

— Bon Dieu... Et ton papa ? C'est l'homme le plus calme de toute la rue. J'aurais jamais cru... Et c'était à propos de toi, petite ?

— Oui, Mrs McArthur. Je vais avoir un bébé... de Ben.

— Ah !... petite, petite... C'est des choses qui arrivent. J'allais dire, c'est la volonté de Dieu, mais je ne le dirai pas. Et qu'est-ce que tu vas faire pour le magasin ?

— Le magasin ? Je n'y ai pas songé.

— Eh bien ! c'est demain vendredi et les gens voudront faire leurs achats, il faut que tu fasses marcher l'affaire jusqu'à ce que Ben revienne.

— Oui, Mrs McArthur.

— Ecoute. Je fais un tour chez moi et je reviens t'aider. Parce que ça fait une drôle de pagaille en bas.

— Merci, Mrs McArthur.

— Assois-toi ma fille, tu ne tiens plus debout. Je vais te faire une bonne tasse de thé avant de partir.

— Merci, Mrs McArthur.

Mary se sentait défaillir. L'enfant glissa hors de ses bras jusqu'à terre, mais resta auprès d'elle, continuant à gémir.

— Allons, ne t'évanouis pas, ma fille. Y aurait pas un peu d'alcool dans la maison ?

— Là-haut.

Mary montrait du geste l'armoire. Quand Mrs McArthur lui porta le whisky aux lèvres, elle en aspira une goutte et frissonna, mais quand elle l'eut absorbé elle se sentit moins faible.

— Maintenant, je m'en vais, petite. Ça ira ?

— Oui, merci, Mrs McArthur.

— Ah ! et puis autant que tu le saches. Les flics recherchent ton père. Chez toi, ils l'ont pas trouvé. Chez ta grand-mère, il était déjà reparti. Je crois qu'ils ont été jusqu'aux jardins, mais je sais pas s'ils l'ont trouvé à cette heure. Il va avoir des ennuis, tu le sais, n'est-ce pas, petite ?

Mary regarda l'excellente femme sans rien pouvoir articuler. Elle se contenta de répondre d'un signe de tête affirmatif.

CHAPITRE VII

Mary ouvrit le magasin le vendredi matin à neuf heures ; la première personne à y entrer fut un agent de police.

— Pouvez-vous me dire où est votre père, petite ?

— Non.

— Je dois aller regarder là-haut.

— Vous pouvez, il n'y est pas.

— Désolé, petite, mais il faut que j'y aille.

— Je vous l'ai dit : vous pouvez.

Elle leva l'abattant du comptoir, l'agent passa. Quelques minutes plus tard il redescendait.

— Si vous savez où il est, petite, vous feriez mieux de nous le dire parce qu'on finira par le retrouver.

— Si je savais où il est, je vous le dirais.

Et c'était sincère. Savoir où il était aurait été le savoir vivant et un peu de sa peur s'en serait allée.

— C'est une sale affaire, dit le policier, j'en suis fâché pour vous, pour vous tous.

— Merci.

— Mr Tollett ne va pas bien, à ce qu'on me dit.

Elle ne répondit pas. Elle savait qu'il n'allait pas bien, elle avait téléphoné de bonne heure.

— Espérons pour tout le monde qu'il ne va pas casser sa pipe.

Elle posa sur l'agent des yeux écarquillés mais ne fit aucun commentaire.

Le magasin n'avait jamais vu tant de clients à la fois. Des gens qui de leur vie n'y avaient pas dépensé un penny venaient uniquement pour voir Mary et, à la fin de la matinée, elle avait pris le parti de les regarder droit dans les yeux, les défiant ainsi de poser aucune question.

Elle ne démêlait pas ce qui se passait en elle. D'une part, elle était terrifiée pour son père des suites que pourrait comporter son acte ; d'autre part, elle était malade d'angoisse pour Ben, Ben qui était si bon pour elle — et enfin elle était animée d'un sentiment de bravade où elle puisait ses forces ; il lui fallait montrer à tous qu'elle était capable de tenir la boutique ouverte, de s'occuper du ménage et de soigner le petit David.

Alors quand les yeux des clients, spécialement ceux des femmes, se posaient sur sa taille, elle se forçait de leur adresser à son tour un regard impassible... et dur.

L'après-midi, elle vit venir Mrs Mulhattan qui la salua aimablement.

— Oh, ma chère ! C'est du fond du cœur que je suis peinée pour vous. Et lui, un homme si comme il faut, qui n'avait jamais dit un mauvais mot à personne ! C'est bien de votre part de continuer à faire aller les choses. Tenez j'ai apporté un acompte sur ce que je dois. Voilà dix shillings. Ce qui est juste est juste, je suis pas celle qui paierait pas ce qu'elle doit à un homme qui peut pas s'aider.

Mary prit les dix shillings, feuilleta le registre et les y marqua, fit un reçu : « Reçu ce jour dix shillings. Reste dû : quatre livres. » Elle le tendit par-dessus le comptoir à Mrs Mulhattan, rayonnante de satisfaction, qui enchaîna aussitôt :

— Bon ! Maintenant ma chère, y me faudrait quelques petites choses...

Elle n'alla pas plus loin. Mary lui coupa la parole et déclara bien calmement :

— Désolée, Mrs Mulhattan, j'ai les ordres de Mr Tollett, vous ne pouvez rien emporter à crédit avant d'avoir réglé les quatre livres.

La grande femme dévisagea Mary un moment, puis regarda autour d'elle. A droite se trouvait un jeune garçon qui portait un jersey troué et tenait une bouteille vide à la main. A gauche, il y avait Mrs Brown et celle-ci l'observait, semblant de sourire sur les lèvres. Alors se tournant de nouveau vers Mary, Mrs Mulhattan s'exclama :

— Espèce de petite effrontée ! Pour qui diable vous prenez-vous ? Rendez-moi ces dix shillings à l'instant !...

— Je... pas question, Mrs Mulhattan, et si vous causez du scandale, je fais chercher la police. Georgie ! ajouta-t-elle en s'adressant au garçon à la bouteille.

— Oui, Mary ?

Furieuse, Mrs Mulhattan tourna le dos et se dirigea vers la porte. Là, retrouvant son éloquence, elle jeta :

— C'est à pas en croire ses oreilles !... Mais attention, Miss, je vous aurai un jour, vous et le bâtard que vous avez dans le ventre.

Quand la porte eut claqué, Mary un instant silencieuse et frissonnante se tourna vers le garçon qui bredouilla :

— Je voudrais... euh... euh... une bouteille de limonade euh... et un paquet de biscuits, et... euh... un quart de jambon...

Elle le servit et marqua la somme due. Une telle commande ne l'étonnait pas de la part d'un garçon en loques, parce que, si son père était en chômage depuis dix ans, il avait un frère qui travaillait dans le commerce et sa sœur mariée, qui vivait avec eux, avait transformé la grande pièce en boutique de vêtements d'occasion.

Le travail de la journée, la première où elle tenait seule le magasin, avait aidé Mary à dominer la panique qui l'eût poussée à se précipiter dans la rue et à courir à toutes jambes... mais où au fait ? A l'hôpital ou à la recherche de son père ?

A sept heures du soir, elle ferma le magasin. Elle resta insensible aux coups frappés à la porte pendant qu'elle mettait David au lit. Ensuite elle fit sa toilette à la hâte, enfila son manteau, mit son chapeau, et elle était prête lorsque Mrs McArthur arriva par l'escalier arrière.

— Si on frappe en bas, n'allez pas ouvrir.

— Tu peux y compter, petite. Combien de temps pensestu être dehors ?

— Ça va me prendre quarante minutes au moins pour aller là-bas. Autant pour le retour. Et je devrai peut-être attendre. Mais on ne me laissera pas rester longtemps auprès de lui... Je devrais être rentrée vers neuf heures... je... je vous paierai Mrs McArthur.

— Oh, c'est bon ! On parlera de ça une autre fois.

Mary indiqua d'un mouvement de tête la chambre de l'enfant.

— Il est endormi. Pas la peine que vous y alliez à moins qu'il pleure.

— Entendu.

— Faites-vous du thé, ou ce que vous voudrez.

— Allons, allons, file et t'occupe pas de moi. Je me débrouillerai, n'aie pas peur.

Quand tout essoufflée Mary parvint à l'entrée de la salle, l'infirmière-chef leva les yeux de la table où elle écrivait et dit :

— C'est trop tard pour les visites.

— Je... je n'ai pas pu venir plus tôt. Je voudrais seulement savoir comment va Mr Tollett. Je me suis occupée du magasin... et de l'enfant. Je n'ai pas pu venir avant.

L'infirmière se leva.

— Ah, oui, Mr Tollett... Vous ne pourrez rester que quelques minutes. Venez avec moi.

L'infirmière conduisit Mary jusqu'au fond de la salle vers un lit qu'entourait un rideau de sinistre augure. Elle écarta le rideau et répéta très bas : « Quelques minutes seulement. »

Penchée sur Ben, Mary ne voyait de lui qu'un œil et une partie de la joue, le reste de la tête était emmailloté de bandages, une main et un avant-bras l'étaient également. Elle se saisit de l'autre main qu'il tendait vers elle et la porta à sa poitrine en murmurant :

— Oh Ben ! Ben...

— Mary !

— Comment te sens-tu ?

— Mieux, ça va mieux.

— Oh Ben ! qu'est-ce que je pourrais dire ?

Elle l'apercevait à peine au milieu des larmes qui lui embuaient les yeux.

— Ne pleure pas, Mary, il ne faut pas. Je vais mieux, te dis-je. Demain ça ira encore mieux.

Elle s'essuya rapidement les yeux.

— Tout est en ordre au magasin, je le tiens ouvert. Et David va bien lui aussi.

— Bon, bon...

Ils se dévisageaient l'un l'autre. Elle aurait voulu lui dire des mots réconfortants, quelque chose comme : « Je t'aime Ben. Je t'aimerai toujours. » Mais elle ne pouvait pas ici.

Il porta lentement la main de Mary à sa joue qui maintenant n'était plus hâlée, mais mortellement pâle, et un faible plissement de la paupière indiqua qu'il essayait de sourire. La vue de Ben déchirait le cœur de Mary et l'odeur de l'éther la rendait malade elle-même.

Une voix s'éleva derrière elle.

— Il faut vous en aller maintenant.

Elle se retourna, regarda l'infirmière, puis de nouveau Ben.

— Je reviendrai demain soir. Mais je téléphonerai le matin pour avoir des nouvelles.

Aucun des mots qu'elle aurait voulu dire ne lui venait.

Il la suivit des yeux pendant qu'elle s'éloignait. Quand elle arriva près du bureau de l'infirmière-chef, elle s'efforça d'affermir sa voix pour demander :

— Va-t-il... se remettre tout à fait ?

— C'est un peu tôt pour se prononcer, mais nous l'espérons bien.

Le lendemain, Mary reçut la visite de la cousine de Ben, Annie Tollett, qui habitait Wallsend. C'était une petite femme affligée d'un pied-bot. Visage mince, taille mince, voix rieuse et profonde comme celle d'un homme, elle entra dans le magasin en disant :

— Je suis Annie Tollett. J'ai entendu dire que Ben avait eu un accident. Les mauvaises nouvelles vont vite. Vous êtes Mary, sans doute, laissez-moi passer.

En même temps, elle levait l'abattant du comptoir et s'introduisait dans l'arrière-boutique. Les deux femmes s'observèrent. Un moment, puis la visiteuse poursuivit :

— N'ayez pas peur, je ne vais pas me mêler des affaires de Ben. C'est lui que ça regarde, pas moi. Mais on me dit que vous allez avoir un enfant de lui.

Mary la regarda. Ainsi elle habitait Wallsend, de l'autre côté de la rivière. C'était vrai, les mauvaises nouvelles vont vite. Elle ne savait qui avait pu parler et ne le demanda pas. Elle dit seulement :

— Une minute, je ferme le magasin et je vous fais une tasse de thé.

— Ne vous dérangez pas pour moi. Je suis tout à fait capable de me faire moi-même une tasse de thé, il ne faut pas que je vous fasse rater un client... Comment va David ?

— Mais... très bien. Il joue dans son parc.

— Bon, je monte. Rejoignez-moi quand vous aurez une minute.

Mary regarda la petite femme boitiller en traversant la cour et disparaître derrière la porte de l'escalier. Curieux personnage, mais pas antipathique, la langue bien pendue certainement, mais pas méchante. Elle n'avait aucune ressemblance, aucun air de famille avec Ben.

Mary était à peine revenue dans la boutique que la porte s'en ouvrait devant son grand-pa. Elle porta instinctivement sa main à sa bouche et, comme si elle avait eu peur qu'il ne se jette sur elle, elle recula et s'appuya contre le rayonnage. Il s'avançait sans hâte et quand il fut en face d'elle, elle remarqua en lui les signes de la vieillesse. Des années semblaient s'être appesanties sur lui depuis le jeudi précédent et sa voix aussi parut cassée quand il dit :

— N'aie pas peur, chérie, je ne viens pas te faire de reproches.

— Oh, Grand-pa ! gémit-elle en s'approchant du comptoir et en lui tendant la main. Grand-pa, j'ai tant de peine.

— Je sais, chérie, je sais.

— Et mon p'pa ? Tu l'as vu ?

— C'est ce que je venais te dire. Ils l'ont rattrapé. Enfin quand je dis rattrapé, c'est pas qu'il se soit sauvé. Il était simplement hébété et il a passé la nuit sous le crassier.

— Oh !... Grand-pa !

— Pleure pas, petite, pleure pas !

— Et où l'ont-ils emmené ?

— A Shields.

— Au commissariat ?

— Oui.

— Qu'est-ce qu'ils vont lui faire ?

— Je n'en sais rien. Mais faut t'attendre au pire. Il écopera d'une longue peine parce qu'il a presque tué Ben, tu le sais bien.

Elle inclina lentement la tête et murmura :

— Oh, Grand-pa, c'est terrible... terrible. J'aimerais être morte.

— Ça sert à rien de se laisser aller comme ça, alors ne dis pas de bêtises.

— Et m'man ? Elle sait ?

— Oui, elle sait.

— Est-elle allée le voir ?

— Non, petite. Faut pas espérer ça de ta mère. Ta grand-ma et moi, nous irons. Et si tu as une minute et que c'est sur ton chemin, tu pourrais demander à le voir. Ils te laisseront peut-être pas, mais on sait jamais... Tu devrais...

Bien sûr, elle désirait voir son père. Lui affirmer qu'elle ne le blâmait pas. Mais comment lui dire ça, alors qu'il avait presque tué Ben ? Qui sait, même ? L'infirmière avait précisé qu'on ne pouvait pas encore se prononcer... Elle aimait son p'pa, elle en avait toujours raffolé et ce qu'il avait fait, c'était à cause d'elle. Elle était au supplice, déchirée de tous les côtés.

— Tu devrais, petite...

— Oui, Grand-pa, j'irai. J'irai.

— Sa-lut, petite.

— Sa-lut, Grand-pa.

Elle ferma la porte au verrou et monta à l'étage. La petite femme s'était fait du thé et câlinait David sur ses genoux.

— L'avez-vous vu ? demanda-t-elle sans préambule.

— Oui.

— Comment va-t-il ?

— Pas bien du tout.

— C'est votre père qui a fait ça, n'est-ce pas ?

— Oui.

— J'ai entendu parler de votre père. Ben en disait toujours du bien. Mais pas de votre mère. C'est une ambitieuse qui veut tout régenter d'après ce que je sais d'elle. De vous aussi j'ai beaucoup entendu parler.

Mary la regardait, bouche bée. Ben, lui, n'avait mentionné qu'une seule fois cette cousine Annie. Il lui arrivait de partir le mercredi après-midi avec la camionnette en emportant un carton d'épicerie, mais sans dire où il allait. Il est vrai qu'ils n'avaient guère eu le temps de causer avant la fameuse soirée où ils avaient valsé autour de la pièce. Tout avait commencé ce soir-là avec *Le beau Danube bleu.*

— Je ne veux pas me mêler de vos affaires et ne croyez pas que j'insiste, mais je traverserai de temps en temps pour m'occuper de celui-ci — elle fit sauter David sur son genou. Ça vous donnera le temps de souffler. Vous avez quelqu'un d'autre qui puisse vous aider ?

— Oui, Mrs McArthur. Elle est très gentille. Mais je vous serais reconnaissante de venir.

— Remarquez bien que je ne veux pas me mêler...

— Oui, je sais.

— Mais il faut continuer à faire marcher la boutique. Par le temps qui court, Ben pourrait perdre des clients. Ça n'est pas qu'il y ait beaucoup à craindre de ce côté, mais il vaut toujours mieux avoir plus d'un fer au feu. Tenez ! On sonne. Descendez vite !

— Oui, oui.

Mary aurait pu se sentir vexée par le parler franc et brusque de la petite femme, mais ce n'était pas le cas. Bizarrement, elle avait plutôt l'impression qu'elle trouverait là un appui en cette cousine Annie.

Elle mettrait bien des années à se rendre compte que certains appuis ne sont pas sans inconvénient et que, d'une manière ou d'une autre, tout finit par se payer.

CHAPITRE VIII

Il était neuf heures ce dimanche matin quand on frappa à la porte de derrière. Mary ouvrit. Jimmy se glissa dans la cour, referma vite la porte, s'y tint adossé et regarda sa sœur.

— Je me rends chez grand-m'man McAlister, dit-il, mais... je voulais te voir une minute. Comment te sens-tu ?

— Désespérée, Jimmy...

— Tu as vu p'pa ?

— Non, je vais y aller cet après-midi, après l'hôpital.

— Mr Tollett... va-t-il mourir ? On dit qu'il va mourir ?

— Quand j'ai téléphoné hier soir, il allait un peu mieux, les progrès étaient même nets, paraît-il.

— Ah ! — Jimmy eut un bref soupir de soulagement. — Tu me manques, tu sais !

— Toi c'est pareil, tu sais.

Il regarda le bout de ses souliers.

— Je m'en vais aider grand-m'man McAlister à apporter ses affaires chez nous, elle... elle va s'y installer pour un bout de temps.

Mary ne répondit pas, mais elle vit que Jimmy ravalait sa salive comme quelqu'un qui a la gorge obstruée. Les yeux toujours baissés il ajouta :

— M'man, elle est terrible, elle décolère pas, elle est comme folle. Faut que je la surveille.

Il regardait à nouveau sa sœur.

— Qu'est-ce que tu veux dire ?

— Elle parle tout le temps de ce qu'elle va te faire.

— Elle ne peut rien me faire, voyons !

— On sait jamais... Tu sais autre chose ? — Il avala de nouveau sa salive. — J'ai entendu grand-ma dire à grand-pa que c'était notre m'man qui avait poussé p'pa. Elle était là à lui crier de casser la figure à Mr Tollett et de tout démolir. C'est elle qui l'a excité, Mary.

— Elle a fait ça ?

— Oui.

— Oh !... Mais elle est enragée, Jimmy !

— Hé oui ! Je voudrais bien venir vivre avec toi, Mary.

— Jimmy, Jimmy, ne dis pas de bêtises. Je ne sais même pas combien de temps je resterai ici. S'il arrive quelque chose à Ben, il faudra que j'aille vivre chez nos grands-parents.

— Alors moi aussi j'irais chez eux.

— Mais tu sais bien que tu ne peux pas. Il faut que tu ailles à l'école. C'est sa manie, à m'man, que tu aies de l'instruction.

— Je sais, mais moi j'en ai pas envie. Pas du tout, Mary.

Elle secoua la tête, regardant les pavés de la cour puis les caisses empilées le long des murs, comme pour y chercher une réponse à ses pensées. Elle fut sur le point de dire : « C'est pour payer tes tenues de collégien qu'elle est venue travailler ici, donc tu vois qu'il faut continuer... » Mais ce n'était pas vrai, ce n'était pas la raison. Elle savait pourquoi sa mère était venue ici. Ce n'était pas pour l'argent, car elle avait un travail aussi bien payé chez Mrs Bainbridge, trois maisons au-dessous de Mrs Turner.

— Faut que je m'en aille, dit Jimmy.

— Attends une minute.

Elle alla au magasin, prit un shilling dans le tiroir-caisse et en le fourrant dans la main de Jimmy elle le prévint :

— Cache-le bien et n'en parle à personne.

— Sûr, Mary, merci, merci.

— Le mieux, c'est de confier tes sous à grand-ma Walton et d'en prendre quand tu en as besoin.

— Oui, Mary. Mais toi, fais attention à m'man.

— Oui, ne t'inquiète pas. Je ferai attention.

En réalité elle n'avait pas eu besoin de l'avertissement de Jimmy. Au fond d'elle-même elle savait bien que de ce côté-là aussi il y avait péril.

— Sa-lut, donc !

— Sa-lut, Jimmy.

A midi, Annie Tollett vint relever Mary et celle-ci partit pour l'hôpital. Ce n'est que là, au milieu des autres visiteurs, qu'elle s'aperçut qu'elle venait les mains vides. Tous les autres apportaient des fleurs ou des fruits. Mais qu'importait ? Ben ne lui en voudrait pas.

Quand elle put entrer, elle vit avec soulagement qu'on avait retiré les rideaux du lit de Ben. Elle approcha doucement et doucement lui parla :

— Hello, Ben.

— Hello, Mary.

Il avait de la difficulté à mouvoir les lèvres.

— Te sens-tu mieux ?

Gênée, elle tira une chaise tout près du lit, s'y assit et prit la main de Ben.

— Tu vas te remettre tout à fait ?

— Oui.

Ils se regardèrent un long moment. Il dit enfin d'un ton hésitant :

— Le temps... me paraît long... en t'attendant.

Elle murmura en inclinant la tête :

— A moi aussi, les heures me durent.

Il lui pressa les doigts d'une main qui avait repris quelque force. Elle sourit en le constatant. Ils continuèrent à se regarder. Puis il dit :

— Je suis désolé, Mary. Je... je t'ai causé bien de l'ennui.

— Non, oh non ! c'est moi !

Il ferma son œil libre comme pour protester.

— Non. Tu es innocente. Tu n'étais que trop innocente.

Quand il rouvrit l'œil, celui-ci paraissait triste.

Ben garda encore le silence quelque temps avant de murmurer :

— Mary, autant que tu le saches, je... je resterai défiguré. Il y aura une cicatrice depuis le haut jusqu'en bas.

Il marquait du geste l'emplacement sur ses bandages.

Elle sentit qu'il était profondément troublé. Cela se comprenait d'un homme qui avait été si beau.

Elle dit très vite, à mi-voix :

— Ça ne change rien pour moi. Peu m'importe quel aspect tu auras.

La main de Ben pressa de nouveau la sienne et ils gardèrent encore le silence. Il leur était difficile de parler de ceux auxquels ils pensaient tous les deux : Alec, Alice.

Au bout d'un moment Mary parla du magasin, de Mrs Mulhattan et de la façon dont elle avait été reçue ; de la venue de la cousine Annie.

— Très bien, très bien. Annie a bon cœur. Elle se donne des airs, mais elle a bon cœur... Mais... elle est venue aujourd'hui ?

— Oui.

— Elle qui se fait une règle de ne pas sortir de chez elle le dimanche, ça alors !

Quand la cloche sonna, Mary se leva immédiatement, puis, se penchant sur Ben, posa timidement ses lèvres sur le coin de la bouche et les y laissa un moment. Enfin, le regard posé sur l'œil unique, elle dit :

— Je ne reviendrai que mercredi, le jour des visites, mais je téléphonerai d'ici là.

— Au revoir, Mary.

— Au revoir, Ben.

Elle recula sans cesser de lui faire face et son œil s'attarda à la suivre.

Au dehors, il tombait une pluie fine. Mary s'en fut contente, cela masquait ses larmes. Elle s'admonesta vertement, si elle pleurait maintenant, qu'est-ce que ce serait quand elle verrait son p'pa... si on le lui laissait voir ?

Au commissariat, un agent l'accueillit, l'air placide :

— Que puis-je pour vous, miss ?

— Je... je suis Mary Walton.

— Et ?...

— Mon père...

— Ah ! vous êtes la fille d'Alec Walton ?

— Oui.

— Il se porte bien.

— Puis-je... le voir ?

L'agent réfléchit un moment, les yeux au sol.

— Alors... juste un instant.

Un second policier était entré et avait entendu le dialogue.

— Hé, pourquoi pas ? dit-il à son collègue. — Puis s'adressant à Mary, d'un ton brusque, mais pas discourtois :

— Suivez-moi.

Il ouvrit la porte, la fit pénétrer dans un couloir sur lequel donnait une série d'autres portes. Il ouvrit à la clé la deuxième de la rangée et s'effaça pour laisser Mary y entrer.

— Je reviendrai dans quelques minutes.

Elle était dans la terrible petite pièce ; assis sur une couchette fixée au mur, son père la regardait.

Alec se leva lentement et ils se dévisagèrent emplis d'angoisse. Mary fut la première à faire un mouvement.

— Oh, P'pa !... dit-elle en avançant vers lui d'un pas.

Il sembla s'éveiller. Il promena sa main sur ses joues et son menton, pas rasés de plusieurs jours, et elle se précipita vers lui, le prenant dans ses bras et longtemps ils restèrent serrés l'un contre l'autre, sans parler.

Au bout d'un moment, ils s'assirent côte à côte sur le lit et, gauchement, elle articula la question banale :

— Comment vas-tu ?

Trop ému pour émettre un son, il répondit en hochant la tête et tira de sa poche un mouchoir sale dont il essuya ses yeux remplis de larmes.

— On te traite correctement ici ?

Il hocha de nouveau affirmativement la tête, se moucha bruyamment et parla enfin pour demander à son tour :

— Comment vas-tu ?

— Oh, très bien, P'pa.

Ils ne se quittaient pas des yeux et soudain, ses dents mordant sa lèvre inférieure, il dit péniblement :

— Il faut... que j'aie été fou. Je me demande si je ne deviens pas fou, petite.

— Non, P'pa, non !... c'était trop pour toi, tout simplement. C'est ma faute.

— Pas toi, non !

Le ton était énergique.

— Si, P'pa. Et ça je ne l'oublierai de ma vie.

— Non ! Une seule personne est coupable et nous savons bien tous les deux qui c'est... Et... — Ses lèvres amorçaient une question et la ravalaient : — Et... lui, que lui est-il arrivé ?

— Il est à l'hôpital, P'pa.

— Ça je sais, on me l'a dit. Mais dans quel état l'ai-je mis ?

Elle détourna les yeux. Elle les portait sur le mur où il y avait des graffiti qu'elle ne pouvait déchiffrer.

— Il a le visage tailladé.

— Gravement ?

— Toute une moitié.

— Il guérira ?

— Oui. — Elle répondait vivement à présent, pour rassurer son père. — Il va se remettre, n'aie pas peur.

— Moi, on va me boucler pour longtemps, mais ça m'est égal ! vraiment égal. Je serai loin de tout. Et le pain que je mangerai ne me collera pas au gosier. Je n'aurai à dire merci à personne, sauf au pays... — Il sourit sans joie... — Et toi petite, raconte-moi ce que tu deviens.

— Oh ! ne te tracasse pas pour moi, P'pa. Ça va très bien.

Elle ne dit pas : « Je fais marcher le magasin, j'habite chez Ben, je couche dans son lit... », mais seulement :

— Je peux toujours aller chez mes grands-parents.

— Oui, va chez eux.

A ce moment, la clé tourna dans la serrure. Tous deux sursautèrent et regardèrent du côté de la porte. L'agent de police apparut. Mary se tourna vers son père et dit, comme si cela eût été l'hôpital :

— J'aurais dû t'apporter quelque chose, P'pa. Excuse-moi, je n'y ai pas pensé.

— Ah, petite ! C'est toi que tu m'as apporté. Merci, c'est le plus beau des présents. — Il l'étreignit en lui murmurant à l'oreille : — Tâche de me pardonner, petite...

Elle ne put répondre. Elle essaya de dire : « Oh, P'pa ! Moi, te pardonner ! » mais les mots ne vinrent pas et elle s'arracha à lui.

Dans le bureau, les deux policiers la regardèrent amicalement et le premier qu'elle y avait vu, dit :

— Ne vous faites pas de chagrin. Miss, il sera bien traité. — Il contourna le bureau et vint lui mettre la main sur l'épaule. — C'est des choses qui arrivent, vous savez.

Essayant même, gauchement, de l'égayer, il ajouta sur le ton de la plaisanterie :

— Heureusement pour nous, sans ça, on n'aurait plus rien à faire...

A la porte, elle se retourna et dit :

— Au revoir. Merci...

Et ensemble ils inclinèrent la tête.

Elle sécha ses yeux et monta dans un tram. Emportée à travers la ville, déserte le dimanche, elle se sentit un peu mieux. A présent qu'elle avait vu son père et fait la paix avec lui, elle se sentait de force à affronter toutes les difficultés, même à affronter sa mère.

Et l'affrontement eut lieu cinq jours plus tard. Mary en avait été prévenue le jeudi soir, au moment où elle allait fermer le magasin, Jimmy s'y était glissé.

— M'man va venir, chuchota-t-il. Ça pourrait bien être demain, je l'ai entendue qui en parlait. Elle veut ta paie.

— Tu me vois la lui donnant ? s'exclama ironiquement Mary.

— Elle dit que si tu refuses elle te fera passer un mauvais quart d'heure.

— Eh bien qu'elle essaie ! Ah oui, qu'elle essaie !

Jimmy posant un doigt sur ses lèvres.

— Elle me pilerait si elle savait que je t'ai parlé !

Mary lui posa gentiment la main sur l'épaule.

— Je vais te faire sortir par derrière. Je laisse la porte fermée, mais tu n'auras qu'à frapper comme ceci. Toc... toc-toc ; toc... toc-toc, compris ?

— Si, Mary.

Toute la journée du vendredi, Mary vécut sur le qui-vive. A chaque tintement de la sonnette, elle s'attendait à voir la silhouette d'Alice s'encadrer dans la porte. Lorsque vint quatre heures, elle eut une idée pour se préparer à une attaque tardive. Elle appela un des gamins qui jouaient sur la chaussée, Andy Robson. C'était un bonhomme de douze ans, hardi et malin, prêt à n'importe quoi pour un penny. Elle le fit pénétrer dans l'arrière-boutique et dit :

— Continue de jouer devant le magasin, Andy, et si tu

vois ma m'man entrer ici, entre avec elle, compris ? Et si je te dis d'aller chercher la police, tu dis : « Oui, Mary. » et tu te précipites dehors. Mais tu n'y vas pas, tu fais juste le tour du bloc de maisons, compris ? Et pour ça je te donne une pièce de trois pence.

— Oh, compte sur moi, Mary ! j'ai pigé.

Vers sept heures et demie, rien ne s'était encore produit. Mary avait donné à Andy du pain et de la confiture, pour qu'il n'ait pas à rentrer chez lui, et il montait la garde dans l'espoir de ses trois pence.

Mary avait les nerfs en pelote et elle se sentait lasse. Depuis le matin, à l'étage ou dans la boutique, elle était restée sur ses pieds. Pendant une heure à peu près elle avait descendu David au magasin pour le distraire, mais elle l'avait eu continuellement dans les jambes. Elle n'osait pas faire appel à un des gamins de la rue pour le surveiller : Ben n'avait jamais fait ça et s'il arrivait quelque chose !... Elle-même aurait souhaité pouvoir aller se coucher et trouver dans le sommeil l'oubli de ses préoccupations.

Au moment même où elle s'apprêtait à fermer boutique, aucun client ne se présentant plus depuis un moment, Andy s'y glissa, vint jusqu'au comptoir et dit d'un air de conspirateur :

— Ta m'man, elle est au coin de la ruelle depuis dix minutes à peu près. Et votre Jimmy il a passé devant ici et regardé dedans et puis il est allé la rejoindre.

— Merci, Andy, retourne à ton poste et fais comme je t'ai dit.

Si Jimmy était passé, c'est que sa mère avait voulu s'assurer que le magasin était désert.

Mary attendit donc, occupant le temps à nettoyer le comptoir. Elle était en train de recouvrir les fromages et le bacon quand la porte s'ouvrit sur Alice. Elle marchait à l'aide d'une canne et son visage était tout pâle, mais les yeux enfoncés dans les orbites étaient sombres et hostiles. Elle franchit en boitant le seuil et voulut refermer la porte, mais Andy s'y glissait prestement avant qu'elle n'ait pu le faire. Elle le regarda sans aménité et lui enjoignit :

— Va-t'en.

Le gamin s'adossa au comptoir.

Alice avança lentement vers Mary. Elle s'arrêta à la même place où l'avait fait Alec, quelques jours plus tôt, et détachant les mots lança à sa fille :

— Espèce de saleté !...

Mary ne répondit rien mais écrasa dans ses mains le torchon qu'elle tenait.

Alice parut exaspérée de ce silence et explosa.

— Mon argent ! Je veux mon argent !

— Quel argent ?

— Allez, allez, pas d'histoires, ma belle, sans ça je vais te le tirer de la peau !...

— Tu n'auras pas un penny de moi, ni maintenant ni plus tard.

Les mots arrivaient, nets et calmes. Ils semblèrent avoir pour effet de porter Alice au paroxysme de la colère. Les couleurs revinrent d'un coup à son visage.

— Tu vas me donner ma paie !

— Ça n'est pas ta paie, M'man, c'est la mienne ! celle de mon travail. Et je ne vis plus avec vous. Ainsi tu n'auras plus un penny de moi, mets-toi bien ça dans la tête.

— Sale petite garce !... Infecte petite ordure !

— Tais-toi, M'man. Tais-toi avant que je te dise quelque chose.

— Toi ? Me dire quelque chose ? C'est moi qui vais te parler. Qui t'a élevée, toutes ces années ? Qui s'est occupée de toi ? Qui t'a nourrie, qui a travaillé pour toi, ici même, comme une esclave ?

— Toi, une esclave ! si tu as fait l'esclave ici, comme tu dis, ça n'a pas été pour moi. Ni pour Jimmy... ni pour p'pa. Je sais bien pour qui tu tenais à travailler ici. Et tu sais que je le sais.

Elle regardait sa mère, qui ravalait sa salive, qui s'étranglait, qui levait sa canne...

— Fais ça, M'man ! Fais-le seulement, cria-t-elle, et tu t'en repentiras !

Alice tremblait de la tête aux pieds. Elle regardait autour d'elle comme pour chercher du secours ; soudain elle cria :

— Oui, et ton p'pa qui est en prison à cause de toi !

— Ah non ! Pas à cause de moi, répliqua Mary. C'est toi qui l'as excité. Démolis-le ! que tu disais, démolis la boutique ! tu étais jalouse, c'est ça le fond de l'histoire. Tu voulais Ben pour toi. Tu t'es jetée à sa tête et lui, il a pas voulu de toi...

Elle sauta de côté. La canne s'abattait avec un claquement bruyant à l'endroit du comptoir où elle se tenait jusque-là.

Promptement Mary leva l'abattant et se jeta à la rencontre de sa mère. Un mètre à peine les séparait.

— Sors à l'instant, cria-t-elle toute tremblante d'émotion, ou j'envoie Andy chercher la police.

En fait Andy eût été en peine de le faire, car Alice était placée entre lui et la porte. Celle-là ne paraissait d'ailleurs pas l'entendre car elle criait :

— Et tu crois que tu vas faire un coup splendide ! Tu penses que tu vas l'épouser et qu'alors tu auras la bonne vie et tout. Mais, par Dieu, j'y veillerai même si c'est la dernière chose que je fais en ce monde, je te mettrai un fameux bâton dans les roues : tu as pas l'âge, ma fille. Tu le sais très bien, tu ne peux rien faire sans mon consentement. Et je peux te faire placer dans une maison de redressement, ça tu n'y as pas pensé, hein ?

— Sors d'ici, M'man, et vite.

— Ah ! tu voudrais me voir les talons ? Eh bien ! répète-le donc.

Jetant sa canne et griffes en avant, Alice empoigna sa fille aux cheveux.

Mary poussa un cri aigu et voulut se dégager. Andy n'eut pas besoin qu'on lui répète l'ordre et s'élança au dehors chercher police. Avait-il ou non l'intention d'y aller ? Il se jeta dans les jambes de l'agent Power qui faisait sa ronde et n'était qu'à quelques dizaines de mètres et hurla :

— C'est Mary. Sa m'man est après elle.

L'agent se précipita dans la direction qu'indiquait le gamin et entra dans la boutique. Il dut employer toute sa force pour obliger à lâcher prise une Alice déchaînée.

— Tenez-vous tranquille, criait-il, tenez-vous tranquille, vous m'entendez.

Et, quand Alice à bout de souffle eut enfin lâché Mary :

— Maintenant écoutez-moi, Missis. Suivez mon conseil et rentrez chez vous.

— C'est ma fille, essaya-t-elle d'argumenter. Et elle est pas chez elle, ici.

— Ecoutez-moi, Missis, je vous ai donné un bon conseil. A vous de le suivre ou pas, mais si vous ne rentrez pas chez vous immédiatement, vous pourriez bien aller rejoindre votre mari. Alors, décidez-vous.

Alice reprenait haleine, l'agent ramassa et lui rendit sa canne. Elle clopina vers la sortie, mais de là, se retournant vers Mary qui cherchait à remettre en ordre son tablier déchiré et ses cheveux ébouriffés, elle lui jeta :

— Tu n'auras pas un jour de bonheur dans ta vie ! Ça sera la prière que je dirai tous les soirs pour toi, sale garce !

L'agent ne la suivit pas dans la rue, où des enfants s'étaient attroupés. Il referma la porte, revint vers Mary et lui demanda :

— Vous a-t-elle fait mal ?

Elle porta la main à sa tête. Le cuir chevelu était douloureux et des poignées de cheveux lui restèrent aux doigts. L'agent voulut la réconforter :

— Vous en faites pas, ça repousse. Mais pour le reste, ça va ?

— Oui, oui, merci.

Mais des larmes lui coulaient lentement sur les joues.

— Allons, bouclez le magasin et mettez-vous au lit.

C'était le policier qui avait porté secours à Ben, ici même, celui aussi qui avait arrêté son p'pa, il en connaissait donc long sur cette histoire. Il ajouta à l'adresse de Andy :

— Fais-toi donner ce que tu voulais et file.

Andy regarda Mary. Il avait vu plus d'une dispute, plus d'un crêpage de chignons dans sa vie, mais jamais quelqu'un d'aussi enragé que la mère de Mary.

— Attends un instant...

Mary prit dans la caisse une pièce de trois pence et la tendit au garçon.

— Merci, Mary, dit le gamin et, serrant la pièce dans sa main, il sortit en compagnie de l'agent.

Mary ferma la porte au verrou, éteignit les lumières, monta à l'étage et, sitôt parvenue près du lit, s'y jeta telle qu'elle était et éclata en sanglots. Qu'est-ce donc qui lui arrivait ?

Qu'est-ce donc qui leur arrivait à tous ? La vie était devenue une folie !

Le lendemain matin, elle se coiffa les cheveux relevés pour la première fois. Elle défit ses tresses, forma deux torsades qu'elle ramena sur la nuque et fixa avec des épingles à cheveux prises au magasin. Immédiatement elle se sentit autre. Elle s'en rendit compte encore davantage, vers onze heures, quand Hughie Amesden entra dans le magasin. Il n'y était jamais venu jusque-là, du moins depuis qu'elle y travaillait. D'ailleurs il habitait assez loin. Occupée à empiler des sacs de sucre qu'elle venait de peser, Mary ne l'avait pas vu entrer, quand elle se redressa, elle le vit devant elle, grand et beau comme toujours... non : merveilleux... et jeune !

— Un paquet de Woodbine s'il vous plaît.

Elle mit une seconde à se retourner et à prendre les cigarettes sur un rayon.

Il les paya et tous deux, les mains sur le comptoir, restèrent un instant à se regarder.

Lui, laissait couler son regard à travers ses paupières plissées, comme s'il ne l'avait jamais vue auparavant. Il était probablement entré, se dit-elle, pour voir si elle avait changé et il devait en effet la trouver tout autre. Oui, le chignon n'avait pas fait d'elle une femme, mais ce n'était qu'un signe extérieur. Il y avait des jours qu'elle était devenue une femme, et elle comprit en cet instant que jamais plus elle ne se sentirait jeune.

— Merci, dit-il, et il se retourna pour sortir.

C'était sa jeunesse à elle qui s'en allait. L'avait-elle jamais aimé ? L'avait-elle vraiment vu entouré d'une lumière blanche ?... Oui, oui, sûrement, mais il y avait si longtemps !

Il venait de lui parler, de lui lancer plus qu'un bref « Hello », et elle était surprise que sa voix ne fut pas aussi belle que lui. C'était une voix très quelconque, semblable à celle de tous les garçons du coin.

Elle savait qu'il n'allait plus à l'école, qu'il était entré dans un chantier naval pour y faire un apprentissage de dessinateur industriel.

Mais l'aimait-elle encore ?

Elle s'arracha à cette rêverie. Qu'est-ce qui lui prenait de se poser cette question comme une gamine sentimentale, une jeune fille qu'elle n'était plus ? Elle portait un enfant et curieusement elle sentit que désormais sa vie serait faite de responsabilités.

Elle ne voyait plus le décor qui l'entourait, mais, comme dans un film, ses futures responsabilités se déroulaient devant elle. D'abord Ben, un Ben défiguré et l'enfant de Ben, son enfant à elle. Et puis son père et puis ses grands-parents Walton et puis Jimmy... Et puis, comme en surimpression, la petite figure ratatinée d'Annie Tollett.

Et au milieu de tout ça, elle trouvait moyen de se demander bêtement si elle aimait encore Hughie Amesden !

CHAPITRE IX

Alec fut jugé à Durham et condamné à dix-huit mois de prison. Il écouta le verdict sans manifester d'étonnement ni de désespoir et se laissa emmener comme une poupée de chiffons.

Mary l'attendait dans une petite pièce. On lui avait accordé de s'entretenir quelques instants avec son père.

— Oh P'pa !... Dix-huit mois !

Cela lui paraissait tellement long et cependant elle était tentée de penser qu'il s'en tirait à bon compte, tant les commentaires de la rue avaient été pessimistes. Jimmy avait entendu des gens énoncer que ça irait bien chercher cinq ans, parce que c'était autant dire un meurtre et que ce n'était pas la faute d'Alec si sa victime s'en tirait.

Quand il était entré dans la petite pièce, c'est lui qui avait pris Mary dans ses bras.

— Allons, ma petite, allons !... C'est bien comme ça. Regarde-moi. Je ne suis pas abattu, non... Il n'y a que...

Sa voix se brisa.

— Fais quelque chose pour moi, Mary, veux-tu ?

— Oh, oui, P'pa. Tout ce que tu voudras.

— Eh bien ! dis à Ben que je regrette beaucoup...

Mary fit oui de la tête et se serra davantage contre son père. C'est lui qui au bout d'un moment relâcha son étreinte et la repoussa doucement.

— Tu viendras me voir ?

Toujours incapable de répondre, Mary fit encore un signe de tête affirmatif.

Une seconde encore, et son p'pa n'était plus là.

N'était-ce pas curieux : il voulait que Ben sache qu'il regrettait son geste, alors que le fait restait que Ben lui avait donné, à elle, un enfant. Jamais son père n'y avait fait allusion et pourtant tout était parti de là.

Elle pleura tout le long du trajet de retour en chemin de fer et les gens la regardaient. A Newcastle, dans son trouble, elle se trompa de quai et dut attendre le train suivant pour Shields. Quand elle descendit à Jarrow, le crépuscule tombait. Elle gagna lentement le magasin.

Mrs McArthur l'attendait.

— Alors ?

— Dix-huit mois !

— Mais c'est de la chance ! J'aurais pensé le double. Et s'il se conduit bien, il sortira bien avant.

Oh ! elle avait envie de mourir ! Oui, de mourir ! Elle ne pouvait même pas se jeter au cou de Mrs McArthur pour y pleurer et sangloter tout son content. Il lui fallait encore prévenir sa grand-ma.

Personne ne l'avait accompagnée à Durham : son grand-père était au lit, souffrant de la poitrine. On craignait une angine et sa grand-mère n'avait pas pu le quitter. De cela aussi, Mary se sentait coupable, car si son grand-pa était malade c'était à cause du mauvais sang qu'il s'était fait pour elle.

Quand Mrs McArthur l'attira sur son épaule, malgré sa résolution, Mary s'abandonna.

Une semaine plus tard, elle emporta à l'hôpital les vêtements de Ben. Pour la première fois, elle allait le voir sans ses bandages.

Quand elle fut en face de lui, elle eut peine à retenir un cri. La balafre rouge partait du cuir chevelu, coupait le sourcil et le coin de la paupière et, traversant la joue, atteignait le menton. Une autre cicatrice traversait obliquement le cou. Mais c'était la paupière tombante qui donnait au visage un aspect sinistre, celui des vampires grimaçants dans les films d'horreur.

Quand elle posa la valise près du lit, leurs deux visages se trouvèrent de niveau. Lui la regardait calmement et il dit :

— Alors, Mary ?

Elle s'appliqua à regarder seulement la moitié intacte du visage.

— C'est très bien, Ben, et ça ira de mieux en mieux.

— C'est ce qu'ils me disent... la rougeur disparaîtra et les chairs vont se raffermir. Mais plus ça se raffermira, plus mon œil sera tiré vers le bas. C'est comme ça que je vois les choses. Et toi, Mary ?

Sa voix était ferme, elle aussi.

— Oh, Ben ! Ben !...

— Bon, dit-il en baissant les yeux. Ne te tourmente pas toi-même, nous parlerons de ça une fois rentrés. As-tu commandé un taxi ?

— Oui.

— Alors, je vais m'habiller.

Il se leva, s'enveloppa d'une robe de chambre, prit la valise et se dirigea vers une porte. Mary s'assit près du lit en l'attendant.

Quand il reparut, habillé, on ne voyait de son visage que le côté intact. Il tournait à demi la tête, parlant à quelqu'un. Et c'était à nouveau Ben, le Ben qu'elle connaissait ! Elle se dit que tant qu'elle ne se serait pas accoutumée à ce visage déformé, il faudrait qu'elle s'arrange pour ne regarder que ce profil. Par-dessus tout. Elle ne devait pas lui laisser deviner combien elle était impressionnée. Qu'importait l'aspect ? Ben était toujours le même homme.

L'infirmière-chef et les gardes lui parlaient aimablement, tout le monde lui serrait la main, il était très populaire. Rien d'étonnant, il se faisait aimer partout... avant... Mais à quoi pensait-elle ? Quelle façon vulgaire de raisonner ! Donner un tel prix aux apparences ! Jamais elle ne se pardonnerait si elle laissait sentir à Ben quoi que ce fût qui ajouterait à sa peine.

Elle sourit aux infirmières et joignit ses remerciements à ceux de Ben. Puis ils sortirent de l'hôpital et trouvèrent le taxi qui les attendait. Délibérément ou pas, Ben se plaça à la droite de Mary, lui exposant son profil meurtri et, bien qu'il la tînt par la main, il ne parla pas de tout le trajet.

Quand ils arrivèrent à la maison, l'accueil de Mrs

McArthur leur donna l'avant-goût de ce qu'ils entendraient souvent. Elle resta d'abord la bouche ouverte, puis s'écria :

— Grand Dieu ! comme il vous a arrangé !

Mary avait envie de la prendre par les épaules et de la jeter dans l'escalier. Pour faire diversion, elle se hâta de demander :

— Où est David ?

— Katie Smith et sa petite Bella l'ont pris avec elles pour le mener au parc. J'ai pensé que ça lui ferait du bien, il est peu sorti, ces temps-ci.

Cinq minutes plus tard, Mrs McArthur partit. Ben prit Mary par la main, l'entraîna dans le salon, la fit asseoir sur le canapé et approcha franchement son visage du sien.

— Maintenant regarde-moi bien. Cette femme a dit juste : Alec a fait de moi un gâchis. Voyons les choses sans rien dissimuler, si déplaisant que ce soit. Ton père est en prison, il en sortira. Mais moi — il lui plaça la main sur son œil droit — ce qu'il faut que tu saches bien, c'est que toute ma vie je resterai comme je suis à présent. Tu ne pourras pas toujours ne voir que mon profil intact. Le seul espoir qu'on me laisse, c'est que plus tard, quand la peau sera cicatrisée, ils pourraient opérer la paupière et la relever. Mais ça, l'avenir le dira. Le présent, c'est que je voudrais t'épouser, Mary, je t'ai aimée, désirée, dès que tu as mis le pied au magasin. Tu sais tout ça. Et si je n'étais pas devenu fou cette nuit-là, rien ne serait arrivé. Seulement voilà, j'ai perdu la tête et on ne peut pas défaire ce qui est fait. Seulement, je ne veux pas faire pression sur toi, j'élèverai l'enfant comme le mien, mais toi, je ne veux pas que tu te sentes obligée de m'épouser.

Cette gentillesse, cette grandeur d'âme, l'émerveillement qu'on lui voue, un amour comme celui-là, à elle qui n'avait pas un sou et aucune instruction fit qu'elle se jeta sur la poitrine de Ben en s'écriant :

— Oh, Ben ! Ben ! je t'épouserais même si ton visage entier était abîmé.

Elle se contraignit à poser les lèvres sur le coin de la paupière déformée, et ce geste acheva de faire d'elle une femme.

LIVRE DEUX

JIMMY
(Jarrow, 1943)

CHAPITRE PREMIER

— Au revoir, mes amis. A lundi.

Jimmy congédiait ses élèves, ce vendredi soir, après leur avoir fait lire à chacun un poème choisi par eux dans leur anthologie. Au fond, ils ne s'en tiraient pas mal : Riley, le petit Felton, Milligan, ce sympathique chahuteur... Cook, Fawutt, Youlden... Crockford surtout, cet irritant Crockford qui semblait toujours se moquer de vous et qu'il fallait tenir à l'œil, mais qui avait plus de personnalité qu'eux tous.

La semaine était finie pour Jimmy. Il résolut de ne pas aller à la salle des professeurs. Ce soir il était de garde à la Défense passive et il voulait d'abord voir Mary. En se dépêchant il pourrait passer une bonne demi-heure, chez elle. Ça le mettrait à la maison à cinq heures et quart, le temps de préparer quelque chose à Betty, qui rentrait à six.

Il se hâta vers la porte, se frayant un passage au milieu des élèves, et put sauter à temps dans un bus qui allait démarrer. Un quart d'heure plus tard il montait l'escalier menant à l'appartement au-dessus du magasin. Il soupirait d'aise ! Une fois encore, il avait pu s'introduire ici sans être vu de sa mère.

— Ah, bonjour, toi !

Mary avait entendu le bruit de ses pas dans l'escalier et venait à sa rencontre dans le vestibule.

— Quel temps il fait ! Tu as l'air gelé.

— Et je le suis.

Il enleva son manteau et allait se diriger vers le salon. Mais elle dit en lui ouvrant la porte de la salle à manger :

— Viens par ici, Ben s'est éclipsé du magasin le temps de prendre une tasse de thé.

— Hello ! Jimmy, dit Ben en levant les yeux.

— Bonjour, Ben. Quelle froidure !

Il se tenait devant le feu, lui présentant les mains, Ben demandait :

— Alors ? cette semaine s'est bien passée ? Tu n'as tué personne ? ajouta-t-il en souriant.

— Non, pas encore. Mais cet après-midi même, j'en ai eu la tentation. J'ai un gamin dans ma classe, un certain Crockford, je ne peux pas le supporter. Il me tape sur les nerfs.

— Un nullard ?

— Non ! Pas du tout, au contraire : un garçon brillant. C'est peut-être pour ça que je ne l'aime pas. De la jalousie !

Ils rirent tous les deux.

— Allons, assois-toi, prends une tasse de thé, dit Mary en poussant Jimmy vers la table — Il reste du pudding de midi. Aimes-tu ça ?

— Si j'aime ça !... Merci, Mary.

Ils échangèrent un chaud sourire.

Mary était maintenant une femme en pleine maturité, une jolie femme. Si elle ne se l'avouait pas devant son miroir, elle se l'entendait dire par Ben au moins une fois par semaine et, pensait-elle, après dix ans de mariage, c'était quelque chose.

Quand elle regardait en arrière, il ne lui semblait pas qu'il y avait dix ans qu'elle avait épousé Ben et qu'elle vivait dans cette maison. Comparativement à ces premiers mois de 1933, rien d'important ne paraissait avoir marqué ces dix ans, sinon que la guerre avait éclaté et se poursuivait implacablement. En elle non plus rien n'avait changé. Son air d'assurance n'était qu'extérieur, car intérieurement elle portait toujours son fardeau de peur, de doute, de remords.

Elle s'était accoutumée au visage défiguré de Ben, mais par moments elle sentait comme écrasante sa responsabilité dans ce changement d'aspect et les effets qu'il avait eus sur Ben. Il était toujours aussi plein de cœur, d'attentions, d'amour, mais il y avait en lui une amertume qui n'existait pas avant qu'Alec n'ait écrasé sur son visage le bocal de bonbons. Cette amertume était impalpable, nul autre qu'elle ne s'en apercevait. Elle se demandait parfois si lui-même s'en rendait compte, depuis qu'il lui avait trouvé un dérivatif dans l'ambition de s'enrichir.

Avant son mariage, elle était au courant de son passe-temps favori, cette chose appelée « le marché des valeurs ». Son père, disait-il, l'y avait initié. Son père et sa cousine Annie s'y adonnaient depuis des années. Même la faillite retentissante du financier millionnaire Clarence Hatry survenue en 1929 en même temps que le krach de Wall Street, ne les en avait pas détournés. « Tiens bon ! avait dit son père. La dégringolade est telle que ça remontera un jour au plus haut. » Et cela s'était vérifié, au moins pour la plupart de ses valeurs.

Après la naissance de l'enfant, Ben avait consacré de plus en plus ses temps libres à la lecture de journaux financiers et le peu que rapportait le magasin, il l'employait à acheter de nouveaux titres. En 1938, quand la crise s'était atténuée dans le Nord, il avait acheté un autre magasin qu'il faisait marcher lui-même, tandis que Mary, avec l'aide de la jeune Teresa Bennett, avait continué à diriger celui-ci, tout en surveillant la maison. Enfin, juste une semaine avant le début de la guerre, Ben achetait un troisième magasin, spécialisé dans les fruits et légumes, et il y mettait un jeune directeur.

Mary s'était sentie triste de ce choix, pensant que si les choses avaient été autres, un tel poste eût été une magnifique occasion pour son père. En effet, depuis qu'il était sorti de prison, à la fin de 1934, Alec n'avait pas fait le moindre travail et, le soir même de cette sortie, il était allé vivre chez ses parents. C'est que, lorsqu'il était rentré chez lui ce jour-là, Alice lui avait dit qu'il devrait coucher sur un lit de fortune dans le salon parce que grand-mère McAlister dormait avec elle et qu'elle s'était débarrassée du grand lit. Alec avait alors tourné sur ses talons sans mot dire, il était sorti, et il était retourné dans la maison de son enfance. Là, comme quelqu'un vidé de toute dignité, il s'était incrusté, sans se soucier de vivre aux dépens du vieux couple qui n'aurait pu l'entretenir, n'eût été le billet d'une livre que Mary glissait chaque semaine dans la main de sa grand-ma.

Son p'pa ! C'était pour elle un vivant reproche qui assombrissait les jours les plus heureux. Il y avait maintenant du travail pour tout le monde. Il aurait pu en trouver. Mais ce long emprisonnement survenant lorsque le chômage l'avait déshabitué de l'effort, avait achevé d'avoir raison de sa fierté d'homme. Cette insulte de se voir relégué sur le plancher de sa propre maison lui avait porté le dernier coup. Il était maintenant un homme bien malade, mentalement et physiquement : d'aspect, il s'était ratatiné et paraissait aussi vieux que son père.

Les gens le blâmaient : il n'avait donc aucun ressort ? D'autres avaient connu de semblables malheurs et les avaient surmontés ! Il faut faire face à la vie ! Mary était la seule à comprendre : tout cela était tombé sur un homme qui avait mis sa confiance et son amour en quelqu'un qui l'avait trahi... Et elle savait bien qu'il lui faudrait s'occuper de lui pour le reste de ses jours.

Pourtant, chose étrange, elle ne ressentait pas ce fardeau autant que celui de Jimmy. Elle ne comprenait d'ailleurs pas bien pourquoi. Jimmy avait une bonne situation, il était professeur. Là sa mère avait réussi. On pouvait lui reprocher bien des choses, mais du moins avait-elle à son actif d'avoir mis son fils en état de gagner sa vie et ce en faisant la seule chose qu'il désirait : enseigner.

Il était intelligent, ce Jimmy, il irait loin. Alors, pourquoi Mary était-elle toujours soucieuse pour lui ? Parce qu'il buvait ? Non, tout le monde buvait maintenant. Avec le rationnement on achetait ce qu'on pouvait se procurer, on l'achetait, même sans en avoir envie. Il en était de même pour la nourriture. Tout ce qui se mangeait ou se buvait, on l'achetait. Alors, était-ce parce qu'il supportait mal la boisson, contrairement à Ben, et qu'après quelques whiskies il était complètement éméché. Mais il ne buvait pratiquement pas avant d'avoir épousé Betty.

Betty ! Pourquoi, grand Dieu, avait-il fallu qu'il choisisse quelqu'un comme Betty ? Leur mère ne lui avait-elle pas suffi ? N'avait-il pas vu que Betty en était la vivante réplique ? Oh ! pas par la taille : elle était deux fois plus petite, mais dès leur première rencontre, Mary avait deviné dans cette petite personne et malgré ses manières enfantines un caractère de fer qui ne le cédait en rien à celui de sa m'man. Betty avait des yeux gris clair, un visage étroit et, moralement, elle aurait pu être la fille d'Alice. Tandis que Jimmy s'imaginait à cause de ses mines coquettes et capricieuses qu'elle en était l'antithèse. Il voyait en elle quelqu'un qu'il pourrait protéger, aimer, et en même temps gouverner. Comme il s'était trompé et maintenant comme il le payait ! En un certain sens, Jimmy ressemblait à leur père, intérieurement doux, délicat et sensible. En prenant Betty il ne s'était pas affranchi de sa mère, il s'était de lui-même replacé sous un joug semblable, seulement plus jeune. L'étonnant était que les deux femmes s'entendaient comme larrons en foire.

Quand Jimmy avait parlé de ce mariage, sa m'man avait poussé les hauts cris et il avait eu à subir toute la gamme de ses récriminations : ne se souvenait-il pas de tout ce qu'elle avait fait pour lui ? Elle lui avait sacrifié sa vie, seule qu'elle était à travailler pour lui, pour qu'il puisse étudier ! Et voilà qu'en mesure de lui venir en aide il n'avait rien de plus pressé que de se marier.

Mais il avait tenu bon et déclaré qu'il épouserait Betty que cela plût ou non à sa mère.

Pour une fois Mary aurait voulu que leur m'man fût parvenue à ses fins. Cela eût évité bien des tracas futurs.

Quand elle revint avec le plat de pudding, Jimmy disait d'un air surpris :

— Moat Cottage ? C'est vrai, j'avais entendu dire qu'il était inoccupé.

— Oui, depuis six mois, répondit Ben, c'est pour ça que le prix en avait baissé.

— Ah ça ! On peut dire que vous avez le sens des affaires ! Ça fait combien de maisons que vous avez achetées ?

— Voyons... — Le côté gauche de son visage souriait tandis qu'à droite le coin de la bouche restait immobile à cause de la cicatrice qui remontait vers la paupière, celle-ci pendant encore, bien qu'un peu moins. — Six... oui, six et les deux dernières c'est Mary qui les a repérées. C'est qu'elle devient un as en affaires, Mary !

— Mais n'y a-t-il pas un risque ?

— Non. Nous ne payons aucun impôt tant qu'elles sont inoccupées et la guerre ne durera pas toujours. Quand ce sera fini, les gens rentreront en masse, et il n'y aura pas assez de maisons. Naturellement, à Jarrow les affaires immobilières ne seront pas les mêmes qu'au bord de la mer. Il y aura quelques belles fortunes qui se feront de ce côté-là. Et si tu avais un grain de jugeote, tu planterais là ton enseignement et tu te joindrais à nous. Qu'en penses-tu, Mary ?

Mary appréciait ce pluriel que Ben utilisait toujours quand il se référait aux affaires.

— Je suis de ton avis, mais — elle secoua la tête et fit une grimace — probable que nous devrons le fiche dehors parce qu'il passera la moitié de son temps assis derrière le comptoir à écrire des poèmes.

— Je... je n'écris pas de poèmes. — Jimmy qui avait fait honneur au pudding essuya des doigts les coins de sa bouche.

— Je n'oserais pas leur donner ce nom, ce sont des rimes, rien de plus... A propos, où sont les enfants ?

— Oh ! dit Mary en jetant un regard à l'horloge, Annie devrait être là d'une minute à l'autre, elle est allée voir une de ses petites amies. Tu l'entendras bien avant de la voir. Et David est à la boutique de Flake Street. Pas moyen de l'en faire décoller.

Elle rit en regardant Ben.

— Il a demandé hier à son père s'il ne pouvait pas trouver un truc pour le retirer de l'école et l'employer au magasin, je parierais bien qu'à vingt ans il aura sa propre chaîne qui ira d'ici à Whitley Bay.

— Oh ! à Newcastle !...

— Bon, Newcastle...

Et toujours le sourire aux lèvres, elle s'adressa à Jimmy :

— Que devient Lally-Follette ?

Jimmy qui allait tremper ses lèvres dans une tasse de thé fumant releva la tête.

— Pauvre Lally ! Tu sais, Mary, c'est honteux de l'appeler ainsi. Elle n'est pas plus folle que moi, Junon lui conviendrait mieux, parce qu'elle a du bois devant la maison et une paire de fesses qui se pose un peu là. Remarque comme je décris poliment son anatomie !

Ils rirent tous les trois. Jimmy reprit :

— Sérieusement, elle fait plaisir à voir. Comment elle en est venue à épouser sa grande brute, je n'arrive pas à le concevoir, et quand j'entends qu'il la bat, j'irais bien l'en empêcher si j'osais. Mais... il lui suffirait de souffler sur moi pour m'étendre.

Quand les rires se furent calmés, il poursuivit :

— C'est vrai, ça me rend fou. Samedi après samedi !... Je ne sais pas où il trouve l'alcool, j'ai envie de le lui demander. Je serais peut-être assez culotté pour ça.

— Oh, interrompit Mary, c'est l'alcool qui t'intéresse, pas elle.

— Ça se pourrait, admit-il.

— Et pourquoi ne le quitte-t-elle pas ? interrogea Ben.

— Ah !... toujours la même histoire. Elle vient de faire une fausse couche, la troisième m'a-t-on dit. On se demande comment elle supporte tout, en gardant le sourire. Il faut entendre les jeunes hurler comme des loups quand elle tourne le coin de la rue. Mais elle leur rit au nez. Elle a si bon caractère ! Ils lui crient : « Hello ! Follette » vous pensez ! l'appeler Follette en face ! Mais, comme dit Barney Skelton, qui habite au dernier étage, la moitié des hommes des rues avoisinantes changeraient bien leurs femmes pour elle.

« L'argent lui file entre les doigts, ça doit être ça le grand sujet de querelle du ménage ; on raconte que quand on pouvait encore trouver ce qu'on voulait et qu'il lui remettait sa paie en entier, au début de leur mariage, elle n'avait rien de plus pressé que d'aller acheter des idioties. Elle apportait à la maison de ces morceaux de viande qui auraient suffi à une famille pour une semaine, des gâteaux à la crème, rien que des trucs comme ça. Ou bien elle s'offrait des colifichets tous plus excentriques les uns que les autres, mais c'est la seule bizarrerie que je lui connaisse, pour le reste, je la trouve très gentille, avenante.

Il rit encore :

— Ça fait quatre mois que nous habitons cet appartement, eh bien vous savez, je crois que je n'ai pas franchi une fois la porte de la rue sans qu'elle passe la tête à travers sa porte à elle et dise avec un air de profonde surprise : « Oh ! c'est vous, Mr Walton, comment allez-vous ? » Et chaque fois il faut que je me retienne de lui dire : « Et vous, Lally ? » C'est drôle mais on a toujours envie de l'appeler Lally.

— Et quel est son vrai nom ? demanda Mary.

— Jessie, à ce que m'a dit Skelton. Jessie Briggs. C'était

McAnulty avant son mariage. Son père était irlandais et sa mère espagnole. Et avec ça elle est blonde... blonde au point qu'on la croirait décolorée. Enfin, conclut-il en se levant de table, elle... elle m'apporte un peu d'amusement dans mes heures sombres... Merci de ton accueil, Mary, maintenant je rentre pour le thé familial !

Mary le suivit, descendit l'escalier avec lui et ils s'arrêtèrent un moment dans la cour.

— Comment vont les choses ?

— Oh ! comme d'habitude, plus exactement, c'est pire. Tu ne sais pas la dernière : elle veut venir habiter chez nous.

— Ça y est ! Je m'attendais à ça depuis la mort de grand-mère McAlister.

— Et Betty trouve ça très bien. Nous avons eu une scène à tout casser hier soir. Elles prétendent toutes les deux que le peu que m'man gagne améliorerait nos finances et que comme ça je pourrais économiser de quoi acheter une maison. Et puis pas de raison, disent-elles, pour que je ne trouve pas un poste à Newcastle, par exemple ou à Whitley Bay, enfin dans un endroit proche de la côte, et dans un quartier respectable... élégant.

Il prononçait ces derniers mots avec emphase.

— Elles affirment qu'elles n'ont jamais vu un patelin plus écœurant que Jarrow. C'est triste, sale, et plus pauvre qu'avant la guerre et les gens y sont ignorants et dépravés pour la plupart.

« Et il faut entendre ça de la bouche de personnes qui de leur vie n'ont été plus loin que Newcastle. Oh, Mary ! J'aimerais mieux à certaines heures ne pas être dans l'enseignement, ne pas avoir ces notions d'éducation, parce que au lieu de me rendre indulgent pour elles et de leur faire des concessions, je les regarde de haut. Tu comprends, le mélange d'ignorance et de bigoterie, c'est parfois plus que je n'en peux supporter.

Pendant qu'il lui confiait ainsi ses ennuis, Mary revoyait l'adolescent qui venait en catimini se décharger auprès d'elle de ce qu'il endurait auprès de leur m'man.

Plus d'une fois, Jimmy l'avait suppliée de le prendre chez elle. Finalement, elle avait été obligée de lui dire : « Si jamais tu faisais ça, Jimmy, elle commettrait un crime. Ce ne sont pas des paroles en l'air, je sais qu'elle le ferait, car elle a gâché la vie de p'pa, gâché la mienne — celle de Ben, faillit ajouter Mary — et ce n'est rien, car elle ne nous aimait guère, tandis que toi, elle te couve. Non, Jimmy, chasse cette idée de ton esprit. Viens aussi souvent que tu veux, mais fais gaffe, car le jour où elle l'apprendra, elle s'arrangera pour y mettre le holà. »

Ce qui étonnait toujours Mary, c'est que leur m'man ne s'était jamais doutée de rien. Certainement elle pensait le dominer assez pour qu'il n'ose pas lui désobéir. C'était signe aussi que les voisins ne les avaient jamais trahis. Et cela n'attristait pas Mary de voir combien sa mère était unanimement détestée, au contraire, cela la rassurait sur ses propres sentiments dont elle pensait parfois qu'ils étaient ceux d'une fille dénaturée, car après tout, comme disent les bonnes gens, la voix du sang ne se tait jamais tout à fait.

Jimmy expliqua :

— Je n'ai rien dit là-haut, je ne pouvais pas. Mais c'est amusant que vous ayez acheté Moat Cottage, parce qu'elles en parlaient toutes deux l'autre soir, pas à moi, mais assez haut pour que je les entende. Tout en concédant qu'habiter là ce serait toujours vivre à Jarrow, au moins serait-ce dans une banlieue presque résidentielle et m'man disait qu'elle avait toujours admiré ce cottage. Ciel ! quel foin elle ferait si elle savait qu'il est à vous à présent !

— Ce qu'elle pense ou ce qu'elle dit, ça m'est bien égal. Je suis au-dessus de ça et de tout ce qu'elle peut essayer de me faire. As-tu été voir du côté de chez grand-ma, cette semaine ?

— Oui, j'y suis passé avant-hier soir, assez tard. J'étais de piquet d'incendie. Grand-pa est arrivé sur mes talons... avec un peu de vent dans les voiles.

— Par exemple !

— Oui, je ne sais pas où il trouve l'argent. Est-ce toi qui lui en donnes ?

Les yeux au loin, Mary répondit :

— Oh ! de temps en temps, un petit peu.

— Eh bien ! je ne le blâme pas. Si j'avais su où il allait, j'y aurais été avec lui et nous aurions pris la cuite ensemble.

Il se dirigeait en souriant vers la porte du fond.

— Oh, Jimmy, protesta faiblement sa sœur. — Puis elle ajouta : — J'aimerais tant que tu ne fasses pas ça !

— Ça quoi ?

— Boire.

— Ben boit bien, lui.

— Oui, je sais.

— Tu veux dire que je ne tiens pas le coup ?

— Ce n'est pas ça...

— Si, si. Je sais que c'est ça. Mais toi tu as un nid douillet, tandis que moi il faut bien que j'échappe à ces deux-là. Et il faut trouver où aller.

Il porta ses deux mains à son foulard et le serra autour du cou.

— Seigneur ! il y a des jours où je voudrais être mort !

— Oh, Jimmy ! notre Jimmy, ne dis pas des choses comme ça !

— Bien, bien ! — Il lui sourit mélancoliquement et lui tapota la joue : — Je ne parle pas sérieusement... Bon, il faut que je m'en aille sinon je vais me faire sonner les cloches. A bientôt Mary.

Lentement elle ferma au verrou derrière lui et lentement elle remonta.

Ben traversait le vestibule. Il s'arrêta et dit :

— Qu'est-ce qui ne va pas ?

— Oh ! rien de plus qu'à l'ordinaire.

Il lui entoura les épaules.

— Ecoute, tu as assez de soucis comme ça, Jimmy est un grand garçon maintenant.

— Peut-être, mais c'est un garçon à la dérive. Il boit. Il a besoin de quelqu'un pour...

Elle serra fortement les lèvres.

— Pourquoi, je me le demande, a-t-il épousé cette Betty ! ces deux femmes le rendront fou !

— Oh! il en faut beaucoup pour rendre un homme fou. Regarde-moi, ça fait des années que je te supporte.

— Tu l'as voulu, ne t'en déplaise.

Elle le regarda obliquement avec une hostilité feinte et une minute après elle était étroitement serrée contre Ben qui lui prenait les lèvres.

Quand il l'eût lâchée ils se regardèrent un instant et il dit posément :

— Chaque jour je trouve miraculeux que tu sois mienne. Tu sais ça ? Te rends-tu compte de ce que tu es pour moi ?

— Oui, dit-elle.

Et sa voix avait quelque chose de légèrement brisé.

— Je ne te le dis pas assez souvent.

Elle lui posa les deux mains sur les joues. Elle se faisait une loi de ne jamais toucher l'une sans l'autre.

Il mit ses mains sur les siennes et la regarda dans les yeux.

— Ça n'a pas été que de la pitié, n'est-ce pas ?

— Oh, Ben ! Tu le sais bien.

Elle était sincère : elle avait oublié que la pitié avait joué un rôle dans son amour.

— Oui, Mary, tu as un grand cœur et tout le monde s'en rend compte, c'est pourquoi on recourt tant à toi. Et puis, Mrs Tollett, parce que vous êtes si belle !...

— Ben, arrête !... Ecoute, voici Annie. — Elle montra l'escalier et repoussa Ben loin d'elle. — Tu sais qu'elle devient jalouse quand tu es aux petits soins pour moi.

Elle recoiffa hâtivement sa chevelure dérangée, mais en regardant Ben par-dessus son épaule. Et il lui rendait le rayonnement de son regard.

Jimmy entendit Mary verrouiller la porte et eut l'impression d'être chassé de son abri, plus, de son paradis personnel, car par contraste avec le sien le foyer de sa sœur lui faisait toujours l'effet d'un paradis.

Un quart d'heure plus tard, il arrivait à la grande maison de Haven Terrace où l'on avait aménagé quatre appartements. Quand il entra dans le hall, une porte s'ouvrit immédiatement à droite et laissa voir Mrs Jessie Briggs. Elle était comme il l'avait décrite, grande, blonde, avec une forte poitrine et des fesses pleines. Elle avait vingt-cinq ans au plus, le teint clair, de grands yeux bleus ombragés de sourcils sombres qui contrastaient avec sa blondeur.

— Oh, c'est vous, Mr Walton ! je pensais que c'était Albert. Comment allez-vous ?

— Très bien, Mrs Briggs. Et vous ?

— Il fait un froid terrible, n'est-ce pas ?

— Oui, vraiment, très froid !

Elle fit un pas dans le hall.

— On m'a parlé de vous aujourd'hui, Mr Walton.

— Ah ?

— Oui.

Il attendit tandis qu'elle lui souriait largement et il remarqua qu'une odeur émanait d'elle. Pas celle d'un parfum, ni celle d'une transpiration corporelle, mais quelque chose de subtil et d'agréable.

— Je causais avec Mrs Wright chez le poissonnier on est venues à parler de son garçon... Il est dans votre classe et... c'est vrai ce que je vous dis... les élèves vous mettent sur un piédestal. Elle m'a dit que vous aviez écrit un livre... Oui, un livre de poésie.

Jim se sentit devenir écarlate, comme un élève de cinquième pris en faute par son proviseur, et il bredouilla :

— Ce n'est pas exact, Mrs B... Briggs.

— Mais si, mais si. Elle a bien dit un livre de poésie.

— Oh ! mais c'était il y a longtemps. Avant la guerre. En amateur. Tout le monde fait ça, vous savez, avant d'avoir vingt ans. Ça vous vient avec les boutons sur le visage.

Ils riaient tous les deux à présent. Elle reprit :

— Oh, Mr Walton ! Avec les boutons sur le visage ! La poésie ! Vous savez moi, j'aime la poésie, j'en lis. Il y en a de Ella Wheeler Wilcose dans le journal et je les lis toujours. J'aime vraiment ça la poésie.

— J'en suis heureux, Mrs Briggs. Je... je...

A ce moment il reçut dans le dos le vantail de la porte d'entrée qu'on ouvrait brusquement. C'était Betty. Elle s'immobilisa, ses yeux allant de l'un à l'autre.

Le ton amical, Mrs Briggs la salua.

— Hello, Mrs Walton...

Mais Betty la foudroya du regard, dépassa son mari, prit sa clé dans son sac, ouvrit sa porte, entra... et ne referma pas.

Jimmy parut embarrassé, tourna lentement sur lui-même et suivit sa femme, non sans que Mrs Briggs et lui se soient souri et aient échangé un salut de la tête.

— Hé bien ! dit Betty.

— Oui, hé bien !... qu'y faire ? Flagrant délit... Pris sur le fait en train de bavarder dans le hall avec une blonde !

— N'essaie pas de plaisanter. Pourquoi lui parles-tu, à cette putain de bas étage.

— De quel droit la traites-tu ainsi ?

— Il suffit d'avoir des yeux, non ? Mais naturellement, toi, tu ne vois rien.

Jimmy regardait sa femme retirer son manteau. Ça faisait trois ans qu'ils s'étaient rencontrés, deux qu'ils étaient mariés, mais il lui semblait qu'il la connaissait depuis son enfance. Il se revoyait à trois ans, essayant de quitter les bras de sa mère et de se faire déposer sur le sol, mais elle le retenait de force et continuait à l'embrasser.

Que n'avait-il en Betty reconnu le type même de sa mère ? Oui, c'était le cas classique en psychologie freudienne. Bien qu'empli de ressentiment envers sa mère et désireux de lui échapper, il n'avait jamais pu dénouer le lien dont elle l'avait si étroitement enserré.

En choisissant Betty et bien que par ses petites coquetteries elle lui eût paru l'antithèse de sa mère, dans son subconscient c'est encore sa mère qu'il avait épousée.

— Tu bavardes avec elle et, à six heures, pas une tasse de thé de préparée ; alors que tu finis ton travail à quatre heures ! Où as-tu été ?

— J'ai essayé de me soûler.

— Cesse de faire l'enfant.

Elle se tourna vers lui et l'examina de la tête aux pieds avec dédain.

— Tu es absolument puéril, d'une puérilité effarante, sans maturité aucune ! Comment tu enseignes, Dieu seul le sait !

Il éprouvait le désir de la gifler à la volée. Ça aurait coupé court à tout, mais il ne le pouvait pas. Non, il n'allait pas devenir un autre Briggs.

Il regarda sa femme entrer dans la cuisine. Il l'entendit plaquer bruyamment la bouilloire sur le fourneau. Sa voix lui parvint :

— Si ce n'est pas trop te demander, mets donc le couvert... Rentrer à la maison après une journée passée debout et ne trouver absolument rien de fait !...

Tout en garnissant la table, il pensait : Dire que la cordite empoisonne pas mal de gens qui ne supportent pas de la manier. Or elle ne faisait que ça, empaqueter de la cordite, et ça ne lui occasionnait aucun malaise ! Oh! il secoua la tête, vivement s'enivrer, le plus tôt serait le mieux.

Les vendredis soir, il avait souvent la chance de trouver au café Ellison un alcool fort, ça lui ferait voir le monde en rose.

Betty entra avec la théière et dit :

— J'ai vu mère en descendant du bus. Elle sera ici vers six heures et demie.

— Je serai parti, je prends la garde à sept heures.

— Tu veux que j'te dise ? Tu es bien le gars le plus ingrat que j'aie vu de ma vie.

« Ta mère a travaillé pour toi depuis que tu es au monde et tu n'as jamais une bonne parole pour elle. Où serais-tu sans elle, je te le demande ! Ta sœur et toi, vous êtes de la même pâte. Ce que vous lui avez fait voir comme pays tous les deux. Et ton père...

Il regardait sa femme dont le visage se crispait. C'était curieux... stupéfiant, mais elle aimait Alice. C'était bien la seule personne au monde. Et Alice le lui rendait. Après avoir usé de toutes les menaces pour essayer d'empêcher le mariage, elle et Betty étaient devenues comme les deux doigts d'une même main. On dit que les gens de même caractère ne s'entendent pas, eh bien ! Ici c'était le contraire : elles semblaient ne faire qu'un, qui voyait l'une voyait l'autre, c'était étrange. Pourquoi était-ce à lui que pareille chose était arrivée.

Ah, si seulement il avait épousé quelqu'un comme Mary ou, il eut un petit rire intérieur, comme Mrs Briggs ! Celle-là ne querellerait pas à longueur de journée. Elle lui dépenserait son argent ? Hé ! Betty ne le faisait-elle pas ? Que lui restait-il de son traitement ? Elle s'emparait du chèque dès qu'il l'avait reçu et depuis toujours s'était arrogé la disposition des finances. Elle lui laissait trois livres par mois et là-dessus il payait ses bus, ses cigarettes... et la bière. Elle avait réglé le train du ménage comme un comptable méticuleux : tant pour chaque chose. Il avait eu la sottise d'admettre tout, dès le début. Etait-il trop tard pour changer ?...

Puis, à quoi bon ! il allait s'offrir un verre, s'acquitter de sa faction et, s'il en avait le temps, prendre un autre verre. Ça irait pour ce soir, demain il serait dans un meilleur état d'esprit. Il lui restait quelque argent gagné au sweepstake. Bonne idée qu'il avait eue de ne pas en parler. Il avait de la chance, trois fois cette année il avait gagné quarante-cinq livres en tout.

— Mère va venir vivre ici.

— Par Dieu, non !

— Mais si !

— Alors, écoute-moi bien : si elle s'installe ici, ça ne fera jamais que deux personnes dans la maison. Parce que moi, je m'en vais. Ainsi, choisis.

— Où vas-tu ?

— Me soûler. Me soûler à mort, j'avais besoin d'un verre, maintenant c'est urgent.

— Assieds-toi et prends ton thé. Ne te conduis pas comme un gamin stupide, répliqua-t-elle d'une voix méprisante.

— Ne m'appelle pas stupide, Betty... ni un gamin.

Il marcha vers elle qui, sans reculer devant lui, s'appuya cependant contre la table.

— Sais-tu quand j'ai été stupide ? La seule fois où je l'ai été ?... Tu as compris ce que je veux dire...

Et là-dessus il pivota, attrapa son manteau, son chapeau et sortit.

Avant de prendre sa garde, Jimmy alla boire une canette et un double whisky. Celle-ci terminée juste avant l'heure de fermeture du café, il remit ça en doublant les rations. Il était sur le chemin du retour et se sentait heureux quand il rencontra Mrs Briggs qui sortait de la poissonnerie.

— Oh, Mr Walton, c'est vous !

Elle le regardait l'air étonné. La lune venait de sortir de derrière les nuages et répandait sur toute la rue une clarté douce.

— Hé oui, Mrs Briggs, c'est moi !

Il ôta cérémonieusement son chapeau et, riant tous deux, ils se mirent à monter la rue ensemble.

— J'ai eu de la chance, j'ai pu avoir un peu de poisson et des chips.

— Moi aussi j'ai eu de la chance, Mrs Briggs, j'ai pu me griser un peu.

Il se pencha sur elle. Ils rirent à nouveau et le temps d'une demi-seconde s'appuyèrent même l'un contre l'autre.

— Oh ! Vous êtes drôle, Mr Walton.

— Vous trouvez, Mrs Briggs ?

— Oui, mais gentiment drôle. Vous comprenez, c'est pas un reproche.

— Vous ne pourriez pas me blesser. Savez-vous quelque chose, Mrs Briggs.

Il s'arrêta, oscilla doucement vers elle comme un arbre incliné par le vent et dit avec solennité :

— Je vous apprécie beaucoup, Mrs Briggs. Je vous trouve très aimable.

— Hé, Mr Walton, je vous remercie, c'est gentil de me dire ça. Moi aussi je vous apprécie. Et savez-vous ce que je pense de vous ?

— Non ! Dites-le-moi, Mrs Briggs.

— Hé bien ! Je pense que vous êtes un vrai gentleman.

— Vous êtes quelqu'un de très bien, Mrs Briggs... et... vous êtes la première personne à m'appeler un gentleman. Ça, je ne l'oublierai pas, même si en ce moment je suis un peu éméché... Vous savez ce que je ferai ? J'écrirai un poème sur vous, oui je vais le faire.

— Oh, Mr Walton !...

— Absolument. La prochaine fois que je serai de piquet d'incendie, j'écris un poème sur vous. La poésie, Mrs Briggs, ça n'est pas seulement écrire en vers. Ah non ! C'est là que les gens se trompent. Les ignorants. Ils appellent des vers de la poésie.

Il faisait claquer ses doigts près du visage de la jeune femme qu'il distinguait faiblement.

— La vraie poésie, c'est fait d'une composition métrique mais aussi de tant, tant d'autres choses !...

— Vraiment ?

— Oh, oui ! La vraie poésie, il y faut de la prosodie, des stances, des pieds... Tenez, un pied, que je vous explique, Mrs Briggs, c'est ce qu'on ap... appelle une unité métrique. Ah, Mrs Briggs ! Dans la po... poésie il y a bien plus que le Ta-ta-ta, Ta-ta-ta... Tenez, vous connaissez par exemple ce petit morceau qui commence comme ça :

« Tigre, tigre, dont l'œil luit
Dans les forêts de la nuit... »

— Ça, Mrs Briggs, c'est une très belle poésie, vous savez. Elle est en tétramètres. Vous savez ce que c'est, des tétramètres ?... Mais non, naturellement !... Oh, n'en ayez pas honte : il y a si peu de gens qui s'y connaissent. Ecoutez bien.

Il lui mit une main sur l'épaule.

— C'est l'élévation et la descente de la voix, l'inflexion comme vous savez... une brève une longue, une longue une brève : Ti... gre... Oh, Mrs Briggs ! je vous assomme...

Il approchait son visage du sien. L'odeur d'alcool se mêlait à celle du poisson. Elle rit gentiment.

— Mais non, Mr Walton, ça me passionne de vous écouter. Je... je vous avouerai que je n'y comprends rien, mais j'aime vous entendre.

Il se redressa et ils reprirent leur marche. Au bout d'un moment il déclara le plus gravement du monde :

— Vous êtes très, très aimable, Mrs Briggs.

— Mais pas du tout, Mr Walton, répondit-elle. — L'ombre revenait, plus épaisse. Elle dit : — On n'y voit goutte !

Il s'arrêta, chancelant légèrement et, regardant le ciel, s'écria :

— Sors, sors, boule stupide !

Et comme à ce moment la lune sortait de derrière un nuage, Jessie Briggs éclata de rire et se suspendit au bras de Jimmy.

— Oh, Mr Walton ! Mr Walton comme vous êtes drôle !

— Ah, Mrs Briggs, quand j'ai un verre dans le nez je peux commander aux cieux ! Oui, quand je suis ivre, j'oublie tout : les gens, la guerre, les enfants, tout... excepté une chose, Mrs Briggs, une seule et unique chose : je veux écrire de la poésie, de la vraie, vous savez... pas de longues strophes ambitieuses ! Je veux écrire des poèmes que tout le monde puisse lire... Voudriez-vous... Voudriez-vous entendre ce que j'ai composé cette nuit, Mrs Briggs ?

— Oui, oh, oui ! Mr Walton.

— Alors, écoutez un peu.

Il sortit de sa poche une feuille de papier. Levant les yeux vers la lune il cria :

— Continue d'éclairer !

Et, ayant déplié le papier, il se mit à lire d'une voix sonore et profonde :

« D'un océan de peines
qui emplissent ma vie
mon esprit se promène
en tout ce que je lis... »

Et les vers se succédaient, un peu incohérents, mais Jessie n'écoutait pas pour comprendre, elle laissait le son de la voix chatouiller ses oreilles et elle était aux anges.

« ... Je t'en prie Dieu des mots
Garde mon âme simple
Au long de tout ce jour. »

Un court silence suivit. Soudain, d'un ton plus naturel, Jimmy ajouta :

— Voilà, Mrs Briggs.

— Oh ! Dé-li-cieux ! s'exclama-t-elle.

— Non, Mrs Briggs... Ce ne sont que des rimes, des vers blancs, de la prose rythmée, tout ce que vous voudrez mais pas de la poésie... Votre poisson et vos chips vont être tout à fait froids.

— Je pourrai toujours les faire réchauffer, Mr Walton. J'ai eu de la chance de les avoir.

C'était comme si tous les deux pensaient en avoir assez fait ce soir-là pour leur culture.

— Oui, Mrs Briggs, vous avez eu de la chance. Vous en avez toujours.

— Qu'est-ce qui vous fait dire ça, Mr Walton ?

— Oh !...

Mrs Briggs le rattrapa au moment où il allait tomber du trottoir.

— Parce que les dieux vous ont faite aimable.

Ils arrivaient au coin de Haven Terrace. La lune, cette fois, semblait avoir définitivement disparu. Ils n'y voyaient plus et tâtonnaient, épaule contre épaule.

A l'entrée de l'immeuble, ils s'arrêtèrent encore. A la faible lueur du lumignon qui répandait une vague clarté dans le vestibule, Jimmy ébaucha une mimique en portant les doigts à ses lèvres et murmura :

— Quel plaisir ça été pour moi, Mrs Briggs !...

— Et pour moi donc, Mr Walton !

Elle rentra chez elle. Sur la pointe des pieds, Jimmy se dirigea vers sa porte.

Et voici qu'elle s'ouvrit. Dans l'embrasure se tenaient Betty et Alice. Elles le regardaient toutes deux du même air sévère.

— Qu'est-ce que je vous disais ? lança Betty.

Alice s'approcha de lui.

— Eh bien, te voilà propre ! Un professeur ! Regarde dans quel état tu es. Dire que je dois voir ça. Un pochard !... Soûl perdu !... Et où as-tu pris l'argent ?

— Oui, M'man. Soûl perdu... un pochard ! Et où j'ai pris l'argent ? Eh bien voyons ! c'est Betty... Betty est gentille. Betty est aimable.

— Venez, Mère, cria Betty, je vais vous ramener chez vous, Jimmy n'est pas en état de le faire. Je lui réglerai son compte demain matin !

CHAPITRE II

C'était samedi et une semaine avant Noël. Les queues devant les débits de bière à emporter étaient aussi longues que celles devant les étals des bouchers, plus longues même. Chacun essayait de s'approvisionner pour Noël et, ce qui était plus important encore, pour le jour de l'An.

A une heure et demie, Jimmy avait ingurgité deux whiskies et deux canettes et il se sentait tout attendri en arrivant chez Mary.

— Bonjour, vous tous !

— Oh ! bonjour Jimmy. Je ne m'attendais guère à te voir à ces heures. Nous venons de finir de déjeuner, mais il reste de tous les plats. Veux-tu quelque chose ?

— Si je veux ? En voilà une question ! Pouquoi imagines-tu que je suis venu ? Où sont les mioches ? Je vais les emmener au marché. Qui sait ce que nous pourrons y trouver ?

Mary avait quitté l'évier où elle faisait la vaisselle et préparait une assiette avec de la viande froide, du fromage et des oignons au vinaigre.

— Pas de chance, Jimmy. David est à la boutique de Flake Street... comme d'habitude et l'autre — elle désigna du menton une porte — est couchée avec la grippe. J'ai bien peur qu'elle en ait pour toutes les vacances.

— Oh ! C'est trop bête !

Il sortit de la cuisine, ouvrit la porte de la chambre à coucher, passa la tête dans l'entrebâillement :

— Qui est-ce qui renifle et toussote, qui éternue et crachote ?

— Oh, oncle Jimmy !

Il était à présent auprès du lit et regardait le visage rouge d'Annie.

— Pas de veine, ma chérie. Je voulais t'emmener au marché.

— Vraiment ? — Elle eut un pâle sourire, renifla puis dit, malicieuse : — J'ai le nez bouché, mais je sens quand même que tu as bu.

— Quoi ! s'exclama-t-il, jouant l'indignation. Bu... moi qui n'ai jamais avalé une goutte de ma vie.

Il se tourna vers Mary qui se tenait sur le seuil.

— Tu as entendu de quoi m'accuse ta fille ? Elle prétend qu'elle sent que j'ai bu. Que vas-tu lui faire ?

— Lui décerner une récompense pour avoir dit la vérité.

— Raconte-nous une histoire, oncle Jimmy.

Annie s'agitait dans son lit et Mary déclara vivement :

— Il faut qu'il déjeune et toi, tu vas dormir un peu.

— Oh !... Alors, oncle Jimmy, récite-nous une poésie.

— Une poésie, une poésie... Je t'en composerai une pour demain... pour toi toute seule. A condition que tu dormes à présent.

Lorsqu'il fut assis à table, Mary le regarda et dit :

— La petite avait raison, tu empestes l'alcool.

Jimmy battit des bras.

— Je n'ai bu qu'un verre... Non — il redressa la tête — je ne vais pas mentir comme la plupart des ivrognes... J'ai bu deux whiskies secs et deux canettes.

Mary fronça à peine les sourcils.

— Décidément, il n'en faut pas beaucoup pour que tu sois pompette, c'est tout ce que je peux dire. Et ce n'est pas la première fois que je t'en fais la remarque.

— Je le sais, Mary, ma chérie, mais laisse-moi avaler ça, l'alcool sera étouffé, et je serai prêt à boire de nouveau.

Il parvint juste à temps à ne pas désigner du doigt son manteau jeté sur le dossier d'une chaise et dans la poche duquel se trouvait une bouteille de whisky qu'il voulait garder pour Noël... s'il le pouvait.

Mary se versa une tasse de thé, s'assit en face de son frère et énonça d'une voix calme :

— Je suis inquiète, Jimmy.

— Voyons, voyons ! — Il pointa sa fourchette dans la direction de Mary. — Je ne veux pas t'avoir sur la conscience. Enfin, ce que j'entends, c'est que je ne veux pas ajouter à tes soucis... ta coupe est assez pleine comme ça.

— Alors, souviens-toi de ça et tiens-toi bien. A propos, cousine Annie vient habiter chez nous. Elle a été bombardée.

— Non !

— Si, hier, au raid du matin.

— J'ai entendu dire qu'ils avaient lâché leurs crottes de l'autre côté de l'eau, mais qu'il y avait très peu de dégâts.

— Une seule bombe. Elle n'est pas tombée sur sa maison, bien entendu, mais elle a soufflé le toit.

— Ça t'ennuie qu'elle vienne chez vous ?

— Oh ! pas vraiment. C'est une chichiteuse, mais elle a bon cœur.

Après un instant de silence, Jimmy demanda :

— Quelles sont les nouvelles ? Tu les as écoutées ?

— Oui, rien de particulier. Ils ont parlé du Pacifique ; il semble qu'il soit rempli de porte-avions.

— Bien ! Je voudrais qu'ils attaquent bientôt les Japs et qu'ils les mettent hors d'état de nuire.

— Ils ont pris Tarawa.

— C'est tout ? Rien d'autre ?

— Pas que je sache, mais j'allais et je venais...

Jimmy se leva, s'approcha de la fenêtre, regarda à travers l'encadrement de papier noir qui l'entourait et se mit à chanter doucement :

— Je rêve d'un Noël blanc...

— Par exemple ! C'est ce que nous ne désirons pas, merci beaucoup.

Il se tourna brusquement.

— S'ils m'avaient pris, ça aurait été différent.

— Eh bien ! Ils ne t'ont pas pris et tu ne vas pas ressasser cette histoire.

— Je n'arrive toujours pas à comprendre. Des pieds plats !

— Tu as les pieds plats et voilà tout. De toute façon il faut bien que quelqu'un reste et s'occupe des enfants. Ton travail est aussi important que si tu étais là-bas.

Il pencha lentement la tête sur le côté et sa voix était pleine de mépris :

— Qui fais-tu marcher, Mary. Tu me parles à moi, Jimmy ? Je vais te dire quelque chose — il leva le doigt vers elle — je me sens minable quand je suis au comptoir à côté d'un de ces types en uniforme... Moitié moins hauts que moi, beaucoup plus jeunes et en uniforme ! Et ils vous regardent en disant : « Alors, réformé, camarade ? » Et faut entendre leur ton.

— Ne sois donc pas aussi bêtement susceptible, rétorqua Mary, de la colère dans la voix. Réfléchis un peu ! S'il n'y avait pas de gens comme toi, des hommes dans les ports et des femmes dans les usines, ils ne seraient pas en uniforme. L'ennui avec toi, c'est que tu te froisses pour un rien. Allons, secoue-toi, va jusqu'à Shields, au marché, comme tu en avais l'intention. L'air te fera du bien. Et si par hasard tu trouves n'importe quoi de frais au marché, achète-le pour moi.

— Tu plaisantes, oui ? Avec le marché noir personnel que tu pratiques ici !

— Mais, Jimmy, ce n'est pas du marché noir. — Elle était indignée, mais souriait. — Si nous échangeons un peu de beurre ou de sucre contre un morceau de viande ou autre chose, quel mal y a-t-il à ça ? Nous avons nos tickets comme tout le monde.

— Oh, Mary ! s'exclama-t-il en la poussant par l'épaule.

Elle le repoussa à son tour et ils se mirent à rire...

— En tout cas, tu pourrais être reconnaissant, tu en as ta part.

— Je le sais et je vous remercie beaucoup, Mrs Tollett.

— Va-t'en ! — Elle le poussa vers la porte, puis le retint. — Sois sérieux, Jimmy, je t'en prie.

— Certainement, Mrs Tollett. Dieu vous bénisse, Mrs Tollett, Dieu vous bénisse...

Il gardait le doigt à son chapeau. Mary leva le pied, mais manqua son but et faillit tomber. Jimmy dégringola l'escalier, s'arrêta et la regarda. Ils riaient tous les deux.

Jim descendit du bus à Laygate et prit le quai en direction du marché.

Il y avait très peu d'étalages sur le marché, mais la place paraissait encombrée de gens. Il en venait de King Street et de la direction du ferry et ils allaient et venaient. Et il y avait aussi pas mal de circulation tout autour, des voitures militaires pour la plupart. Et un sentiment d'excitation flottait dans l'air. Oui, Noël, c'était une bien jolie légende.

Jimmy s'arrêta. L'Armée du Salut avait commencé de jouer. Bonne vieille Armée du Salut... personne ne la valait. Ses membres n'allaient pas à l'église dans leurs plus beaux vêtements et ils n'enfouissaient pas leur or dans le sol. Ils faisaient le bien et pour l'heure avaient entonné « Là-bas dans une crèche... »

Jimmy fredonna pour lui-même :

« Là-bas dans une crèche,
Sans berceau comme lit... »

Brusquement, il sentit le froid et se mit à frissonner. Il eut l'impression d'être terriblement seul. Si au moins les mioches avaient pu venir avec lui, ils auraient continué de rire.

Il descendit East Street, regarda autour de lui s'il n'y avait personne de connaissance, sortit la bouteille de sa poche, la porta à sa bouche et en ingurgita la moitié. Ça allait mieux. Oh, oui ! beaucoup mieux. Il allait faire le tour du marché, passer devant l'Armée du Salut, puis il rentrerait. Il marcherait jusqu'à Jarrow. Comme l'avait dit Mary, ça lui éclaircirait les idées. Il rit intérieurement : il aurait plus que jamais besoin d'avoir l'esprit clair.

Une foule compacte et très mêlée était massée devant l'Armée du Salut, des militaires, des aviateurs, des marins, soûls comme des ânes — ils avaient de la chance, ils touchaient une ration d'alcool dans la marine — quelques jeunes gens, garçons et filles, des familles avec des enfants, quelques A.T.S.

Il s'arrêta auprès de deux filles en uniformes kaki. Elles chantaient et elles lui jetèrent un regard l'air de dire : « Eh bien, quoi ! C'est Noël ! » Il leur sourit et, en inclinant la tête vers elles, il chantonna :

« Le petit Seigneur Jésus pose sa jolie tête. »

Au son de sa voix, les filles cessèrent de chanter et se mirent à rire, puis leur rire devint gloussement quand la voix de Jimmy s'éleva, couvrant toutes les autres.

« Les étoiles dans le ciel brillant regardaient l'endroit où il reposait. » Elles rirent de plus belle et joignirent leurs voix à la sienne. Il passa le bras sous celui de la jeune fille la plus proche de lui et interrompit son chant pour dire rapidement à l'autre :

— Enchaînez.

La fille, secouée de rire, fit ce qu'il disait et passa son bras sous celui de sa compagne.

L'orchestre s'arrêta à peine avant d'entonner « Le premier Noël ».

La foule s'était grossie de gens dont la plupart chantaient eux aussi.

Grâce à sa haute taille, Jimmy dominait la masse et, subitement, il fut pris d'un sentiment de puissance. Ce fut comme s'il avait créé la scène, rassemblé tous ces gens... bonne volonté parmi les hommes. En cet instant, il éprouva une sensation de joie. Il était si brûlant, si heureux intérieurement ; il voulait l'exprimer par quelque geste, en levant les bras, par exemple.

Et puis, le premier flocon de neige tomba. Aux cris de « Oh ! », « Ah », « La voilà qui vient ! », tous les regards se levèrent vers le ciel.

L'orchestre jouait plus fort ; il savait qu'il avait la foule pour lui. Deux des membres se faufilaient un chemin en souriant, agitant des tambourins, tandis que les gens mettaient la main à leur poche ou à leur bourse.

L'orchestre jouait à présent : « Je vous souhaite un joyeux Noël, un joyeux Noël et une bonne année. » La fille en kaki leva le visage vers Jimmy et elle lui adressa son chant. Et Jimmy, qui avait toujours son bras sous celui de la jeune fille, pencha la tête et lui répondit en chantant. Et chacun semblait chanter pour son voisin. C'était un de ces moments comme on ne peut en avoir qu'en temps de guerre.

Est-ce la fille qui commença ou lui ? Jimmy ne put jamais s'en souvenir. Ce dont il se souvenait, c'est que quand ils l'avaient poussé en avant, comme s'il était leur leader il en avait été content. La fille l'avait saisi à la taille, par-derrière, son amie avait fait de même pour elle et une chaîne, un monôme s'était formé aussi rapidement que court une flamme le long d'une mèche enduite de pétrole.

Tout le monde chantait. Peu importait que ce soit

« Joyeux Noël », en tête du monôme, « Là-bas dans une crèche », au centre et « Ce n'est qu'un au revoir », à la fin.

Lorsque Jimmy arriva derrière l'orchestre, sur une sorte de rythme de rumba imprimé par la pression des mains de la fille sur ses hanches, un des membres de l'Armée du Salut le regarda en riant et cria :

— Etes-vous heureux, Frère ?

— Oui, Frère, je suis très heureux, répondit-il.

Et la fille derrière lui, reprit :

— Etes-vous heureux, Frère ? On les aura !... Allemagne, nous voilà ! Etes-vous heureux, Frère ?

Jimmy débouchait dans la rue qui conduisait au ferry et voulut s'arrêter au virage. Mais derrière lui, la fille le poussa, hurlant à présent : « Ne t'arrête pas, Frère. Ne t'arrête pas !... Gare à toi Hitler, nous voilà ! »

Comme Jimmy traversait la rue, un camion arrivait et dut freiner brusquement et s'arrêter. Deux soldats assis dans la cabine regardèrent le monôme et secouèrent la tête en souriant.

Lorsqu'il leur fallut traverser la rue qui allait du quai au marché, il y eut d'autres grincements de freins, mais cette fois aucun visage souriant dans les voitures. Au contraire, une pluie d'injures tomba sur eux.

Le monôme était long à présent et la queue poussait la tête, le bruit des klaxons et les exclamations de colère se mêlaient aux chants confus. La place du marché n'était plus seulement bondée de gens, mais bloquée par des autos.

Un agent apparut, venant de Kepple Street où se trouvait le commissariat principal, puis un autre et un autre encore. Cependant même la vue de leurs uniformes ne réussit pas à disperser les gens. Il y avait longtemps que personne ne s'était ainsi défoulé à l'air libre, et chacun en profitait le plus possible avant que la nuit tombe.

Les policiers avaient reçu des renforts. Ils rompirent le monôme à plusieurs endroits et arrivèrent à la tête.

— Allons, allons, séparez-vous, criaient-ils au grand jeune homme qui, le visage rouge, riait de plaisir.

— Quoi ? Oh, oui ! Oui, bien sûr.

Jimmy regardait l'un après l'autre les policiers, comme s'il sortait d'un rêve. Et tout aurait pu se terminer là. Il aurait quitté la tête du monôme ; il aurait souhaité un heureux Noël à ceux qui l'entouraient et il serait rentré chez lui tranquillement. Mais, derrière lui, le monôme se désintégra en une foule qui l'encercla ainsi que les policiers. Les deux filles en kaki, pour une raison que Jimmy ne comprenait pas, se mirent à crier : « Laissez-le ! Laissez-le ! Quel mal fait-il ? Nous voulions simplement nous amuser un peu. C'est la veille de Noël, voyons ! Vous l'avez peut-être oublié ? C'est la veille de Noël ! »

— Dispersez-vous ! Dispersez-vous ! Allez-vous-en.

Les policiers commencèrent à repousser la foule. L'un deux refoula Jimmy de la paume de la main avec une force telle que celui-ci chancela et serait tombé s'il n'y avait eu quelqu'un pour le retenir.

Cela le mit en colère et, la chaleur du whisky aidant, il apostropha l'agent :

— Qu'est-ce qui vous prend ? Qu'est-ce que vous me voulez ?

L'agent n'eut pas le temps de le lui dire, tout occupé à retenir son casque. Mais il s'y était pris une fraction de seconde trop tard. Comme il se penchait pour le ramasser, quelqu'un lui envoya son pied dans les fesses et il s'étala.

La foule s'était écartée avec une vitesse surprenante, pour laisser le policier tomber de tout son long. A présent l'autre agent était tombé par-dessus le premier et, brusquement, six autres policiers surgirent.

Deux d'entre eux saisirent Jimmy par les bras et l'entraînèrent à travers la foule qui se dispersait presque docilement, tandis que Jimmy se débattait et criait :

— Ecoutez, vous faites erreur. Laissez-moi m'en aller. Je n'ai rien fait, vous m'entendez ? Et vous ne savez pas qui je suis.

— Vous aurez tout le temps de nous le dire, mon vieux.

Ils le conduisaient le long de la rue, vers le commissariat. Les deux filles suivaient en criant :

— Il chantait des Noëls, simplement, il ne faisait rien d'autre que chanter. Faut vraiment que vous n'ayez rien à faire.

L'un des policiers se retourna :

— Si vous ne disparaissez pas immédiatement, j'aurai quelque chose à faire ! Vous embarquer !

Il faisait nuit quand la porte de la boutique s'ouvrit. Le rideau d'obscurcissement fut écarté et la femme blonde entra précipitamment en disant à la vendeuse qui était derrière le comptoir :

— Mrs Tollett... Puis-je voir Mrs Tollett ?

— Je le pense.

Teresa traversa la réserve, saisit un balai, cogna trois fois le plafond du bout du manche, puis cria :

— Mrs Tollett ! Quelqu'un vous demande.

Quand Mary arriva dans le magasin et aperçut la femme, elle sut d'instinct qui elle était : cette Lally-Follette dont parlait Jimmy.

— Vous désirez ? demanda-t-elle par-dessus le comptoir.

Lally, le visage chaviré, comme si elle était sur le point d'éclater en pleurs, bredouilla :

— Puis-je... Puis-je vous dire un mot ?

Elle désigna du regard les yeux curieux des clientes posés sur elle et Mary dit :

— Bien sûr, venez par ici, je vous prie.

Elle ne s'arrêta pas dans la réserve, mais gagna la cour, puis l'escalier, et fit entrer sa visiteuse au salon.

— Asseyez-vous, Mrs...

— Mrs Briggs.

Elles s'examinèrent un instant, puis Mary demanda :

— Vous avez des ennuis ?

Lally hoqueta, remonta sa poitrine d'un geste de l'avant-bras et marmonna :

— Non, non, pas moi... c'est Mr Walton.

— Jimmy ?

— Ah, vous comprenez... Je vais m'asseoir si vous le permettez.

— Oui, oui, bien sûr. — Mary avança un fauteuil près de la cheminée. — Voulez-vous une tasse de thé ?

— J'veux bien, merci. Mais je crois... je crois qu'il vaut mieux que je vous parle d'abord. Vous comprenez, j'étais à Shields. La tante d'Albert y habite. Elle est vieille, seule, et j'y fais un saut chaque fois que je vais en ville. Je revenais, parce que je voulais être de retour avant le black-out, vous comprenez ?

— Oui, oui, je comprends, dit Mary.

— Bon, il s'est mis à neiger, juste quand j'ai pris le bus au bas de King Street. Et, quand nous sommes arrivés place du Marché, plus moyen d'avancer. Je n'avais jamais vu pareille foule de ma vie. Vrai, jamais. Hé ! comme un homme m'a dit, on aurait pu croire la guerre finie.

Elle se mit à rire puis, comme pour s'excuser, regarda Mary, le visage brusquement grave et poursuivit :

— Enfin, comme je vous le disais, il y avait un vacarme infernal : des gens qui faisaient marcher leur klaxon, qui chantaient, qui criaient et qui dansaient. Tout le monde formait la chaîne et ils se tenaient les uns aux autres. Non, j'avais jamais vu ça de ma vie.

« J'étais donc assise dans mon bus et je regardais par la vitre et j'ai vu Mr Walton... — Le visage de Lally redevint grave et elle ajouta, presque dans un murmure : — Il... Il parlait à des flics. Et il y a eu une bousculade, il est presque tombé et... et ils l'ont emmené.

— Jimmy ? Notre Jimmy !

Mary avait porté la main à sa joue et Lally expliqua :

— Je suis sortie du bus, mais je n'ai pas pu passer. Quand j'y suis arrivée, il n'était plus là ; ils l'avaient embarqué au commissariat. Et il y avait deux petites qui paraissaient connaître toute l'histoire, des filles de la Défense passive. Elles ont dit qu'il chantait seulement avec l'orchestre de l'Armée du Salut, rien d'autre. Tout le monde était content, chantait des Noëls et il avait pris la tête d'une sorte de monôme et ils avaient fait la ronde autour de la place. C'était comme une grande fête, qu'elles ont dit. Et puis, les flics sont arrivés et il y a eu du grabuge.

— Mon Dieu !

— J'ai pensé qu'il valait mieux que je vienne vous prévenir. Vous comprenez, sa femme... enfin, elle me parle pas beaucoup. Et je sais qu'il vient souvent chez vous, parce qu'il vous aime comme... et c'était sur mon chemin. Vous comprenez ? J'espère que vous ne m'en voudrez pas.

— Non, non, je suis contente que vous soyez venue. Je vous remercie beaucoup, c'est très aimable à vous.

— C'est une honte. Il est si gentil Mr Walton, il ne ferait de mal à personne... à personne. Je n'ai jamais vu un homme comme lui, si poli dans ses manières.

— Non, il ne ferait de mal à personne, répéta Mary. — Puis elle ajouta : — Sauf à lui-même.

Les deux femmes se regardèrent, puis Lally énonça, l'air songeur :

— C'est la vie, n'est-ce pas ?

Mary se demandait en voyant cette grande femme blonde, aux chairs épanouies, pourquoi les gens la traitaient de toquée et l'appelaient Follette. Mais Jimmy, Jimmy. Oh, Dieu ! Au commissariat de police ! Elle avait espéré ne plus jamais entrer dans un commissariat. Il fallait qu'elle prévienne Ben, il paierait la caution nécessaire. Mais Betty, mais sa mère, elles auraient à présent prise sur Jimmy. Elle dit à Lally :

— Feriez-vous quelque chose pour moi, Mrs Briggs ?

— N'importe quoi, n'importe quoi, Mrs Tollett, et avec plaisir.

— Eh bien ! Voulez-vous ne rien dire à sa femme ni à personne, jusqu'au moment où j'aurai ramené Jimmy à la maison et qu'il puisse expliquer lui-même ce qui s'est passé ?

— Oh ! Je ne dirai pas un mot... pas un. D'ailleurs, je vous l'ai dit, je ne voulais pas aller prévenir sa femme, parce que voyez-vous, elle me regarde de haut. Non, non, je ne lui dirai pas un mot.

— Merci. Je vais vous préparer une tasse de thé.

Lally se leva.

— Non, non, vous avez mieux à faire... Et j'habite à deux pas. Mais merci de me l'avoir offert.

— Je vous suis très reconnaissante, très... Vous savez, Jimmy m'a souvent parlé de vous, ajouta-t-elle avec un sourire sans gaieté.

— C'est vrai ?

Le large visage pâle s'illumina et, quand les yeux bleus s'animèrent Mary comprit ce qui attirait Jimmy... Cette femme avait l'air de la bonté même.

— Il parle toujours très gentiment de vous.

— Ah ?... Mais voyez-vous, je l'imagine pas disant du mal de quelqu'un. Je ne dis pas ça parce qu'il est votre frère.

Mrs Tollett, mais c'est un gentleman, Mr Walton. Je le pense et ça m'est égal qu'on m'entende.

Mary examina un instant le visage calme, puis dit :

— C'est très aimable à vous... encore merci... Je vais aller immédiatement prévenir mon mari pour qu'il vienne avec moi à Shields. Je vais vous reconduire.

Elle serra la main de Lally en arrivant à la porte de derrière, la remercia une fois encore, puis rentra précipitamment dans la maison et fit irruption dans la salle à manger où cousine Annie savourait son thé et annonça très vite :

— Il faut que j'aille voir Ben, garde un œil sur la petite, veux-tu, ajouta-t-elle en désignant la paroi de la tête.

— Pourquoi es-tu si pressée ? Qui est venu... Mrs McArthur ? Pourquoi dois-tu filer comme le diable pour voir Ben ? Il va rentrer sous peu.

Mary avait déjà franchi la porte.

— Je t'expliquerai tout quand je reviendrai.

Elle passa dans sa chambre, attrapa son manteau et son chapeau, s'habilla en dégringolant l'escalier, puis elle partit aussi vite qu'elle le put à travers les rues sombres, pour retrouver Ben à Flake Street...

Jimmy en prison ! Il ne cesserait de penser à leur père. Oh ! l'idiot, l'idiot ! Mais cela ne surprenait pas tellement Mary, elle s'attendait à une chose comme ça. Et ce n'était qu'un début. Oui, à la façon dont Jimmy se conduisait, ce n'était que le commencement. Mais chanter des Noëls sur la place du Marché de Shields, accompagné de l'orchestre de l'Armée du Salut !...

CHAPITRE III

Alice regarda Betty et demanda :

— Mais qu'est-ce qu'il a pu faire ? Voilà des jours que les gens rient sous cape à mon passage. Et ce matin, la Cooper m'a crié à travers la rue : « Bonne volonté parmi les hommes ! Votre Jimmy, ça c'est un gars ! » qu'est-ce qu'il a pu faire ?

— Comment j'le saurais ? Bonne volonté parmi les hommes ? Qu'est-ce qu'elle voulait dire ?

— C'est ce que je te demande, ma fille ?

Betty parcourut du regard le living-room, le canapé, les deux fauteuils, le buffet moderne, la vitrine garnie de porcelaines, puis elle posa les yeux sur ses mains qui marquaient leur empreinte sur sa table de bois verni. Enfin, elle leva la tête vers sa belle-mère.

— Vous savez, en y réfléchissant, il se tient curieusement tranquille... beaucoup plus tranquille que d'habitude... au point qu'on ne peut même pas tirer un mot de lui, ajouta-t-elle en hochant la tête.

Les deux femmes se dévisagèrent un instant, puis Alice déclara, amère :

— En tout cas, s'il a fait quelque chose, c'est Mary qui l'y aura poussé, ça je l'parie. Il n'a jamais eu assez de jugeote pour agir de lui-même. C'est mon propre fils et Dieu me pardonne mais il n'a aucun cran, il ressemble à son père, il n'a pas de cœur au ventre.

Betty hochait la tête comme pour elle-même.

— Bonne volonté parmi les hommes. Oui, il est bizarre

depuis avant Noël. Il avait le visage terreux, comme s'il allait attraper la grippe ou je ne sais quoi.

— Où est-il allé ?

— J'sais pas. Il est sorti tôt ce matin, habillé sur son trente et un.

— Sur son trente et un ?

— Chut, le voilà qui arrive.

Elles écoutèrent la porte s'ouvrir, puis se refermer. Elles entendirent Jimmy enlever son manteau dans le vestibule. Quand il entra dans la pièce, Alice parla la première :

— Qu'est-ce qui se passe ? demanda-t-elle.

— Quoi donc ?

— J'te le demande. Pourquoi quelqu'un m'a crié à travers la rue : « Bonne volonté parmi les hommes. Votre Jimmy, ça c'est un gars ! » Qu'est-ce que t'as fait ?

— Ah, c'est donc ça ! — Il regarda sa mère, puis sa femme et déclara tranquillement : — Vous le saurez bien assez tôt.

— Nous le saurons bien assez tôt ?

Elles s'étaient levées toutes les deux, mais c'était Betty qui avait posé la question :

— Prends le journal du soir, c'est sûrement dedans.

— De quoi parles-tu ?

— De ma comparution pour avoir créé du désordre sur la voie publique.

— Quoi, j'ai pensé vous en laisser la surprise. De toute façon, si je vous avais dit ce qui s'est passé, vous auriez pu vous tracasser, vous faire du souci pour moi.

Alice fit un pas menaçant vers son fils.

— Jimmy, qu'as-tu fait ?

— Inutile que je te le dise, M'man, je te gâcherais le plaisir. Le journaliste fera ça mieux que moi. Pourquoi ne fais-tu pas un saut jusque chez Mary ? Elle aura le journal au magasin et elle te le donnera. Et elle te fournira tous les détails ; c'est elle qui a payé la caution pour qu'on me relâche, la semaine dernière. Ou bien, sais-tu quoi ? — il se tournait à présent vers Betty — traverse le couloir et demande à Mrs Briggs. Elle est bonne, Mrs Briggs, elle était au tribunal ce matin.

Jimmy était heureux d'empoisonner un peu sa mère et sa

femme. Il n'avait pas souvent l'occasion de tirer le moindre plaisir ni de l'une ni de l'autre, mais quand Betty se saisit d'un couteau qu'elle venait de laver parmi d'autres couverts, il déclara avec une note sinistre dans la voix :

— Si j'étais toi, je ne ferais pas ça, parce que, quand on a été devant le tribunal, c'est curieux, mais on perd toute peur de s'y retrouver.

Sur ce il se détourna, gagna le vestibule, mit son manteau et quitta de nouveau la maison, laissant les deux femmes muettes de stupéfaction... mais pas pour longtemps.

Alice s'affaissa sur un siège, comme si ses jambes ne la portaient plus. Il n'y avait cependant aucune faiblesse dans sa voix quand elle enjoignit rapidement :

— Va, va chercher le journal.

Betty ne se le fit pas dire deux fois. En moins d'une minute elle était dans la rue sombre, se dirigeant vers la boutique à journaux. A la mauvaise lumière du magasin, elle examina les titres de la première page. Puis elle plia le quotidien à l'envers et, aussi vite que le lui permettait le black-out, rentra chez elle.

Elle jeta le journal sur la table et se mit à le feuilleter, Alice se tenait à son côté. Elles examinèrent les titres d'un bout à l'autre, mais sans trouver ce qu'elles cherchaient.

Elles recommencèrent, plus lentement et trouvèrent enfin, au bas d'une page, l'entrefilet : « Un maître d'école condamné à une amende pour avoir causé du désordre sur la place du marché . »

Il n'y avait que quelques lignes, mais le nom de Arthur James Walton y figurait en toutes lettres, un agent de police affirmait que l'accusé était fortement pris de boisson et avait une bouteille de whisky sur lui quand on l'avait emmené au commissariat.

Les deux femmes s'assirent consternées. Puis Betty se mit à pleurer. Son attitude et sa voix devinrent celles d'une gamine, rôle qu'elle affectionnait.

— Le déshonneur ! Le déshonneur ! Plus jamais je n'oserai me montrer au travail. Je l'aurais su si j'y avais été cette semaine, si je n'avais pas eu cette grippe. Et il dit que sa grosse dondon décolorée d'en face était au tribunal.

Alice, elle, ne pleurait pas... Ses yeux étaient aussi secs que sa voix quand elle dit :

— Il faut faire quelque chose et trancher dans le vif. Tu ne sais pas t'y prendre avec lui, Betty. Il a besoin d'une main de fer. Il est exactement comme son père, je vois ça chaque jour davantage... Ah ! Pourquoi donc ai-je un fils pareil. Un mari impossible, des enfants ingrats... Qu'ai-je donc fait pour mériter ça ?

Puis elle jeta le menton en avant et déclara :

— Il y a en tout cas une chose que tu peux faire pour commencer, Betty, mettre fin à ces manigances avec cette femme d'en face.

Betty se sécha les yeux, hocha vivement la tête et affirma :

— Ça, je le ferai, Dieu m'est témoin que je le ferai !

Jimmy s'était fait sérieusement admonester par le directeur de l'école, mais il avait gagné un incroyable prestige auprès de ses élèves.

Comme tous les incidents, celui de la place du Marché aurait été oublié si Albert Briggs ne s'en était pas mêlé. Mais avant que ce second incident fasse revivre le premier, un événement se produisit qui laissa une marque indélébile sur Jimmy et faillit briser le cœur de Mary.

Un soir où Jimmy était précisément de service au P.C. de la Défense passive, les sirènes se mirent à mugir et tôt après les avions lâchaient leurs cartes de visite, tandis que l'on entendait le tir des batteries antiaériennes.

Jimmy sortit avec Ned Pritchard. Quelqu'un courait dans la rue et il demanda :

— Où est-ce ?

— Felton Street, je crois.

Ah ! la bombe était tombée sur Felton Street ou plutôt sur ce qui avait été Felton Street. Les flammes illuminaient le ciel. Trois enfants étaient collés contre un mur encore debout. Ils pleuraient. Des hommes les prirent par les épaules pour les éloigner, car des flammes sortaient par les fenêtres, au-dessus d'eux. Puis on entendit des voix qui criaient des ordres, puis le bruit des voitures de pompiers qui arrivaient de l'autre bout de la rue.

Aidé de deux hommes Jimmy dégagea une poutre sous

laquelle se trouvait une femme, déjà morte. Elle tenait encore dans la main un magazine féminin. L'homme le plus proche de Jimmy avait les yeux secs, mais des larmes dans la voix en disant :

— Ils ne sont pas allés dans ces fichus abris. Ils ont dû croire que c'était fini.

— Les abris ! dit Jimmy d'une voix entrecoupée.

Quand ils sortirent en trébuchant des ruines fumantes, des hommes déblayaient déjà l'entrée de l'abri et il se mettait fiévreusement à les aider, lorsque l'un d'entre eux lui dit :

— Ils ont touché Wearside Row, paraît que c'est rasé.

Jimmy lâcha sa pelle et saisit le bras de l'homme.

— Wearside Row, vous êtes sûr ?

— Dame, le chef d'îlot vient de le dire.

Les grands-parents habitaient Wearside Row. On les y avait relogés deux mois auparavant, quand leur maison de Bingley Street avait été endommagée. Oh, mon Dieu !

Jimmy s'éloigna en trébuchant, courut aussi vite qu'il put à travers les maisons en feu, les sauveteurs et les gens qui criaient, prit des raccourcis sombres et parvint enfin à ce qui avait été Wearside Row.

Les huit petites maisons qui la composaient étaient à présent aussi plates que huit jeux de cartes, sauf celle du bout de la rue qui avait encore quelques pans de murs debout. L'intérieur brûlait. Une main sur son étroit chapeau, l'autre sur la bouche, Jimmy s'immobilisa jusqu'au moment où un homme lui dit :

— Ne restez pas ici à ne rien faire, mon vieux, allez-vous-en.

Il le prit par le bras.

— Tout le monde est parti ?

— Si vous voulez dire par-là que tout le monde est mort, oui. La bombe a éclaté juste au centre. Les salauds ! Je voudrais qu'un d'eux descende en parachute. Juste un, Bon Dieu, juste un ! Vous connaissiez quelqu'un par ici ?

Jimmy lutta contre la faiblesse qui le gagnait.

— Au numéro 7, mon grand-père et ma grand-mère.

L'homme regarda en direction des ruines fumantes. Le numéro 7, c'était de ce côté.

— Venez, mon vieux, on va voir ça.

Il leur fallut deux heures avant de voir et le spectacle donna la nausée à Jimmy. Il tourna le dos, traversa la rue, s'adossa au pan de mur et se mit à vomir.

Il était près de dix heures quand il se rendit d'un pas chancelant à Cornice Street. Il ne savait pas si Mary avait été ou non avertie, mais il fallait qu'il la voie.

Il l'entendit avant même de l'apercevoir. Les gémissements lui parvinrent tandis qu'il montait l'escalier, lentement, une marche après l'autre. Lorsqu'il ouvrit la porte, Mary était assise sur le canapé, Annie à côté d'elle. Elle berçait l'enfant d'avant en arrière tout en pleurant et en poussant ces affreux gémissements. En face d'elle, était assise sa cousine Annie, les bras croisés serrés sur sa poitrine, ses joues étaient inondées de larmes. Teresa était debout près de la table, emplissant des tasses de thé et pleurant elle aussi. Mrs McArthur, le visage blême, se tenait près du divan et répétait :

— Remettez-vous, petite, remettez-vous !

Toutes regardèrent Jimmy, dès qu'il fut entré dans la pièce. Il s'approcha lentement de Mary, se laissa tomber à côté d'elle et demanda :

— Tu sais ?

Elle fit un signe de tête puis bredouilla :

— Oh, Jimmy ! Jimmy ! C'était un homme si bon. Il n'aura jamais son pareil, jamais... Et David, David qui raffolait de ce magasin... Tous les deux, mon Dieu ! Pourquoi ? Pourquoi, Jimmy ?

Lorsqu'il tourna lentement la tête vers elle, elle retrouva son sang-froid pour un instant.

— Qu'y a-t-il ? D'où viens-tu ? Dis-moi ce qu'il y a. Tu es tout sale.

Il était sur le point de vomir de nouveau. Il se précipita hors de la pièce et Mary, repoussant Annie qui s'accrochait à elle, le suivit. Dans la cuisine, elle attrapa le bras de Jimmy qui était penché sur l'évier.

— Qu'y a-t-il ? Qui ? Qui d'autre ?

Il était incapable de répondre. Il continuait à vomir. Quand finalement il se redressa et s'essuya la bouche, il regarda Mary en branlant plusieurs fois la tête avant de pouvoir articuler les mots.

— Grand-pa et grand-ma...

— Non, non ! hurla-t-elle d'une voix stridente. Quatre d'entre nous ! Les seuls bons ! quatre, non, Jimmy ! Non !.

Elle s'arrachait les cheveux, passa en trombe devant Jimmy et il courut derrière elle, la prit dans ses bras et la tint serrée contre lui.

CHAPITRE IV

Les corps de Ben et David furent retrouvés intacts. Ils n'avaient pas souffert fût-ce d'une égratignure. C'était le souffle qui les avait tués. Le projectile s'était engouffré à travers le magasin, terrassant sur son passage le jeune directeur, trois clientes, Ben et David. Deux autres clientes avaient survécu et étaient à l'hôpital.

Il y eut une même cérémonie pour de nombreuses victimes. Beaucoup de gens y assistaient, des gens tout de noir vêtus, le dos courbé, les yeux vers la terre.

Mary et Peter Walton furent enterrés dans une fosse commune avec quatorze autres victimes.

Ben et David partagèrent la même tombe, le petit cercueil sur le plus grand. Quand Mary les vit disparaître, elle pensa devenir folle. Elle ne pouvait pas supporter cela.

« Ben, Ben, reviens ! » Les mots tournoyaient dans sa tête, toujours les mêmes. Elle savait bien que c'était stupide, enfantin, car jamais Ben ne reviendrait ni David. Elle avait aimé celui-ci comme s'il avait été son propre fils. Elle lui avait tenu lieu de mère et il l'appelait maman. Il n'avait jamais, pas une seule fois, réclamé sa véritable mère et il ressemblait tant à Ben. David promettait de devenir un beau garçon.

Ben était resté beau, malgré la cicatrice qui lui déparait un côté du visage. Quand, dans l'obscurité de la nuit, il la serrait contre elle et murmurait : « Je t'aime, Mary. Il n'y a pas une fibre de mon corps qui ne t'aime, qui ne t'adore. Pour moi tu es ce qu'il y a de plus beau au monde, le sais-tu ? »

Mary pensait : « Et tu es beau et tu as toutes les qualités, Ben. Tu es vraiment merveilleux. » Mais jamais elle ne le lui avait dit, pas avec des mots.

Ben aimait parler dans le noir. Pendant la journée, il lui manifestait son affection en lui donnant une petite tape sur les fesses, en lui saisissant brusquement le visage entre les mains et en la regardant au fond des yeux : à l'exception de ce jour où il s'était montré si passionné sur le palier. Mais, dans la nuit, son amour était celui dont toute femme rêve. Dans la nuit, Mary se sentait heureuse. Si seulement elle ne s'était pas jugée responsable de cette cicatrice sur son visage, responsable de l'emprisonnement de son père, elle aurait été plus heureuse que n'importe quelle femme en ce monde.

Et à présent, Ben était parti. Elle lui avait dit :

— Pourquoi veux-tu aller là-bas ? Ça ne te suffit pas de te couper en deux ? David peut très bien rentrer seul, il a fait assez souvent le chemin malgré le black-out. »

Et il avait répondu : « Je veux voir comment ça marche. » Mary lui avait ri au nez et dit : « Incorrigible ! » « Comme toi », avait-il répondu.

Et il était parti en souriant et plus jamais elle n'avait revu son sourire.

C'était fini ! Ils marchaient le long du chemin, Jimmy la soutenait, sa fille suivait avec cousine Annie, qui pleurait et dont les pleurs étaient ceux de quelqu'un qui aurait trop bu.

Mary se demandait ce qu'elle aurait fait sans Jimmy au cours des derniers jours. Il avait toujours été là quand on avait besoin de lui. Il était resté sérieux comme un juge et veillant à tout.

A l'intersection des chemins, un homme qui marchait la tête baissée comme eux faillit les heurter. Mary leva les yeux et reconnut Hughie Amesden. Il avait changé pourtant. Il était plus grand, plus vigoureux et toujours beau, mais d'une façon différente que lorsqu'il était adolescent, et il pleurait. Ils se dévisagèrent à travers leurs larmes et Mary demanda très bas, d'une voix brisée :

— Vous aussi ?

Et il baissa de nouveau la tête en disant :

— Ma fille. Elle avait sept ans.

Il se détourna et regarda un peu plus loin, sur le sentier d'où il venait, vers un couple qui soutenait une femme plus jeune :

— Ma femme, dit-il, et dans un sanglot : — C'était notre seule enfant.

Il continua sa marche lente le long de l'un des chemins, tandis que Mary et Jimmy descendaient l'autre.

La vie est drôle... Ou plutôt juste le contraire ! Plus jamais elle n'emploierait ce mot lorsqu'elle parlerait de la vie ou qu'elle y penserait. Ah non ! la vie n'était pas drôle ! Mais il faudrait bien y faire face et Mary ne savait pas comment elle y parviendrait. Ah ! S'il n'y avait pas Annie qui avait besoin d'elle, et son p'pa...

Comme si les pensées de Mary avaient fait surgir son père, elle l'aperçut brusquement, caché à demi derrière le contrefort de l'église. Elle regarda Jimmy et lui dit :

— P'pa, là-bas au coin. Va le chercher.

Et Jimmy ramena Alec.

A moins de cinquante ans, il avait l'air d'en avoir soixante. Il avait au fond des yeux une flamme hagarde. Dans la voiture, il resta tête basse, sans dire un mot. Quand ils descendirent, devant le magasin, il voulut s'éloigner, mais Mary le saisit par la main et l'entraîna autour de la maison, puis à travers la cour et l'escalier. Ainsi pénétrait-il chez elle pour la première fois.

Mary ne désirait rien tant qu'aller dans sa chambre à coucher, se jeter sur son lit et exhaler son chagrin. Mais elle en aurait tout le temps durant les longues nuits qu'elle allait connaître. Elle essaya de se rappeler qu'elle n'était pas la seule à avoir éprouvé des deuils ; que son p'pa avait perdu tous les siens, que son père et sa mère étaient morts en même temps et qu'ainsi il était resté sans aucun soutien.

Assis sur le canapé, Alec regardait autour de lui avec un certain étonnement. Puis il posa les yeux sur Mary et dit très bas :

— Je n'avais pas quitté la maison depuis dix minutes, Mary. Oh ! Si seulement j'y étais resté ! Si seulement ! Je ne regrette que ça, ne pas y être resté.

— Ne sois pas stupide ! Ne dis pas de bêtises ! enjoignit-elle d'un ton brusque.

Tous ensemble ils prirent le thé préparé par Mrs

McArthur. Et Mary aurait voulu les voir au bout du monde... tous. Elle avait perdu le seul être qui comptait pour elle. Une curieuse pensée lui traversa l'esprit : si la guerre était terminée, je vendrais tout et je voyagerais, oui, parfaitement, c'est ce que je ferais. J'ai toujours eu envie de voyager. Ben a pris les dispositions pour que j'aie de quoi vivre dans l'aisance jusqu'à la fin de mes jours. Je voyagerais et ils pourraient bien tous aller au diable !

Elle fut ramenée sur terre par la voix de Jimmy :

— Bois ton thé, Mary.

Elle le but en regardant les autres successivement et elle comprit qu'ils avaient tous besoin d'elle, comme elle avait besoin de Ben. Mais cela ne diminua pas son envie de se débarrasser d'eux, car leur poids s'accumulait sur ses épaules. Et elle savait pourquoi : Ben l'avait toujours traitée comme une jeune fille, bien qu'elle eût vingt-sept ans à présent, il la voyait comme si elle en avait seize. Et Ben avait disparu, son soutien avait disparu et elle devrait supporter seule tous les autres.

CHAPITRE V

— Tu entends ça ?

— Quoi ?

— Ce boucan, à côté... à moins que tu sois sourd ?

— Je ne suis pas sourd, mais j'étais endormi et si tu dormais toi aussi, tu ne l'entendrais pas.

— Je m'demande comment on peut dormir avec un pareil raffut ! Que fait donc la police, je voudrais bien le savoir.

— La police ?

Jimmy se retourna, se redressa, posa les coudes sur ses genoux et se prit la tête entre les mains. Lentement il répondit :

— Ils ont du monde... On ne peut pas donner une party sans faire un peu de bruit, c'est bien normal.

— Baisse tes genoux ! Tu me découvres ! Tu n'as d'égard pour personne d'autre que toi, décidément. Une party ! Ça fait je ne sais combien de temps que ça dure. Tu sais l'heure qu'il est ? Bientôt quatre heures et je n'ai pas encore fermé l'œil. Fais quelque chose !

Il se tourna vers elle.

— Quoi ? Que puis-je faire ?

— Aller leur dire de se tenir tranquilles, que ça suffit comme ça.

— Tu n'y penses pas, non ?

— C'est bien ce que j'dis. Si tu étais un homme, il y a longtemps que tu y serais allé... dès qu'ils ont commencé !

Il y avait quinze jours que les grandes funérailles avaient eu lieu et depuis Betty s'était tenue tranquille, elle avait même été gentille avec Jimmy, au point qu'il avait pensé que, n'était sa mère, ils auraient eu une chance de vivre en paix.

Il n'avait jamais aimé sa mère, mais après qu'elle eut dit, chez eux, dans la cuisine, le lendemain du bombardement « Dieu est lent, mais il est sûr, lorsqu'Il paie ce n'est pas avec de la petite monnaie, Mary a enfin ce qu'elle mérite », Jimmy avait senti monter en lui de la haine contre elle. Il avait failli se jeter sur elle. Il avait senti son sang se glacer dans ses veines en la dévisageant et il lui avait répondu :

« J'espère que Dieu te pardonnera, mais Il aura du travail ! » Il était sorti et ne lui avait plus adressé la parole depuis. Il allait et venait dans la maison comme s'il ne la voyait pas et, quand elle lui parlait et tentait de l'exciter, il faisait mine de ne rien entendre. Il préférait agir ainsi, conscient que s'il ouvrait la bouche, il pourrait ne plus être maître de ses paroles, voire de ses actes.

Il avait très peu bu depuis Noël, à peine quelques bières. Il était déterminé à s'en tenir là et surtout à ne pas ingurgiter des alcools forts, car il savait qu'il ne pouvait les absorber et rester dans son état normal. Aucun homme ne buvait impunément, mais lui moins que personne.

— Qu'est-ce qui te prend de rêvasser, comme si tu étais à l'autre bout du monde ? Lève-toi, va jusqu'à la porte et crie leur de se tenir tranquilles... Ecoutez-moi ça ! Ils deviennent fous, ma parole... Allez, vas-y !

Elle lui donna une bourrade qui le jeta presque à bas du lit. Il se tourna vers elle, dans un brusque accès de colère comme il en avait parfois et hurla :

— Ne t'avise pas de recommencer ! Ce serait une fois de trop !

Il se leva lentement, enfila une légère robe de chambre, ses pantoufles et gagna le palier. Le bruit des chants et des clameurs se répercutait dans toute la maison et, soudain, la porte d'en face s'ouvrit et comme une vague le vacarme lui sauta au visage.

Albert Briggs était sur le seuil, tenant une femme par la taille et tous deux chantaient à tue-tête. Deux autres hommes et une femme se tenaient derrière eux et derrière eux encore d'autres gens.

Albert Briggs lâcha sa compagne, jeta les bras en avant et s'écria gaiement :

— Oh ! Voyez un peu qui nous arrive ! Mis-ter-Wal-ton ! Mis-ter-Wal-ton vient se joindre à nous. C'est bien ça, Mis-ter-Wal-ton ?

Briggs avec ses cent kilos affrontait Jimmy. Il ne portait pas de veston et ses manches de chemise, roulées jusqu'aux coudes, montraient ses muscles noueux. Albert était docker et fier de l'être, fier aussi de sa force. Il abattit une de ses grosses mains sur l'épaule de Jimmy.

Les deux hommes étaient de la même taille, mais Jimmy n'était qu'un roseau comparé à Briggs qui avait dix ans de plus. Briggs le secouait en insistant :

« Mis-ter Wal-ton veut bien nous honorer de sa présence. Et vous savez, mes amis — il se tourna vers ses invités massés dans le vestibule, le visage hilare — Mis-ter Wal-ton est un gentleman. Lally dit que Mis-ter Wal-ton est un gentleman parce qu'il écrit des poèmes. Qu'est-ce que vous pensez de ça ? acheva-t-il en donnant un coup de poing mi-amical dans l'estomac de Jimmy.

Celui-ci reprit son souffle et tenta de mettre les choses au point.

— Ça suffit. Ça suffit vraiment ! Il est presque quatre heures. Ne trouvez-vous pas qu'il est temps que vous cessiez de faire du chahut ?

— Ecoutez ! Mis-ter Walton parle !

— Albert, Albert, arrête ! cria Lally. Tu m'entends, Albert.

Celui-ci se tourna vers un des hommes sans tenir compte de la requête de sa femme.

— Alors, Bill, dit-il à l'un des hommes, qu'est-ce qu'on fait de Mis-ter Walton ?

Il saisit le pantalon du pyjama de Jimmy.

— Regarde ! Il porte un pyjama ! Mis-ter Walton, le gentleman, porte un pyjama ! C'est marrant, hein, Bill ? Un pyjama c'est gênant...

Un immense éclat de rire salua le commentaire tandis que Briggs continuait :

— J'me demande s'il m'irait ?

Jimmy jeta un regard inquiet sur les visages qui l'entouraient, puis vers sa porte. Mais déjà Briggs lui barrait le chemin. Il le fit pivoter. Jimmy se défendit des pieds et des mains, mais Briggs avait la poigne d'un gorille et trois autres hommes étaient venus à la rescousse. Riant comme des fous, ils étendirent Jimmy sur le sol, et lui arrachèrent son pantalon de pyjama, tandis que Lally criait à travers le palier :

— Arrêtez, tant que vous êtes ! Bande de salauds, arrêtez !

— Faites-la taire, répondit Briggs.

Un des hommes empoigna Lally et l'entraîna sans douceur vers le salon. Puis il referma la porte et s'y adossa.

— Si on mettait le gars à la poubelle, hein ?

Une acclamation s'éleva.

— Oui, oui, à la poubelle ! Allons-y !

Quatre des hommes soulevèrent Jimmy vêtu à présent de sa seule veste de pyjama et qui hurlait :

— Arrêtez, vous êtes fous ! Lâchez-moi ! Vous m'entendez ? Lâchez-moi ! Briggs, Briggs, vous me paierez ça !

— Sûr, mon vieux, sûr. En attendant, à la poubelle. On trouvera son chemin malgré ce maudit black-out ! La poubelle est dans la cour !

Briggs jetait ses instructions et Barney Skelton vida la poubelle. Puis, ils firent entrer Jimmy plié sur lui-même, fesses les premières. Et brusquement, il cessa de se débattre et de crier.

Avec des rires étouffés, les hommes portèrent la poubelle jusque sur le chemin arrière, tout en remarquant :

— Il a des jambes comme des allumettes.

— Il n'a même pas de cul, que des os.

Au milieu du chemin ils se mirent à faire rouler la poubelle sur la pente. Mais elle n'avait fait que trois tours sur elle quand Lally arriva en chancelant et se plaça au milieu du chemin. Elle avait à la main une lampe torche et la dirigeant sur les hommes, elle cria :

— Arrêtez, infâmes salopards ! J'ai un tisonnier et le premier qui s'approche de Mr Walton, je le lui enfonce dans le crâne, je vous l'dis. — Puis, ouvrant la bouche plus grande encore, elle se mit à clamer : — Police ! Police !

Les hommes l'abreuvèrent de jurons et, toujours riant, repassèrent en titubant la porte de la cour. Dès qu'ils l'eurent refermée, Lally, calant la lampe entre les pavés du chemin, aida gentiment Jimmy à sortir de la poubelle, tout en murmurant :

— Mon Dieu ! Mr Walton, oh, comme je suis désolée. Oh, mon Dieu !...

Même sorti de sa poubelle, Jimmy était incapable de se remettre debout. Il était courbatu de la tête aux pieds. Il est sûr que, s'ils l'avaient fait rouler tout le long du chemin, il aurait été mort avant d'arriver au bout, car son nez saignait, une de ses joues était déchirée et, ce qui était pire, il avait l'impression que jamais il ne pourrait se redresser.

Il n'avait rien d'un sportif, trop efflanqué qu'il était, il avait cependant souvent procédé à des exercices d'assouplissement. Mais être tassé ainsi sur lui-même ! Il crut avoir le dos brisé.

Et quelle humiliation ! Il avait froid, à l'intérieur comme à l'extérieur. Il se sentait glacé. Que lui arrivait-il ? Pourquoi lui arrivait-il des choses comme ça ?

Lally lui prit le bras.

— Venez, essayez de vous mettre debout et de rentrer. Y a de quoi mourir de froid ici.

Lorsqu'il réussit à se relever, il fut terriblement gêné par sa nudité et reconnaissant à Dieu qu'il fasse nuit. Lally, par bonheur, ne dirigeait pas sa lampe sur lui.

En trébuchant, comme des enfants le long d'un chemin semé de galets, ils se dirigèrent vers la porte de la cour. Lally lui avait passé le bras autour de la taille pour le soutenir et quand, de l'autre main, elle essaya d'ouvrir la porte et que celle-ci résista, elle cria :

— Ouvrez ! Bande de salauds, ouvrez !

Mais son appel resta sans réponse.

— Venez, venez, nous allons passer par la porte de devant. Même s'ils l'ont fermée, votre femme viendra nous ouvrir.

Ils avaient à peine tourné le coin de la rue et posé le pied sur le trottoir qu'une lumière les inonda.

— Eh bien ! Où allez-vous comme ça ? Qu'est-ce que ça veut dire ?

L'agent de police avait sous les yeux un homme nu et une femme blonde en robe largement décolletée.

— Qu'est-ce qui se passe ?

— Rien... Rien... la porte de derrière était verrouillée... Nous ne pouvions pas rentrer...

Lally bredouillait. Le policier s'adressait à Jimmy à présent :

— Comment êtes-vous sorti ? Vous avez oublié quelque chose, ma parole. Quel est votre nom ?

— Ecoutez... On m'a fait une plaisanterie, réussit à articuler Jimmy.

— Une plaisanterie ! Un homme nu et une femme au milieu de la rue à cette heure-ci et par ce froid ! Je ne vois pas où est la plaisanterie ! — Il balança le pinceau de sa lampe d'un côté à l'autre de la rue. — Quel est votre nom ?

« Oh, mon Dieu ! Mon Dieu ! » priait silencieusement Jimmy.

— C'est... C'est une erreur... Sergent... Ils...

— Assez ! Votre nom ?

— Walton.

— Domicile ?

— Dans cette rue... au 17.

— Bon, nous allons vérifier ça.

Si la porte d'entrée était ouverte, celles des deux appartements étaient bien fermées. Jimmy voulut tourner le bouton de la sienne, mais on avait tiré le verrou et il se mit à secouer la porte avec colère, puis à la marteler en criant :

— Betty ! Betty ! Ouvre la porte, Betty !

— J'habite en face, expliqua Lally.

— Ah, bien !

— Oui, parfaitement !

Elle se jeta contre sa porte qui, elle aussi, était fermée et se mit à clamer :

— Albert ! Albert, salaud que tu es ! Ouvre la porte !

Mais aucun son ne se fit entendre, pas même un hoquet d'ivrogne. Alors, elle se retourna et regarda l'agent avec une sorte de désespoir.

Brusquement, la porte de Jimmy s'ouvrit sur Betty, en robe de chambre. Et quand elle vit son mari essayant en vain de cacher sa nudité, elle poussa une exclamation puérile, comme si jamais encore elle ne l'avait vu en simple appareil, et se mit à gémir :

— Oh !... Oh !...

— Vous connaissez cet homme, Missis ?

— Si je connais cet homme !

Elle tourna la tête tandis que Jimmy passait devant elle et entrait dans l'appartement.

— Pouvez-vous expliquer ce qu'il faisait nu dans la rue à cette heure ?

— Non, je ne peux pas l'expliquer... Pas plus que je ne peux expliquer ce que cette femme faisait avec lui, ajouta Betty en lançant un regard en direction de Lally.

— Puis-je entrer une minute, Missis ?

Betty hocha la tête mais avant qu'elle ait pu répondre, Jimmy était à la porte, boutonnant son pantalon et il jeta :

— Non, vous ne pouvez pas entrer pour une minute. Quels que soient les détails que vous voulez, je vous les donnerai ici. Je m'appelle Jimmy Walton, vous connaissez mon adresse, vous savez dans quel état vous m'avez trouvé. Faites de cela ce que vous voudrez.

Il se retourna poussa Betty à l'intérieur, puis, une main sur la porte, il montra de l'autre son nez et sa joue saignants, son pied écorché et dit :

— Je me suis bien amusé, vous voyez ! On m'a arraché mon pyjama, mis dans une poubelle et roulé sur le chemin derrière la maison. Inscrivez ça dans votre petit carnet. Vous ne le croiriez pas, mais notez-le, parce que c'est ma version.

Sur ce, Jimmy claqua la porte au nez de l'agent et celui-ci se tourna vers la blonde appuyée contre sa porte, comme si elle était à moitié ivre.

— Et qu'avez-vous à dire à ceci ? demanda-t-il.

— Exactement comme lui, mot pour mot, répondit Lally avec défi.

CHAPITRE VI

L'incident provoqua un immense éclat de rire. Après l'horreur du bombardement, un fait divers de ce genre était le bienvenu. Le pauvre garçon jouait de malchance, disaient les journaux. Il n'était pas voué aux accidents, il était prédestiné aux mauvais tours. C'était, rappelait-on, l'homme qui avait été arrêté pour avoir entraîné les gens de Shields dans une ronde autour de la place du Marché, au son de l'orchestre de l'Armée du Salut, la veille de Noël. Et voilà que le malheureux garçon, sans qu'il y fût pour rien, avait été surpris nu dans la rue. Il s'était levé un peu avant quatre heures du matin pour calmer une party bruyante qui se donnait dans l'appartement en face du sien. Les bambocheurs l'avaient dévêtu, tassé dans une poubelle qu'ils avaient fait rouler sur un petit chemin. C'est un genre de plaisanterie qu'on peut faire subir à un gamin, mais quand il s'agissait d'un homme de un mètre quatre-vingts, cela n'allait pas sans causer de dégâts et ceux subis par Mr Walton l'avaient laissé mal en point pour un certain nombre de jours.

Si l'incident était très amusant, remarquait un autre journaliste, il aurait pu amener des complications désagréables à Mr Walton qui, il fallait le rappeler, avait été condamné avec sursis d'un an. Fort heureusement, Mr Barney Skelton avait déclaré à la barre qu'il assistait à la party ; que tout le monde était éméché et qu'ils avaient simplement voulu s'amuser un peu, personne n'ayant rien contre Mr Walton, homme parfaitement correct, et qu'il regrettait ce qui était arrivé. Oui, ils avaient verrouillé la porte de la cour ainsi que celle de l'appartement de Mrs Briggs, c'était exact.

Le directeur de l'école ne pouvait pas faire grand-chose et ne convoqua même pas Jimmy. Mais celui-ci se rendait compte que c'était un grief de plus contre lui. Quant aux effets de la plaisanterie ils étaient pires que ceux de l'histoire de Noël. La première n'avait rien enlevé à sa dignité tandis qu'à présent il se sentait ridiculisé aux yeux de ses élèves. S'il avait un peu de jugeote, il prendrait ses cliques et ses claques et s'en irait. Mais où ? Il n'y avait pas un seul endroit en Angleterre où il puisse actuellement se rendre sans être repéré soit par sa carte d'identité, soit par celle de rationnement. Son unique consolation était Mary. Non... ce n'était pas vrai, une autre pouvait être aussi une consolation, une grande consolation pour lui. Mais il ne pouvait aller chez elle, si ardent que fût son désir, il ne pouvait aller la voir. Curieux comme on éprouve d'abord de la sympathie pour quelqu'un, puis que cette sympathie se transforme en amour et ça envers des gens les plus inattendus, des gens qui ne sont pas du tout votre type, comme diraient les autres.

Lorsqu'il se rendit chez Mary, Jimmy lui dit d'un ton dégagé :

— Eh bien ! Tu as vu les journaux ?

— Oh Jimmy ! Pauvre Jimmy, répondit-elle.

— Oui, pauvre Jimmy !

Elle le regarda affectueusement et dit avec gentillesse :

— Tu sais, quand la guerre sera terminée, tu t'en iras d'ici. Tu voudras t'en aller très loin.

— L'idée n'est pas mauvaise.

— C'est ce que je désire faire moi-même, m'en aller à des lieues d'ici... P'pa est au salon, va lui dire quelques mots, ajouta-t-elle, les yeux à présent embués de larmes.

— Comment va-t-il ?

— Oh ! Rien de changé. Il est comme un enfant. Si reconnaissant de ce qu'on fait pour lui que ça fait mal. Tu te rappelles quand j'étais gosse il m'emmenait avec lui au jardin. C'était pour moi une petite évasion. Et c'est curieux, mais en un certain sens je suis ramenée à ces jours-là. Sauf que... Sauf que les rôles sont renversés. Tu comprends ce que je veux dire ? C'est moi qui le tiens par la main, à présent.

— Auprès de toi, il va se ressaisir.

— Ça reste à voir.

— Vas-tu le garder à demeure ?

— Que veux-tu que je fasse ? Où irait-il donc ?

— Eh oui ! C'est bien la question. Où pourrait-il aller ? Cela va être dur pour toi.

— Ça m'est égal.

Elle disait que ça lui était égal et, la plupart du temps, c'était vrai. Mais à certains moments, elle se voyait elle-même tout au long des ans chargée soit de l'un soit de l'autre. Tout cela n'aurait guère eu d'importance si elle avait eu Ben... Oh, si seulement Ben était là. Elle était si seule, si perdue, si dépouillée, sans Ben...

— Je comprends comme jamais ce qu'éprouve p'pa, dit Jimmy, parce que, comme lui, j'ai été dépouillé de ma dignité. Je me rappelle, j'avais dans les treize ans, quand il m'a semblé le voir pour la première fois. Il était au milieu d'un groupe d'hommes, au coin de la rue, et je me suis dit : il est bossu, grisonnant, décharné et j'ai eu honte de lui. Mais l'espace d'un instant seulement, car je me suis rendu compte que les autres étaient semblables, qu'ils avaient tous les mains dans leurs poches. C'est alors que j'ai commencé à regarder les hommes autour de moi. Et j'ai vu qu'il y avait des groupes à chaque coin de rue et que tous se ressemblaient et qu'il leur manquait quelque chose. Je ne pouvais pas trouver le mot alors mais c'était la dignité. C'est ce qui leur manquait, la dignité ! Quelques-uns l'ont retrouvée, parce que la guerre leur a procuré du travail. Mais pas mon père. Et maintenant, je sais ce qu'il ressent.

— Ne parle pas ainsi, Jimmy, ressaisis-toi, fais front que diable ! Tu as été victime d'une mauvaise plaisanterie, personne ne penserait du mal de toi à cause de ça.

— Bien sûr, on ne pensera pas de mal de moi, mais on me verra toujours sans pantalon, spécialement cinq cents paires de jeunes yeux, dans le préau de l'école, imagineront le long Walton cul nu.

Mary regardait par la fenêtre et se surprit à murmurer : « Je m'en irai, je m'en irai ! Dès que la guerre sera finie, je partirai seule avec Annie. J'installerai p'pa dans une jolie petite maison et cousine Annie avec lui. Ils s'occuperont l'un de l'autre pendant quelque temps. Et moi, je voyagerai et peut-être que je trouverai dans le pays un endroit où j'aurai envie d'habiter, un endroit plus riant d'où je verrai autre chose que des toits. »

La porte s'ouvrit et cousine Annie entra. Elle boitait plus qu'à l'habitude et s'affaissa sur un siège en disant :

— Ma jambe me joue des tours. Ils disent qu'il faudra voir de plus près l'articulation de la hanche et probablement opérer. Je savais que ça finirait comme ça. J'aurais dû le faire il y a des années, mais j'avais peur de ne plus pouvoir marcher du tout. Pourtant il va bien falloir que je m'y résigne. Tu nous fais une tasse de thé, petite ?

— Oui, je vais vous faire une tasse de thé.

— Et je mangerais bien un scone beurré.

— Aujourd'hui, nous aurons de la margarine.

Cousine Annie n'aurait pu paraître plus surprise si une bombe avait éclaté dans la cuisine. Elle regimba.

— Et pourquoi donc ?

— Parce que, Annie, il est grand temps que nous nous y mettions.

— Temps que nous nous y mettions ? Mais tu n'es pas à court de beurre ?

— Non, mais nous le devrions. Nous devrions nous contenter de nos rations, comme tout le monde.

Cousine Annie hocha la tête.

— Ça va être comme ça à présent ?

— Ça va être comme ça, oui, Annie.

Mary ne savait pas quand elle avait pris cette résolution au sujet des rations mais depuis que cet obus très particulier était tombé, elle avait pris conscience qu'il y avait une guerre.

On était en 1944 et jusque-là Mary n'avait pas réellement souffert de la guerre. Certaines parties de la ville avaient été détruites, mais eux n'avaient connu que des inconvénients comme le black-out, le travail supplémentaire dû aux tickets. De plus, la guerre même leur avait rapporté pas mal d'argent, malgré les restrictions alimentaires. Quant à leur table elle n'avait pas été différente de ce qu'elle était en 1939.

Sa nouvelle attitude allait la rendre très impopulaire, elle le savait. Mr Gregson lui rationnerait la viande. Eh bien !

tant pis. Et il y avait les tickets de vêtements. Oh ! elle pouvait s'en passer. On la traiterait en sainte nitouche. Eh bien ! qu'ils le disent !

Elle se rendait compte depuis un certain temps déjà que la combine était reine, mais elle n'avait pas pu y faire grand-chose, parce que tous y trouvaient leur compte. A présent, elle se sentait tenue d'y mettre un frein. Elle ne pouvait pas expliquer très exactement pourquoi, hormis que ce serait un petit moyen qui l'aiderait à prendre sa revanche sur ceux qui avaient tué les quatre personnes qui lui étaient les plus chères au monde.

Cousine Annie sortait en clopinant de la pièce lorsqu'elle déclara :

— Nous allons tous connaître des jours bien désagréables si tu joues les petites saintes. J'attendais mieux de toi.

Mary ne répondit rien. Le thé achevé elle descendit l'escalier, traversa la cour et gagna la boutique. Là, appelant Teresa dans la réserve, elle lui dit :

— J'ai fait du thé, monte en boire une tasse. Je m'occuperai de la boutique. Et à propos, Teresa, à l'avenir, pèse exactement ses rations à Mr Gregson. C'est valable également pour tous les autres. S'ils veulent des explications, dis-leur que tu as des ordres et qu'ils s'adressent à moi.

Teresa plissa les yeux et regarda Mrs Tollett, mais elle ne répondit pas immédiatement, se contentant de penser que sa patronne devenait un peu bizarre : ce bombardement lui avait fait perdre la tête. Puis elle marmonna :

— Très bien, Mrs Tollett, très bien.

Mary était au magasin depuis cinq minutes quand un homme y entra. Elle n'avait pas encore allumé et, avec la plupart des fenêtres obscurcies pour le black-out on y voyait à peine, mais Mary sentit qu'il ne s'agissait pas d'un de ses clients habituels. Lorsqu'il s'avança, elle reconnut Hughie Amesden.

Il y avait dix ans qu'elle ne l'avait pas vu dans le magasin. Elle l'avait aperçu dans la rue deux ou trois fois avec une jeune fille, une jolie jeune fille et ne savait pas si c'était elle qui était devenue sa femme, parce qu'elle lui avait à peine jeté un regard le jour des obsèques.

Il attendit que les clients soient servis avant de s'approcher du comptoir. Il ne demanda rien immédiatement, regarda Mary et interrogea :

— Comment allez-vous ?

— Oh ! Pas trop mal, Mr Amesden. Et vous même ?

— J'essaie de m'y faire.

— Et votre femme ?

— C'est dur pour elle. La petite... Christine, elle était toute notre vie, vous comprenez.

— Oui, oui, je comprends.

Elle avait envie d'ajouter : « il vous reste un espoir à votre femme et à vous, vous pouvez avoir d'autres enfants ». Mais elle se tut, car elle savait que, pour le moment, ce n'était pas une consolation.

Ils se dévisageaient par-dessus le comptoir. Puis Mary dit :

— La nuit tombe. On n'y voit plus goutte.

Elle alla jusqu'à la vitrine, baissa complètement le rideau noir, tira la tenture grise pour masquer la porte, puis donna de la lumière... Amesden la suivit du regard jusqu'au moment où elle reprit sa place derrière le comptoir. Puis, il posa sur elle des yeux calmes et dit très bas :

— J'ai été très triste d'apprendre que votre fils et votre mari... Je ne le connaissais pas, mais j'en avais entendu parler, il était très estimé.

— Oui, oui, c'est vrai.

— Et... j'ai fait un saut jusqu'ici parce que je viens d'apprendre que vous aviez perdu vos grands-parents le même jour. Quel coup terrible !

— Merci c'est très gentil de votre part. Oui c'est un coup terrible.

Il lui adressa un petit sourire.

— Je me rappelle bien vos grands-parents. Vous alliez souvent chez eux et je vous voyais quand je me baladais avec Paul Connelly. Vous vous souvenez de lui peut-être ?

— Paul Connelly oui, oui.

— Il a coulé l'an dernier avec son bateau.

— Oh, que c'est triste !

— Il était fils unique. Il me semble qu'un siècle s'est écoulé depuis ce temps-là où nous nous rencontrions dans la rue. Et vous ?

Ses yeux s'agrandirent légèrement... Le temps où ils se rencontraient dans la rue, disait-il, et jamais il n'avait ouvert la bouche pour lui parler, sinon une fois pour dire « Hello ». Elle se rappelait la carte envoyée par un admirateur silencieux. Elle l'avait en haut, quelque part. Jimmy la lui avait apportée avec ses quelques objets personnels. Elle se demanda si c'était Hughie qui l'avait envoyée. Mais, non, non, ce devait être Paul Connelly.

Le timbre de la porte sonna et deux enfants entrèrent.

— Eh bien ! Je voulais simplement vous exprimer toute ma sympathie, dit Amesden.

— Merci, merci beaucoup.

Il continuait de la regarder et il déclara avec calme :

— Je n'aurais pas cru que je pourrais désirer retourner dans cet enfer. J'ai été réformé l'année dernière — il se tapa la poitrine — un éclat d'obus a fait de son mieux pour me couper le souffle à jamais. Mais à présent, jour et nuit, je ne pense plus qu'à repartir, conclut-il avec un faible sourire.

Elle lui fit un petit signe de tête en disant :

— Je comprends ce que vous éprouvez. Cela a produit un semblable effet sur moi, mais d'une façon différente.

Il s'éloigna d'un pas.

— Alors, je vais vous dire au revoir...

— Au revoir, Mr Amesden.

Lorsqu'il fut parti, Mary garda un moment les yeux fixés sur la porte, avant de demander aux enfants :

— Qu'est-ce que vous voulez, les petits ?

Et tandis qu'elle les servait elle se disait : « Hughie Amesden n'est pas venu pour acheter quelque chose, il est venu uniquement pour lui présenter ses condoléances. C'était gentil de sa part. Et il se souvenait de dix ans plus tôt. Dix ans plus tôt ! Quand ils étaient jeunes ! »

CHAPITRE VII

Pour Jimmy, la vie avait en apparence repris son cours normal. Les semaines passèrent, puis les mois, le printemps vint et s'en alla, la guerre serait bientôt terminée, la victoire était en vue. Le jour J avait eu lieu en juin et tous les gens du monde qui disposaient de la radio et pouvaient capter la B.B.C. connaissaient les détails du débarquement d'Arromanches. On parlait aussi du mont Cassin, enlevé en mai, et l'on prophétisait que la guerre serait terminée pour Noël... la guerre de Hitler, car, bien sûr, restaient les Japs. Tout allait admirablement, les Fritz étaient en déroute, des hommes continuaient à mourir par centaines, mais tout allait merveilleusement.

Jimmy enseignait aussi bien que jamais, tout au moins le tentait-il. Il se mettait un peu plus facilement en colère qu'auparavant, mais c'était la seule différence qu'il constatait dans son attitude envers ses élèves, avec lesquels d'ailleurs il ne plaisantait plus qu'en de rares occasions.

Survint un incident qui modifia l'idée qu'il se faisait de son avenir. Albert Briggs mourut d'accident. Il travaillait sur le pont d'un bateau quand le câble d'une grue rompit et s'enroula autour de son corps comme un serpent. Il était mort quand on le releva.

Jimmy s'apitoya sur le sort de Mrs Briggs, mais il n'alla pas à l'enterrement. Il aurait pu le faire, cependant, puisque c'était un samedi. Mrs Briggs défraya la chronique, parce qu'elle assista aux obsèques de son mari dans ses vêtements ordinaires et n'avait même pas mis un brassard à la manche de son manteau gris.

Indécent, avait déclaré Betty, absolument indécent ! Mais elle était toquée ! Elle avait certainement bien mérité son surnom de Lally-Follette. Chacun savait qu'il était difficile de se procurer des vêtements, mais elle aurait pu porter un brassard, non ?

— Peut-être n'est-elle pas hypocrite, répliqua tranquillement Jimmy.

— Bien sûr, tu prends son parti ! s'exclama Betty d'un ton furieux.

Et, toujours très calme, il répondit :

— Bien sûr.

Il n'avait vu Lally que trois ou quatre fois depuis l'incident de la poubelle jusqu'à la mort de Briggs. La première fois, il l'avait remerciée d'être venue témoigner devant le tribunal et elle avait dit : « C'était bien le moins que je pouvais faire. »

A deux reprises, il était rentré avec elle à la maison, durant le black-out. Mais il n'avait pas bu et jouissait de toute sa lucidité, ainsi n'avait-il pas récité de poèmes ni tenté d'expliquer à Lally les mystères de la poésie.

Mais, après la mort de Briggs, Jimmy se fit un devoir de se rendre dans un certain café, près de High Street, où il avait vu Mrs Briggs la dernière fois qu'ils s'étaient rencontrés. Les mardi et vendredi en fin d'après-midi, il y entrait comme par hasard et la trouvait, assise dans un coin. Il disait alors, comme s'il était surpris :

— Tiens, Mrs Briggs !

Et elle répondait :

— Oh, Mr Walton ! Comment allez-vous ?

— Vous permettez que je m'asseye à votre table ?

— Mais oui, mais oui, bien sûr.

Ces manières polies avaient fini par leur paraître bien empruntées et, vendredi dernier, il lui avait dit :

— Vous savez, c'est idiot ce Mr Walton et ce Mrs Briggs. Je vous appellerai Lally.

Elle avait rougi comme une jeune fille et répliqué :

— Oh ! Comme c'est gentil, Mr Wal...

Et ils avaient éclaté de rire tous les deux.

— Quel est votre vrai nom ?

— Jessie, Jessie McAnulty. C'est Albert qui m'a surnommée Lally-Follette. Au début, ça me déplaisait, parce que... — elle se tapota la tempe de l'index — je ne suis pas très intelligente, mais je le suis assez pour savoir que je ne suis pas folle.

Jimmy la regarda un instant avec tristesse. Admettons que Briggs ait dit un jour en plaisantant : « Ah ! Lally-Follette que tu es ! » Mais non, il avait continué et d'autres l'avaient entendu et le surnom était resté.

— Je vous appellerai Jessie.

— Non, non, appelez-moi Lally. Ça me plaît Lally. C'est doux à l'oreille. Je me condamne moi-même n'est-ce pas ? C'est bien ce qu'on dit : le prisonnier s'est condamné de sa propre bouche.

Il ne répondit pas mais posa le regard sur les yeux bleus si bienveillants, sur les cheveux si blonds, sur le visage si pâle. Puis il demanda :

— Quel âge avez-vous, Lally ?

— Vingt-cinq ans, bientôt vingt-six... Mais je sais que j'ai l'air d'en avoir plus — elle sourit pitoyablement — je n'ai qu'à me regarder dans la glace et je sais que j'ai l'air plus vieille... Ce sont les fausses couches, vous comprenez, ajouta-t-elle dans un murmure... Et les poings de Briggs... A propos de nom, je parie que vous ne me croirez pas, et pourtant c'est vrai, honnêtement, je ne connais pas le vôtre.

— Vous ne le savez pas ?

— Non, non, pas votre petit nom. Quelquefois j'ai tendu l'oreille pour essayer de l'apprendre, vous savez, quand votre femme...

Elle baissa la tête, la secoua, puis la releva et, regardant Jimmy, conclut :

— Elle crie si fort de temps en temps... Mais je n'ai jamais entendu votre nom.

— C'est Jimmy.

— Jimmy ! Non, c'est pas possible !...

— Pourquoi ?

— Mais Jimmy c'est un nom tout ordinaire... Tout le monde peut s'appeler Jimmy...

— Je suis très ordinaire.

— Non, non, Mr... — Elle se mit à rire, puis poursuivit gentiment : — Non, vous n'êtes pas ordinaire.

Ils se regardaient sans dire mot quand le garçon vint prendre leur commande. Au bout d'un moment, Jimmy demanda :

— Qu'allez-vous faire à présent ?

— Oh ! Continuer à vivre, tout simplement.

— Pardonnez-moi de vous demander ça, mais... vous vous en tirez ?

— Oh, tout va bien !... C'est aimable à vous de vous en inquiéter... Mais, sous peu, je serai plus au large que je ne l'ai jamais été de ma vie. On va me verser une indemnité pour Albert et alors — elle inclina le menton sur sa poitrine et son corps fut secoué d'un rire silencieux — puis elle releva la tête et, les paupières un peu baissées, regarda Jimmy.

« Et alors, je pourrai de nouveau faire la follette. Je perds un peu la tête quand j'ai de l'argent, vous comprenez, je n'ai qu'une seule envie, sortir et acheter, acheter... Evidemment on ne trouve pas grand-chose à présent, mais c'est comme une sorte de besoin, il faut que je dépense. Pas tant pour moi, vous savez, mais j'aime acheter des cadeaux, faire des présents.

Elle était elle-même un grand cadeau. Jimmy brûlait de le lui dire, d'étendre les bras et de la serrer contre lui.

Comme ils rentraient dans le black-out, il s'était tenu à distance d'elle, prenant garde de ne pas la frôler.

Lorsqu'ils arrivèrent dans le vestibule, Betty était à la porte, et, en les apercevant, elle se détourna et entra dans leur appartement. Jimmy la suivit en disant :

— Je l'ai rencontrée au coin de la rue.

— Sacré menteur !

— Bon, je suis un sacré menteur.

— Tu sais ce que tu es ?

— Qu'est-ce que je suis ? interrogea-t-il en commençant à se dévêtir.

— Un pauvre imbécile. Les gens bavardent, ils rigolent, ils font des gorges chaudes du maître d'école qu'on voit avec une femme comme celle-là. Lally-Follette ! Si tu veux mon avis, tu es aussi cinglé qu'elle. Seulement, je vais te dire une bonne chose, tu ne vas pas me ridiculiser. Si tu ne cesses pas de la voir, alors...

— Alors ? demanda-t-il d'une voix très calme.

— Ah !...

Elle attrapa le rouleau à pâtisserie, posé sur l'évier et Jimmy déclara, sans se départir de son calme :

— Je t'ai prévenue, Betty, ne lance jamais rien contre moi, les conséquences pourraient te surprendre.

Cela s'était passé le jeudi précédent, il y avait une semaine à présent et, chaque soir depuis, Betty l'avait harcelé et il n'avait pas même entrevu Lally. Elle n'était pas venue au pub. Jimmy supposa donc qu'elle pouvait être malade. Mais il n'y avait personne auprès de qui s'informer. Il avait été tenté de frapper à la porte et de s'enquérir, mais six soirs sur sept, quand il était rentré de l'école, il avait trouvé sa mère déjà installée chez lui. Elle enrageait de ce que Mary et Alec vivaient ensemble et ne parlait plus que de cela :

— C'est une honte d'occuper deux maisons par le temps qui court... Cette garce l'a pris chez elle uniquement pour continuer de me narguer, ne cessait-elle de répéter.

La tête de Jimmy devenait semblable à un champ de bataille, ses principaux ennemis étaient Betty et sa mère, mais elles avaient des alliés : le directeur de l'école, qui le faisait comparaître une fois par semaine au moins pour de prétendus écarts, quelques-uns de ses collègues aussi et, en toile de fond, les élèves irritants, harcelants, bien que Jimmy ne pût faire de reproches à l'un plutôt qu'à l'autre, à une ou deux exceptions près, notamment à Crockford.

Ah ! ce petit salaud de Crockford ferait bien de se tenir tranquille, Jimmy commençait à en avoir assez de lui.

Le vendredi après-midi, il y avait dissertation en classe et choix entre deux sujets ou un poème.

— Eh bien ! Youlden, lisez-nous votre œuvre, dit Jimmy tandis qu'il pensait : « Trois heures et demie ! Encore une heure et j'en serai débarrassé. »

Ce jour-là, il était particulièrement nerveux. A plusieurs reprises, il avait remarqué les yeux d'un ou deux élèves posés sur lui. Le petit Felton paraissait ressentir de la pitié et

Burrows l'avait dévisagé si longuement, qu'il avait dû lui enjoindre de se remettre au travail.

Jimmy avait mal à la tête, il était fatigué. La veille, il était resté tard au coin de la cheminée et, quand il s'était couché, il n'avait pas trouvé le sommeil avant cinq heures du matin.

Il aurait voulu se décharger auprès de Mary, lui parler de Lally et des sentiments qu'il éprouvait pour elle. Mais il avait peur de l'expression qu'il verrait sur le visage de sa sœur, parce que, il n'y avait pas longtemps, il s'était moqué de Lally, il l'avait comme tout le monde tournée en ridicule. Et de toute façon, Mary avait bien assez de soucis. Elle paraissait changée depuis la mort de Ben. C'était compréhensible, mais elle se rendait la vie plus dure que nécessaire. Cousine Annie était grincheuse depuis que Mary s'en tenait strictement aux rations alimentaires. Et il y avait leur père qui errait à travers la maison comme une âme en peine, cherchant à se rendre utile et ne réussissant qu'à être encombrant quoi qu'il fît.

— C'est très bien, Youlden, mais vous avez mis la charrue devant les bœufs. Vous avez décrit un bombardement aérien, puis vous nous racontez les sentiments des gens dans leurs abris, avant le bombardement, au moyen d'une série de flashes-back. Ce procédé pourrait être utilisé dans un roman, mais dans un court récit, cela ne fait que compliquer les choses. Le sujet doit être traité dans un langage plus direct. Vous voyez ce que je veux dire ?

— Oui, Sir.

— Néanmoins, c'est très bien, vous y avez mis beaucoup d'émotion.

— Felton...

— Oui, Sir, dit le garçon en se levant. — Il se balança d'un pied sur l'autre, puis dit d'une voix un peu gênée : — J'ai fait un poème.

Il y eut quelques petits rires et Jimmy déclara, glacial :

— Ce n'est pas le moment de rire, peut-être n'y a-t-il rien d'amusant dans ce poème. Allez-y, Felton.

Son papier dans la main, le garçon regarda Jimmy et se mit à expliquer :

— C'était quand j'étais dans l'autobus, Sir, et que je...

— Lisez votre poème, Felton, c'est lui qui doit nous exprimer ce que vous faisiez.

Le garçon commença, en hésitant :

De Birtley à Prudhoe ;
Marchant seuls,
Par deux,
Ou groupés,
De noir habillés,
Chapeautés,
Ce dimanche matin...

— Continuez Felton, c'est bien.

Lorsque le garçon eut terminé, il y eut un silence dans la classe. Les élèves, dont certains regardaient le petit Felton avec curiosité, attendaient les commentaires de Jimmy. Comme ceux-ci ne venaient pas immédiatement, Felton hoqueta :

— C'était juste... juste un essai, une observation, pas un vrai poème.

— Vous n'avez pas à vous excuser, Felton. Si ce n'est pas de la poésie, alors je n'en ai jamais entendu. Des gens pointilleux qui se croient des autorités pourraient vous reprocher d'écrire en vers libres... Vous vous êtes servi du mot « observation », mais la poésie c'est cela, de l'observation mise dans un creuset et dont l'élixir est la poésie. Je tente parfois moi-même de traduire en mots mes observations, le résultat n'est malheureusement pas de la poésie, mais vous, mon ami, vous avez réussi.

Le visage du petit Felton était rouge de plaisir. Il hocha la tête une fois ou deux, puis se rassit.

A ce moment, Jimmy pensa à son grand-père. Son grand-pa qui écrivait des poèmes dont pas un seul ne rappelait son souvenir, puisque les deux boîtes dans lesquelles il les enfermait avaient été détruites avec le reste.

Les yeux de Crockford l'attirèrent comme un aimant. Ce Crockford était une écharde dans la chair de Jimmy. Il en avait parlé hier à Melton, qui enseignait l'histoire. Il y a un Crockford dans chaque classe, avait-il répondu, en fait j'en ai même deux. J'espère que la guerre durera assez longtemps pour que ces deux lascars soient appelés et qu'on n'en entendra plus parler. Melton riait en disant cela, mais il y avait là un peu de vrai.

La porte s'ouvrit et l'huissier parut.

— Le directeur vous demande de venir un instant, Sir.

— Très bien, j'arrive... Burrows, prenez ma place et si l'un de ces... gentlemen chahute, notez son nom.

Quand, une minute plus tard, le directeur lui remit son chèque mensuel, Jimmy se dit qu'il avait vraiment la tête ailleurs : il avait complètement oublié que c'était jour de paie.

Il était retourné vers la salle de classe et avait déjà la main sur le bouton de la porte quand, regardant à travers le panneau vitré, il aperçut une silhouette derrière son bureau, écrivant au tableau noir. C'était Crockford, et Burrows, le bras tendu vers la porte, semblait lui faire des reproches.

Lorsque la main de Crockford écrasa dans un grand paraphe la craie au bas du tableau, Jimmy reconnut une caricature de lui-même. Puis Crockford se mit à la place habituelle de Jimmy, se souleva sur le bout des pieds, et se balança doucement, penchant son long corps en avant, mettant les mains sur ses hanches, puis les passant l'une après l'autre dans ses cheveux. C'était lui tout craché et Jimmy sentit la colère monter.

Il ouvrit brusquement la porte et son entrée se fit dans un silence total. Les garçons étaient assis pétrifiés, les yeux écarquillés, quelques-uns bouche bée et Burrows voulut parler.

Du geste, Jimmy l'en empêcha, puis il avança jusque devant son pupitre et regarda Crockford, qui se tenait à côté du tableau. Pour une fois, le garçon ne paraissait pas très sûr de lui et avait même l'air plutôt effrayé. Puis, Jimmy regarda ce qui était écrit :

« Le long Walton imbibé du whisky qu'il a sifflé fait des laïus sur Warwick, Westmorland ou Wellington, sans oublier la poésie... poésie, prosodie, pentamètre... le pochard. Pourquoi l'Armée du Salut ne l'engage-t-elle pas pour vider ses poubelles ? »

La fureur de Jimmy l'empêcha de distinguer les derniers mots. Ce qui se passa ensuite fut si rapide que pas un des garçons ne bougea de son siège pendant quelques secondes. Comme mû par un ressort, Jimmy saisit Crockford par la nuque, le fit pivoter comme un marmot, le traîna jusque devant le tableau et, là, lui fit frotter sans ménagement du visage l'inscription à la craie pour l'effacer.

Plus Crockford résistait et se débattait, plus fort Jimmy lui poussait le visage. Il ne se rendait absolument pas compte du chahut indescriptible qui avait éclaté parmi ses élèves. Certains essayaient de lui retenir les bras. D'autres hurlaient :

— Laissez-le, Sir... Lâchez-le !

Il n'entendait pas non plus les pas des élèves qui sortaient en courant, ceux de maîtres qui entraient. A peine se rendait-il compte de mains qui essayaient d'arracher les siennes du cou de Crockford, puis de la voix impérieuse de Mr Bennet, le directeur, criant :

— Walton ! Etes-vous devenu fou ? Dominez-vous ! Lâchez-le. Vous m'entendez ? Lâchez-le.

— Jimmy, Jimmy, voyons, disait le maître de mathématiques d'une voix enrouée.

Soudain la rage de Jimmy tomba. Il lâcha Crockford. Il sentait la force abandonner ses bras, ses jambes, tout son corps qui se mettait à trembler. Il ne se rappela pas comment il avait quitté la classe, mais seulement une voix qui disait au moment où il sortait :

— Il saigne, mais du nez. Ce n'est que le nez.

Il avait alors porté la main à son visage... ce n'était pas son nez qui saignait, mais celui de Crockford.

Lorsque le directeur entra dans la salle des professeurs, il toisa Jimmy, resta un instant silencieux, puis déclara d'une voix pincée, très pincée :

— Vous feriez bien de rentrer chez vous, Mr Walton, et de voir votre médecin.

On lui avait apporté alors son manteau, son chapeau et quand il avait été habillé, le directeur avait dit :

— Voulez-vous avoir, Mr Quilter, l'obligeance de reconduire chez lui Mr Walton.

— Oui, avait répondu le collègue.

C'est alors que Jimmy avait tendu la main vers eux en geste de protestation. Il ne parla pas, mais fit un petit mouvement de tête et passa devant le directeur, traversa le hall et gagna la cour de l'école. Il traversa le portail, quittant pour toujours ce genre d'existence.

Il était fini, irrémédiablement fini, tout au moins cette partie de sa vie était-elle finie. Mais il y en avait une autre qui allait commencer. Il savait ce qu'il allait faire. C'était comme s'il avait répété depuis des semaines et qu'il donnait sa première représentation.

A quatre heures et demie, il arrivait chez lui. Il n'était plus étourdi, mais tremblait encore. Il sortit deux valises d'un placard sous l'escalier et les remplit de ses affaires. Il empila tous ses livres dans des cartons, les porta dans le vestibule, à l'ombre de l'escalier, puis remit ses valises pleines dans le placard. Il était cinq heures.

Il se regarda dans la glace : son visage était pâle et sombre. Il avait vingt-cinq ans, il était un homme et il allait agir en homme : pour la première fois de sa vie il allait se conduire en homme. Fini le Jimmy Walton qui devait être reconnaissant à sa mère de lui avoir mis le pied à l'étrier ! Fini le jeune époux qui s'était laissé accrocher par une méchante petite garce. Il ajusta sa cravate, se passa la main dans les cheveux — ce qui le fit penser à Crockford. Il ne regrettait pas ce qu'il avait fait à ce garçon. Cet insolent l'avait bien cherché et lui, Jimmy, aurait dû le corriger il y a des mois déjà.

Il sortit, traversa le couloir et frappa à la porte d'en face. Lorsque Lally ouvrit, Jimmy la regarda longuement avant de dire :

— Hello ! Puis-je entrer ?

Elle ne lui répondit pas mais elle ouvrit plus grande la porte. Il passa devant elle et pénétra dans la pièce. Puis il se détourna et la regarda de nouveau.

— Je... Je ne vous ai pas vue de toute la semaine. Avez-vous été malade ?

— Oui, j'ai eu la grippe et j'ai dû rester couchée.

— Oh !

— Asseyez-vous.

Il regarda autour de lui. Il ne connaissait pas encore cette pièce, elle était ordinaire, sans élégance. Il prit Lally par la main, l'amena jusque devant la cheminée où couvait un feu. Puis il la poussa doucement dans un fauteuil, en traîna un autre à côté, lui reprit la main et dit simplement :

— Je vous aime, Lally.

Les yeux bleus s'imprégnèrent de tendresse tout en s'agrandissant de surprise. Elle secoua la tête, baissa le menton et dit :

— Mais non, Jimmy... Mais non. Enfin je veux dire que...

— Ecoutez. Je vous aime et j'ai besoin de vous... Dieu, que j'ai besoin de vous ! Je désirerais mettre mes bras autour de vous...

Il se laissa glisser sur les genoux et l'attira contre lui. Quand il sentit la chair chaude de Lally, le calme descendit en lui. Depuis combien de mois, combien d'années, combien d'éternités attendait-il cet apaisement ?

— Mais Jimmy, votre femme !... Je ne veux pas créer d'ennuis.

Il releva la tête et la regarda dans les yeux.

— Que pensez-vous de moi, Lally ?

— Ah ! — Elle ferma les yeux un instant et son visage s'emplit de tendresse — Vous devriez le savoir. Je pense que vous êtes merveilleux, je l'ai toujours pensé, merveilleux, si intelligent...

— Ce n'est pas ce que je veux dire, Lally. Que pensez-vous de moi en tant qu'homme, non pas en tant que maître d'école ?

Elle se mordit les lèvres, inclina la tête un instant puis la releva et dit très bas :

— Je vous aime, Jimmy. Je... Je vous ai toujours aimé, depuis le jour où je vous ai rencontré dans le couloir. Albert le savait. Il avait deviné, c'est pour ça que...

Jimmy poussa un long soupir et la serra contre lui.

— C'est tout ce que je voulais savoir, c'est tout ce que je voudrai jamais savoir, je ne demanderai jamais rien de plus.

Lorsqu'il l'embrassa, il se sentit un dieu. Et n'embrassait-il pas une déesse ? Elle était bâtie comme une déesse. Oh ! Miracle des miracles ! Sa bouche était chaude, douce, captivante. Comment avait-il pu vivre aussi longtemps sans elle ? Jamais, plus jamais, ils ne se sépareraient, pas un jour, pas une nuit ! Il arracha ses lèvres de celles de Jessie, la regarda droit dans ses grands yeux bleus et dit :

— Maintenant, voilà ce que je veux... Vous allez faire une valise avec les objets indispensables et vous allez vous rendre chez ma sœur Mary, vous connaissez son magasin. Vous m'attendez là.

— Mais... Jimmy... Est-ce qu'elle...

— Pas de discussion ! l'interrompit-il en lui mettant un doigt sur la bouche.

Elle lui prit la main et la tint serrée.

— Ecoutez-moi un instant. Est-ce que vous vous rendez compte de ce que vous faites ? Parce que, vous savez, on dira que vous avez perdu la boule. Bien des gens du voisinage prétendent que je suis un peu toquée et je n'ai pas fait grand-chose pour les détromper. Je vous l'ai dit, Jimmy, quand j'ai de l'argent, je le gaspille. Et puis, il y a votre sœur. Est-ce qu'elle ne va pas se mettre en colère ?

— Non, elle ne prendra pas les choses au tragique, affirmait-il, bien qu'il n'en fût pas sûr.

— Et les autres maîtres, à l'école, ils vous regarderont de haut à cause de moi.

— L'école, c'est terminé !

— Vous êtes parti ?

— Oui, vous pouvez dire que j'en suis parti. Nous allons commencer une vie nouvelle. Nous trouverons un appartement et nous nous y installerons. Et puis je me procurerai un job, il y en a en ce moment, alors ne vous tracassez pas. Faites ce que je vous demande.

Il se remit sur ses pieds, obligeant Lally à se lever en même temps.

— Votre valise, chez Mary, et m'attendre. Lorsque nous aurons trouvé où nous loger, vous ferez chercher toutes vos affaires.

Il était sur le point d'ajouter « si vous y tenez », mais il se rendit compte qu'ils pourraient être bien contents d'avoir ces meubles, parce qu'on ne pouvait pas en acheter d'autres, même avec beaucoup d'argent et fût-ce d'occasion.

Lorsqu'ils arrivèrent devant la porte, Lally lui caressa doucement le visage.

— Je ne peux pas y croire, Jimmy. J'étais ici me sentant seule, abandonnée... Je n'avais pas vu âme qui vive depuis trois jours. Tous les gens sont à leur travail ou occupés de leurs propres affaires... Et je ne me sentais pas assez bien pour sortir.

— Cela ira à présent ?

— Oh, oui ! Oui ! Je marcherais sur des charbons ardents pour vous retrouver Jimmy.

— Lally, oh, Lally !... Maintenant, dépêchez-vous et filez le plus vite possible. Il y aura probablement des cris et des grincements de dents un peu plus tard. Oh ! Je voudrais déposer mes cartons ici.

Il ouvrit la porte et les désigna du doigt.

— Ce sont mes livres.

Un instant plus tard, elle le saisit par le bras et demanda :

— Mais qu'est-ce que je dirai à votre sœur ?

— Simplement que c'est Jimmy qui vous envoie et qu'il voudrait que vous restiez là jusqu'à ce qu'il vous y rejoigne. C'est tout, n'en dites pas plus. Mary ne vous posera aucune question... Elle comprendra.

— Je n'arrive pas à y croire. C'est fantastique que vous vouliez de moi, Jimmy.

Il la regarda avec tendresse, la serra de nouveau entre ses bras, puis traversa à grands pas le couloir et rentra chez lui.

Betty revint à six heures. La première chose qu'elle vit c'est que la table n'était pas mise pour le thé. Elle gagna la chambre à coucher où Jimmy déchirait les papiers qu'il sortait d'un carton posé sur le lit.

— Ah, tu es là ! Pourquoi n'as-tu pas préparé le thé ? Qu'est-ce que tu fiches avec ce vieux carton posé sur une couverture toute propre ?

— Je ne prendrai pas le thé.

— Tu n'es pas de service ce soir !

— Non, je ne suis pas de service.

— Tu es mal luné une fois de plus ?

Elle jeta son manteau et son chapeau sur une chaise et se rendit dans la cuisine où Jimmy l'entendit manier bruyamment la bouilloire.

Il remit les papiers déchirés dans le carton, fit des autres une liasse qu'il attacha et fourra dans la poche de son manteau, qui était lui aussi sur le dossier d'une chaise. Puis il se rendit dans la pièce où Betty dressait la table.

— Inutile de mettre un couvert pour moi, mais tu peux

en mettre deux quand même. Je veux que tu ailles chercher ma mère.

— Quoi ?

— Tu m'as fort bien compris.

— Maintenant ?

— Oui, maintenant.

— Qu'est-ce qui te prend ? Elle sera ici vers sept heures.

— Je n'attendrai pas jusque-là. Cesse de mettre la table et va chercher ma mère, enjoignit-il en élevant la voix.

— Tu es devenu fou ?... Tu as bu un coup de trop, bien sûr... — Elle l'examina attentivement et, voyant qu'il était parfaitement sobre, interrogea : — Pourquoi éprouves-tu le besoin subit de voir ta mère ?

— Tu le sauras quand elle sera ici. Je ne vais pas user deux fois ma salive.

— Quoi ?

— Je n'ai pas l'intention non plus de répéter chaque phrase. Si tu désires entendre ce que j'ai à dire, va chercher immédiatement ma mère.

Il partit pour la chambre à coucher, revint avec le manteau et le chapeau de Betty, les lui jeta dans ses bras et ordonna :

— Allez, file !

Comme il avançait lentement vers elle, elle recula, la bouche ouverte, les yeux écarquillés, elle enfila son manteau en ouvrant la porte et proféra :

— Tu ferais bien de voir un médecin et sans tarder...

Puis elle sortit.

Les deux femmes revinrent plus vite que Jimmy ne s'y attendait. Vingt minutes plus tard elles étaient là et le regardaient, debout près de la table, vêtu de son meilleur complet, un manteau sur le dossier d'une chaise et deux valises au pied de celle-ci. Elles restèrent un instant interdites. Comme à l'habitude, ce fut Alice qui retrouva sa langue la première.

— Qu'est-ce qui te prend ? Qu'est-ce que ça veut dire ? Et ça ? Et ça ? ajouta-t-elle en désignant du doigt les valises.

— Tu insistes depuis bientôt deux ans pour vivre ici, n'est-ce pas, M'man ?

Alice ne répondit pas, mais redressa le menton, plissa les yeux et attendit. Jimmy poursuivit :

— Eh bien ! à présent, je t'en offre l'occasion. Vous pouvez vous partager l'appartement toutes les deux, et agir comme bon vous plaira... Moi, je m'en vais.

Les deux femmes échangèrent un regard, puis posèrent de nouveau les yeux sur Jimmy, et leur réaction prit une forme différente. Betty se rendit compte que cela pouvait réellement être la fin. Il fallait agir vite, utiliser la tactique qui, lui avait réussi à prendre Jimmy au piège. Elle inclina la tête sur sa poitrine et se mit à gémir :

— Ce n'est pas sérieux Jimmy, tu ne peux pas penser à ça sérieusement... Nous avons parfois quelques discussions, mais de là à...

Alice l'interrompit d'une voix furieuse :

— T'en aller ! T'en aller avec tes valises !... Tu me passeras plutôt sur le corps !

— Je pourrais bien le faire, M'man, parce que je vais te le dire à présent, il y a des années que j'ai envie de t'étrangler... depuis le jour lointain où tu m'as enfermé dans la chambre à coucher et où tu as envoyé mon père dormir sur un lit de camp dans la grande pièce. Alors, ne me pousse pas à bout, c'est un conseil, parce que j'en ai assez et Dieu seul sait ce que je serais capable de faire. Je suis passé deux fois devant le tribunal, ce qui est une fois de trop. Et p'pa a fait de la prison pour t'avoir écoutée. Tu l'as excité au lieu de le calmer. Les hommes tranquilles peuvent devenir des tigres, tu le sais. Et à cause de toi p'pa a presque tué Ben, parce que, à ce que j'ai su, tu avais jeté ton dévolu sur lui. Tu ne voulais pas que Mary l'épouse... Et une dernière chose : je n'ai pas à te dire merci parce que, ce que tu as fait pour moi, tu l'as fait surtout pour toi, cela te flattait, tu voulais être supérieure à tous tes voisins...

— Sale ingrat, maudit vaurien, tu es bien comme ta sœur : vous êtes votre père tout craché. C'est chez elle que tu vas, j'en suis sûr. Ça fait des années qu'elle te monte la tête... pauvre idiot que tu es !...

Assise devant la table, la tête entre les mains, tout le corps secoué, Betty sanglotait à présent. Jimmy la regarda.

— C'est trop tard, Betty. Ne joue pas à la malheureuse

petite femme tendre, ça ne prend plus. Il n'y a aucune tendresse en toi, pas même un peu de douceur. J'aurais dû m'en apercevoir dès le début. Mais ma mère a raison sur un point.... Je suis un idiot, je l'étais tout au moins.

Il prit son manteau, le jeta sur l'épaule, empoigna ses valises et, regardant sa mère, lui assena le coup final.

— Sache que jamais plus je n'enseignerai... J'ai essuyé le tableau noir en me servant comme éponge de la tête d'un gamin et le directeur n'a pas apprécié cela... Et bien que notre Mary n'ait rien à voir dans toute cette histoire, tu as raison, je vais chez elle, mais pour une heure ou deux seulement. Quelqu'un m'y attend.

Il gagna la porte puis se retourna.

— D'ailleurs, autant vous le dire, parce que vous ne tarderez pas à l'apprendre. Cela fera un boucan du diable quand ça se saura dans le quartier. Je pars avec Lally.

Betty bondit sur ses pieds, le visage démoniaque à présent.

— Non ! Tu ne vas pas me bafouer en partant avec cette loufoque !

— Cette timbrée, cette effrontée..., cracha Alice, c'est donc pour elle que...

Elle se précipita vers la table, mais Jimmy avait déjà ouvert la porte quand une boîte de lait condensé répandit son contenu sur le chambranle. Lorsque la boîte en rebondissant le frappa au visage, il serra les mâchoires, sentant la rage le reprendre. Il se domina et sortit. De la rue, il entendit encore les deux femmes hurler dans le vestibule, mais il savait qu'elles ne le suivraient pas hors de la maison. Elles avaient trop haute opinion d'elles-mêmes pour faire une scène devant témoins. Ce qui ne les empêchait pas, quand cela les prenait, de se faire entendre au loin, toutes portes et fenêtres closes.

Il était libre ! libre... Bien sûr il était toujours marié à Betty et elle se ferait octroyer une pension alimentaire.... Mais pour rien au monde il ne retournerait vivre avec elle. Il lui avait échappé, il était libre d'aimer Lally et d'être aimé d'elle.

Mary l'observa tandis qu'il déposait ses valises et jetait son manteau par-dessus. Elle l'observa tandis qu'il redressait le dos. Ils se dévisagèrent un instant, puis elle demanda :

— Qu'est-ce que c'est que cette histoire ?

— Viens dans la cuisine.

Lorsqu'ils y furent, la porte fermée, Jimmy déclara :

— J'espère que tu ne m'en veux pas d'avoir envoyé Lally chez toi et de lui avoir dit de m'y attendre.

— Lally... Tu veux dire...

— Oui, je veux dire ce à quoi tu penses. J'ai quitté Betty et joué la grande scène du dernier acte. Je l'ai envoyée chercher m'man, quand elle est arrivée, je lui ai déclaré qu'elle pouvait s'installer puisqu'elle le désirait depuis des années. Qu'elles s'arrangent comme elles le veulent. Moi, je n'en pouvais plus... Au point que j'ai perdu tout sang-froid à l'école. J'ai... J'ai tapé sur un garçon.

— Jimmy !

— Oh, il l'avait mérité ! Il avait écrit quelque chose à mon sujet sur le tableau et j'ai effacé l'inscription avec sa tête... Ce n'est pas très grave, il saignait simplement du nez. Mais il a eu une belle frousse.

— Ils te renverront probablement.

— Je peux m'y attendre, mais je prends les devants, je n'y retournerai pas.

— Et... tu vas vivre avec elle ? demanda Mary désignant la porte d'un mouvement de tête.

— Oui.

— Mon Dieu ! Notre Jimmy !

Le ton de Mary, son attitude, son regard étaient réprobateurs.

— Ecoute, Mary, ne commence pas ! Pas toi ! Tu es mon unique espoir. Et elle est très bien. Elle est... Elle est merveilleuse. Ce n'est peut-être pas une lumière, mais j'ai assez d'intelligence pour nous deux. Betty était intelligente, mais c'était une garce. Je sens que Lally est celle dont j'ai besoin. Et elle est gentille ! Elle est aimable !...

— Je ne discute pas ça. Elle peut avoir toutes ces qualités...

— Elle les a. Quand tu la connaîtras, tu ne pourras pas t'empêcher de l'aimer.

— Admettons... Mais as-tu réfléchi ? Betty ne se laissera pas faire. Et, si elle y était disposée, m'man s'arrangera pour qu'elle t'arrache jusqu'au dernier penny. Tu auras deux ménages à entretenir.

— Je m'en tirerai. C'est bien le cadet de mes soucis. Une croûte de pain et une planche comme lit ne me feront pas de mal, ce sont les gens qui me font du mal. Tu devrais le savoir, Mary, c'est la même qui t'a fait du mal... Elle ! Même Betty, toute mauvaise qu'elle soit, n'en serait pas arrivée à ce point si m'man ne l'y avait pas poussée. Elle a le diable en elle, m'man, c'est une méchante femme. C'est horrible d'avoir à dire ça... d'avoir à dire que celle qui vous a donné le jour est démoniaque, perverse.

Ils restèrent un instant silencieux, puis Mary demanda, très calme :

— Où vas-tu aller ?

— C'est bien la question. Je n'ai pas de toit et je voulais te demander une faveur : les deux pièces au-dessus du magasin de Flake Street sont endommagées, mais... mais je pourrais les réparer provisoirement. Personne ne les occupe, n'est-ce pas ?

Mary cligna des paupières, se mordit les lèvres et répondit :

— Non.

— Alors, accepterais-tu que nous nous y installions jusqu'à ce que j'ai trouvé un logement ?

Elle le regarda. Que pouvait-elle dire ? La pensée de Flake Street ravivait sa douleur. Elle bredouilla :

— C'est démeublé. Il n'y a même pas de literie, rien.

— Si tu pouvais nous prêter quelques couvertures... Demain nous ferons prendre les affaires de Lally.

— Entendu, dit Mary dans un soupir.

Il lui prit la main.

— Merci, Mary. Sais-tu que jamais, de toute mon existence, je n'ai été aussi heureux qu'en cette minute ?... Tu désires me voir heureux, n'est-ce pas Mary ?

— Tu le sais bien.

— Je le serai avec Lally... Où est-elle ?

— Dans la salle à manger, avec p'pa — elle eut un petit rire — c'est drôle, ils bavardent ensemble comme s'ils se connaissaient depuis des années. Je n'ai jamais entendu p'pa parler autant depuis qu'il est dans cette maison.

Jimmy souriait comme si Mary venait de lui faire un compliment.

— Tu vois... Qu'est-ce que je te disais ?

— Alors, montons prendre une tasse de thé.

Deux heures plus tard, ils étaient prêts à s'en aller. Jimmy avait pris la camionnette pour emmener à Flake Street un peu de literie, un matelas et les valises. Mary était au salon, seule avec Lally. Elles étaient debout toutes les deux et s'examinaient. Cette femme a un an de moins que moi, pensait Mary, pourtant elle en porte trente bien sonnés plutôt que vingt-six. Elle a l'air bonasse, pas du tout le genre de Jimmy qui était du type fin, intellectuel. Avec l'esprit qu'il avait il aurait dû réussir. Et qu'avait-il fait ? Perdu son poste de professeur. Avec ce dossier derrière lui, sa carrière dans l'enseignement était terminée. Et il voulait refaire sa vie avec cette femme, qu'on surnommait Lally-Follette. Et on ne vous donne pas sans raison un tel surnom. Jimmy y avait-il pensé ?

Mary sursauta quand Lally lui posa la main sur le bras et, comme si elle lisait ses pensées, dit gentiment :

— Je sais que je n'ai rien de séduisant. Les gens diront qu'il est fou. Et peut-être qu'il l'est, parce que je ne suis pas intelligente, mais je sais certaines choses que d'autres ne savent pas. Je ne pense pas qu'il soit nécessaire d'être intelligente pour rendre un homme heureux et je rendrai Jimmy heureux. Je passerai mon temps, ma vie entière, à essayer de le rendre heureux. Et... et je vais vous dire une chose... S'il veut me quitter, au bout d'un certain temps, je ne ferai rien pour l'en empêcher. Je serai reconnaissante pour ce que j'aurai eu, simplement. Chacun n'a pas la chance de rencontrer sur sa route un homme comme Jimmy.

L'humilité de Lally était gênante, elle vous nouait la gorge. Mary comprenait à présent ce qui avait séduit Jimmy, la simplicité, la sincérité qui émanait de cette grosse femme. Elle ravala sa salive avant de dire :

— Je crois que vous le rendrez heureux, Lally. Il a besoin d'un peu d'amour. Il a connu des jours pénibles.

Elles se firent un signe mutuel d'assentiment et, lorsque la porte s'ouvrit, Mary dit avec vivacité :

— Eh bien ! Je suppose que vous êtes pressés de vous en aller, à présent. — Puis elle se tourna vers Jimmy. — Mais venez prendre le petit déjeuner demain matin et nous verrons ce que nous pouvons faire. Quand j'aurai eu le temps de réfléchir, je trouverai peut-être un endroit plus convenable que Flake Street.

CHAPITRE VIII

Et maintenant, c'en était fini. Le monde avait cessé d'être fou. Restaient quand même les Japs et ce qui valait le mieux pour eux, c'était de les enterrer... Au dire de tous ceux qui entraient dans la boutique...

N'était-ce pas merveilleux ! Bientôt on pourrait avoir tout ce qu'on voudrait, acheter le beurre par livre et le chocolat et les biscuits, pour ne pas parler du jambon !

On organisait des thés de la Victoire dans les rues : l'une rivalisant avec l'autre ; on y dressait pour les enfants une table assez abondamment garnie pour concrétiser la Victoire.

Mrs McArthur avait insisté pour que Mary lui donne un supplément de sucre et de graisse.

— C'est pour les gosses, faut que les gâteaux soient aussi nombreux et bons que possible... Et puis, Mary il te faudra y venir. Inutile de broyer du noir. Ce n'est pas ça qui fera revivre les morts.

Elle a raison, se dit Mary quand la brave femme fut partie... Je ne les ferai pas revenir. Mais elle se rendit dans la chambre à coucher, prit sur la commode les photos de Ben et de David et les contempla longuement avant de les remettre en place. Puis brusquement, elle saisit de nouveau la photo de son mari et la serra contre sa poitrine en murmurant : « Ben, oh, Ben ! »

Elle était seule. Elle se sentait plus seule chaque jour, le temps n'arrangeait rien. Elle était entourée de gens qui avaient besoin d'elle, qui s'appuyaient sur elle et qui lui donnaient mauvaise conscience, parce qu'elle avait envie de les envoyer promener. Cela faisait des mois qu'elle éprouvait le désir de s'éloigner d'eux, mais depuis le 7 mai, depuis que l'Allemagne s'était rendue, ce besoin était devenu aigu et elle faisait effort pour ne pas boucler ses valises et se précipiter n'importe où. La guerre terminée, le monde s'ouvrait devant elle. Elle allait pouvoir voyager. Elle avait toujours eu envie de voyager et à présent elle avait assez d'argent pour cela. Le hobby de Ben allait se révéler fructueux et il l'avait initiée aux opérations de bourse. Elle possédait un joli paquet d'actions de plusieurs grosses affaires. Elles ne valaient peut-être pas grand-chose pour le moment, mais Ben n'avait cessé de répéter que, la guerre finie, ces valeurs monteraient en flèche en l'espace d'un ou deux ans.

Et elle possédait les magasins, six maisons, plus Moat Cottage. De celui-là elle savait ce qu'elle allait en faire. Le jour où Jimmy et Lally s'y installeraient, elle donnerait à son frère l'acte de propriété. Ce serait une surprise, une bonne surprise, cela procurerait à Jimmy un sentiment de sécurité et ajouterait une dernière touche à son bonheur.

Ces derniers temps, elle avait parfois été jalouse du bonheur de Jimmy, tant il en rayonnait. Il avait raison, Lally était la femme qu'il lui fallait. Celle-là, on ne pouvait s'empêcher de l'aimer. Elle était grosse, naïve et gentille, elle avait besoin qu'on s'occupe d'elle et qu'on la protège. Jimmy n'avait jamais eu personne à protéger, il n'avait jamais eu le sentiment d'être celui qui dirige, toute sa vie il avait été dominé et écrasé.

Au cours de cette année, Mary avait assisté à sa transformation. Il avait cessé d'être dans la lune et, depuis que l'enfant était né… ça, tout le monde aurait pu croire que c'était la première fois qu'un bébé venait au monde. Mais, pour Lally, c'était la première grossesse menée à terme !

Les choses avaient bien tourné pour Jimmy depuis qu'il avait définitivement rompu les ponts avec sa mère et avec Betty. Il avait trouvé une place comme aide-infirmier à l'hôpital et réussi non seulement à se faire aimer de tous, mais à intéresser les médecins au cas de Lally qui avait déjà eu trois fausses couches. On la fit bénéficier des soins les plus éclairés et elle passa à l'hôpital les dernières semaines de sa grossesse. Elle dut subir une césarienne et il était peu probable qu'elle pût avoir un deuxième bébé. Mais c'était sans importance, elle avait donné un fils à Jimmy et il l'avait prénommé Ben.

Mary en fut très touchée et, pour que l'enfant puisse être élevé dans un endroit décent, à l'abri des taudis, de la rue ou des impasses mal fréquentées, elle suggéra à Jimmy de passer une partie de son temps libre à remettre en état le cottage, avec les bois sur lesquels il pourrait mettre la main, et à le repeindre, même si ce n'était qu'avec du vernis à bateaux de guerre. Ainsi pourraient-ils s'y installer tous les trois. Jimmy s'en montra si ravi qu'on aurait pu croire que sa sœur lui offrait Buckingham Palace.

Mary était contente que tout aille si bien pour Jimmy, même si l'attitude de celui-ci envers Lally était parfois un peu ridicule à force d'être amoureuse.

En sortant de sa chambre, Mary aperçut sa fille qui enfouissait prestement un cornet de bonbons dans sa poche et avalait tout rond celui qu'elle avait dans la bouche.

— Annie !

— Oui, M'man, répondit celle-ci, la mine renfrognée.

— Je croyais que tu devais donner ta ration pour le thé de la Victoire.

— Mais je l'ai fait.

— Alors qu'est-ce que tu as mis dans ta poche ?

Elle s'approcha de sa fille et retira de la poche du manteau un gros cornet de toffees. Elle eut un regard sévère pour Annie qui dit, sur un ton de reproche :

— M'man, tu es radine !

Au fond d'elle-même Mary se dit que c'était bien un peu vrai. Qui d'autre, dans sa situation, priverait sa fille de quelques bonbons ! Qu'est-ce qui lui prenait ? Elle rendit le cornet à Annie, mais demanda :

— Qui te les a donnés ? Teresa ou ton grand-pa ?

— Grand-pa.

— Allons, file.

Elle poussa l'enfant vers l'escalier et sourit en la regardant le dégringoler. Son père aurait fait de même pour elle il y a quelques années.

Un peu plus tard, Mary entra dans l'arrière-boutique. Alec

pesait du sucre sur une petite table, tout en fredonnant pour lui-même la mélodie favorite de son père, la mélodie qui tapait sur les nerfs de Mary, la mélodie qu'elle considérait en quelque sorte comme un vivant reproche :

« J'aime une petite,
Une jolie, jolie petite.
Elle est aussi pure que le lis du vallon,
Elle est aussi douce que la bruyère,
La jolie bruyère rose,
Mary, ma campanule d'Ecosse. »

Parfois Mary avait envie d'hurler : « Oh, P'pa, pour l'amour du ciel, chante autre chose ! »

Elle se rappelait le jour où ils marchaient tous les deux le long du sentier. Il lui avait passé le bras autour des épaules et il chantait en la regardant :

« Elle est aussi pure que le lis du vallon. »

Dernièrement, elle avait songé que peut-être, même sans que sa mère l'y pousse, il aurait rossé Ben. En le voyant à présent, tassé, calme, inoffensif, vieux avant l'âge, qui aurait pensé qu'il avait pu agir comme il l'avait fait ?

Depuis que Mary avait chargé son père de peser les articles d'épicerie et de les empaqueter, elle l'avait vu reprendre un peu de courage, surtout les soirs où Lally et Jimmy venaient. Alors il s'asseyait, Annie entre les genoux et il parlait, il plaisantait, on le sentait heureux. Il avait sa famille autour de lui, ce qu'il n'avait jamais osé espérer.

Par contre, Mary était peinée de l'attitude soumise qu'il avait envers elle, c'était toujours : « Oui, Mary. Bien Mary. Entendu Mary. » Cela faisait d'elle la patronne. La patronne de son père et de sa fille et de cousine Annie, et de Jimmy et de Lally... Oui, tous la considéraient comme la patronne. Et elle ne désirait être la patronne de personne... pas même celle d'Arthur, l'employé du magasin de Charter Street, ni de Teresa. Elle ne désirait qu'être indépendante.

— Comment trouves-tu ça ? demanda Alec en désignant du doigt la rangée de paquets de sucre.

— Parfait, P'pa. Monte à présent. J'ai préparé ton chocolat.

— Merci, Mary, j'aurais pu le faire. A quoi veux-tu que je m'attaque quand je redescendrai ?

— Tu pourrais peut-être peser le thé et en préparer des paquets d'un quart.

— Très bien Mary. Je reviens dans un instant.

— Prends ton temps, dit-elle non sans impatience. — Puis elle se radoucit, lui sourit gentiment et ajouta : — Rien ne presse, P'pa. Bois ton chocolat tranquillement.

— Oui, petite, oui.

Elle soupira en le regardant disparaître. Comme elle allait se diriger vers le magasin, Teresa passa la porte et dit :

— Il y a là un homme qui voudrait vous dire un mot.

Mary la suivit et aperçut, au milieu d'un groupe de femmes, Hughie Amesden.

— Bonjour, Mrs Tollett.

— Bonjour, Mr Amesden. — Ils se dévisageaient à travers le comptoir et Mary demanda : — Vous désirez me parler ?

— Oui.

— Voulez-vous venir par ici ?

Sans se préoccuper des regards curieux des clients, elle leva l'abattant et fit signe à Hughie de passer devant elle en direction de la réserve.

Ils se dévisagèrent à nouveau un instant. Il tenait son chapeau à la main, un feutre. Mary avait remarqué qu'il ne portait jamais de casquette, ce qui le différenciait des autres hommes de l'endroit.

— Je... je voulais simplement vous faire mes adieux.

— Vos adieux ? Vous vous en allez ?

— Oui, première étape, Southampton. Nous partons demain. Et puis, l'Amérique.

— L'Amérique !

— Oui, ma femme a une tante là-bas. Son fils est venu en Angleterre pendant la guerre et a épousé une fille d'ici. Ils habitent Southampton. Il est cantonné là. A dire vrai, ma femme ne tient pas en place. Depuis que nous avons perdu notre enfant, elle ne pense plus qu'à partir, vous comprenez ?

Elle fit un signe de tête.

— Et son cousin s'arrangera pour que nous puissions embarquer. Ça pourra demander un certain temps, mais

Rene — c'est ma femme — dit que, si nous sommes sur place, nous aurons plus de chance.

— L'Amérique, c'est bien loin...

— Oui, c'est bien loin...

— Vous êtes content de partir là-bas ?

Il la regarda droit dans les yeux pendant un moment avant de répondre :

— Non, mais vous savez ce que c'est.

Elle hocha de nouveau la tête, mais elle ne savait pas ce que c'était. Elle ne le saurait pas jusqu'au moment où elle pourrait dire à quelqu'un : « Je m'en vais, je pars pour l'Amérique. »

Il roulait son chapeau entre ses mains et dit avec un demi-sourire :

— C'est curieux, nous ne nous sommes guère vus souvent et pourtant nous avons grandi ensemble... enfin, nous n'habitions pas loin l'un de l'autre. Mais j'ai pensé que je... je voulais vous dire que je m'en allais.

— C'est très gentil à vous, Mr Amesden, et je vous souhaite tout le bonheur possible.

Il ne répondit rien et ils continuèrent de se regarder. A la fin le silence se fit si lourd que Mary sentit le rouge lui monter au visage. Elle chercha désespérément ce qu'elle pourrait dire et ne trouva rien d'autre que :

— Vous devez être content de partir. C'est déprimant ici.

Il secoua vigoureusement la tête.

— Non, non, je ne trouve pas Jarrow déprimant. En tout cas pas plus que n'importe quel endroit en temps de guerre. Le black-out et le reste, cela n'a pas beaucoup d'effet sur moi, les endroits non plus, ce sont les gens.

Ah, comme c'était vrai ! Elle dit à voix haute :

— Vous avez raison, Mr Amesden. Les endroits sont sans importance, ce sont les gens.

La porte arrière s'ouvrit et Alec entra. Tous deux se tournèrent vers lui, et Mary expliqua :

— C'est Mr Amesden, P'pa. Il part pour l'Amérique.

Alec renversa un peu la tête et regarda le grand jeune homme.

— Oh ! Je vous souhaite bonne chance, mon garçon, dit-il.

Les deux hommes s'étant gravement serré la main, Hughie se tourna vers Mary. Elle lui tendit à son tour la main et il l'emprisonna dans la sienne. C'était leur premier contact. La main d'Hughie était grande, chaude, ferme.

— Eh bien ! au revoir, Mrs Tollett.

— Au revoir, Mr Amesden, j'espère que tout ira bien.

— Je l'espère.

— Si... si jamais vous revenez en vacances, ne manquez pas de venir nous voir.

— Certainement, Mrs Tollett, certainement.

Il tenait toujours la main de Mary et, quand il la lâcha, il resta encore une seconde devant elle, la dévorant du regard. Puis il se tourna et se dirigea vers la porte du magasin. Mary, au lieu de l'accompagner, partit vers la porte de derrière tandis qu'Alec disait :

— Ça m'a l'air d'un gentil garçon. Il me semble que j'connais son visage. Il est de par ici ?

— Oui, P'pa, il est de par ici.

CHAPITRE IX

— Viens, ma chérie, assieds-toi et mange ce toast.

Jimmy poussa doucement Lally dans un fauteuil, à côté de la table puis, désignant du doigt le feu, il déclara :

— C'est une flambée en ton honneur. Et il y a ici assez de bois pour nous chauffer pendant un mois. J'ai eu la chance d'en obtenir tout un lot et j'en aurai d'autre. Et pas cher encore, grâce à ce gars qui déblaie les maisons bombardées.

Il parcourut la pièce des yeux, le visage rayonnant, puis dit :

— N'est-ce pas merveilleux ! C'est à nous ! Tu te rends compte du cadeau que nous a fait notre Mary ! Je n'arrive pas à y croire ! Ah, qu'elle est gentille !

— Mary est merveilleuse. — Lally regarda sa tasse, puis remua son thé avant d'ajouter songeusement : — Tu sais, Jimmy, la plupart des femmes sont des garces. Mais, quand on en rencontre une comme ta sœur, cela vous fait oublier toutes les autres.

Il tendit le bras par-dessus la table et saisit celui de Lally.

— C'est à moi que tu dis ça ? Pour moi il n'y a au monde que deux femmes délicieuses, toi et Mary.

Elle posa longuement sur lui ses grands yeux d'un bleu si limpide, puis, dégageant son bras elle s'assit toute droite et, comme s'il s'agissait d'une décision grave, elle déclara :

— Je ne m'habillerai plus de façon aussi voyante, je vais choisir des vêtements discrets.

Jimmy partit d'un franc éclat de rire, se renversa dans son

fauteuil et s'agrippa à la table. Les larmes lui coulaient des yeux.

— Lally, tu es impayable !

Il venait de connaître une année d'un bonheur tel qu'on avait peine à l'imaginer. Il n'aurait jamais cru un être humain capable de receler en lui autant de merveilleuses émotions à la fois. Pourquoi, mais pourquoi aimait-il autant Lally ? D'après les normes éducatives modernes, elle était d'une intelligence au-dessous de la moyenne, elle le disait elle-même. Mais, d'autre part, elle était si instinctivement profonde qu'elle étonnait parfois Jimmy. Ces jours-là il avait l'impression qu'il y avait dans l'esprit de Lally une porte que quelque chose bloquait, une fois que cette porte serait forcée, il aurait en face de lui une sage. Mais voulait-il une sage ? Non ! Il la voulait comme elle était. Il ne l'avait jamais désirée autre, parce que c'était elle qui avait fait de lui un homme. Et à cause du besoin qu'elle avait de lui, de l'amour qu'elle avait pour lui, il resterait un homme.

Au cours de cette dernière année, il avait fait tant de choses dont il n'aurait pas cru être capable. Il s'était servi de ses mains. Il n'y avait qu'à voir ce qu'à temps perdu il avait fait de cette maison durant les dix derniers mois. Il avait aménagé des placards, encastré l'évier démodé, carrelé la cuisine, renforcé l'escalier. Il avait même imaginé pour Lally une sorte de coiffeuse, dans une petite niche de la chambre à coucher et, à présent que l'on pouvait obtenir chaque mois une allocation de bois neuf, il allait faire bien d'autres choses encore. La chambre à coucher n'avait pas de cheminée, il en construirait une, plus belle que celle du salon. Il avait vu une reproduction, style XVIIe siècle, dans un magazine. Et il y avait le jardin, il voulait le bêcher avant l'hiver, celui de devant comme celui de derrière où Ben aurait du sable pour y jouer. Dès qu'il pourrait mettre la main sur un peu de ciment, il aménagerait pour son fils un petit bassin... Ah ! il en ferait des choses !...

Lally quittant des yeux le feu les posa sur Jimmy.

— Sais-tu, que je n'ai pas envie de m'en aller. A présent que le feu est allumé, j'ai l'impression que nous sommes chez nous... pour de bon. Ça me parait long d'attendre que nos affaires arrivent lundi.

— J'ai été stupide. J'aurais dû dire qu'ils nous les apportent aujourd'hui ou demain. Je ne sais pas pourquoi je leur ai fixé lundi. Si, je le sais... Je pensais que nous nous installerions tous ensemble et comme nous n'irons chercher Ben à l'hôpital que lundi, j'ai pensé, où que nous allions, quoi que nous fassions, nous le ferons ensemble tous les trois.

— Oh, Jimmy ! C'est une gentille pensée : tout faire ensemble, toi, Ben et moi. Crois-tu que son oreille guérira complètement ?

— Oui, bien sûr.

— Je ne voudrais pas qu'il soit sourd, Jimmy.

— Il ne sera pas sourd, voyons ! Il a eu une légère infection, c'est tout. Et nous avons eu de la chance, nous avons été favorisés. N'oublie pas qu'ils n'hospitalisent pas le premier gosse venu. Des soins de tout premier ordre... un traitement de faveur !

— C'est à cause de toi.

— Tu parles... La nuit tombe. Nous ferions bien de nous en aller si nous voulons encore passer chez Mary, dit-il en se levant.

— Bon, bon ! Est-ce que tu vas étouffer le feu, Jimmy, avant que nous partions ?

— Tu penses bien que oui.

— C'est une honte, un si beau feu !

Lally était maintenant debout et regardait le feu. Il l'attira à lui, la fit pivoter et dit :

— Sais-tu ? Je vais passer chez Billy Sollop en rentrant. Je sais qu'il n'a rien de prévu puisqu'il m'a laissé le choix entre samedi et lundi. Et je vais lui demander s'il peut faire notre déménagement demain. De toute façon, ce sera plus raisonnable d'être installés pour accueillir chez lui master Benjamin Walton.

— Oh, Jimmy, tu veux bien !

— Ça te ferait plaisir d'être ici demain, n'est-ce pas ?

— Je voudrais ne pas m'en aller, répondit-elle en lui faisant une grimace.

Il lui sourit, puis d'un ton désinvolte :

— Eh bien ! Mrs Walton, vous pouvez, si vous le désirez dormir sur la pierre ou sur le plancher de la chambre si vous le préférez. Moi, ma vieille carcasse a besoin d'un matelas.

— Jimmy, que tu es amusant !

Elle se dégagea et l'entraîna vers la porte qu'il dut franchir en se recourbant pour éviter de se heurter au linteau.

Ils avaient fait quelques pas sur le chemin, quand Jimmy s'arrêta, fit retourner Lally et, serrés l'un contre l'autre, ils examinèrent le cottage. Son apparence était trompeuse. A première vue, on pouvait penser qu'il y avait deux pièces en bas et deux au premier étage, alors qu'en fait, en plus d'une grande cuisine et d'un salon de même dimension, il y avait encore au rez-de-chaussée une autre vaste pièce, un office, une buanderie qui s'ouvrait sur une dépendance en bois où Jimmy avait déjà projeté d'installer un atelier. A l'étage se trouvaient trois chambres à coucher. L'endroit offrait de grandes ressources et l'artiste qui doublait en Jimmy le poète le voyait. Moat Cottage serait un monument unique en son genre. Dans son esprit, il était déjà complètement installé.

Bras dessus, bras dessous ils partirent dans le crépuscule, vers la ville. Les rues étaient éclairées à présent, mais portaient encore des traces de la guerre. Le plus court pour aller chez Mary aurait été de couper par Haydon Terrace, mais Jimmy préférait éviter de passer par-là. Il avait rencontré Betty deux fois seulement pendant cette année. La première quand elle l'avait fait convoquer devant le tribunal pour obtenir une pension alimentaire et qu'il avait été condamné à lui verser quinze shillings par semaine. La deuxième quand il s'était trouvé nez à nez avec elle dans l'autobus. Elle l'avait regardé si méchamment, qu'il était immédiatement redescendu alors que la voiture était déjà en marche et au risque de se rompre le cou.

Quant à sa mère, il ne l'avait vue qu'une seule fois et espérait ne plus la revoir jamais. C'était le jour de la Victoire. Tout le monde était un peu fou et la seule personne qui ne riait pas, la seule qui n'avait pas la bouche ouverte pour chanter, c'était sa mère. Quand elle l'avait vu avec Lally à son bras, l'expression de son visage s'était faite si enragée qu'il avait pensé un instant la voir devenir folle.

Par contre, Jimmy ne voyait aucun inconvénient à longer Cornice Street, Lally à son bras. Il savait fort bien que les gens ne se privaient pas de faire sur leur couple les commentaires les plus moqueurs. Mais cela lui était parfaitement égal.

Ils ne pouvaient pas pénétrer son univers personnel, cette île sur laquelle il vivait, cette île merveilleuse qui avait nom Lally.

Chez Mary, Jimmy annonça :

— Nous emménageons demain, Mary. J'ai réfléchi : cela nous donnera tout le week-end pour mettre la maison en ordre.

— C'est mieux, en effet. Je me demandais pourquoi vous attendiez lundi, répondit-elle en souriant. Allons, venez manger un morceau. Donnez-moi votre manteau Lally.

— Mary ?

— Oui ?

— Je viens de dire à Jimmy qu'avec mes coupons, je voudrais acheter quelque chose de discret et j'aimerais bien que vous veniez avec moi et...

— Viens donc, grande nigaude, dit Jimmy en l'empoignant si vigoureusement par le bras qu'elle tomba contre lui.

Mary se contenta de sourire, elle s'amusait intérieurement : Lally en vêtements discrets ! Si on lui mettait une robe de nonne, cela n'y changerait rien ! Comment pouvait-elle espérer dissimuler sa poitrine et son derrière ? Mais qu'elle eût cette idée, cela représentait quelque chose. Elle ne méritait réellement pas ce surnom de Follette, Mary l'avait pensé souvent déjà, parce que Lally n'était au fond ni plus coquette ni plus dépensière ni plus follette qu'elle-même.

Lorsqu'ils entrèrent dans la salle à manger, Mary dit à son père :

— Ils vont déménager demain. Tu pourrais peut-être les aider ?

— Oh, oui ! Avec plaisir. Et tu sais quoi, Jimmy ? Je viendrai bêcher votre jardin — il regarda Mary — si tu veux bien, petite, naturellement.

— Moi, je trouve l'idée excellente, P'pa, répondit-elle doucement.

— Ah ! je serai content d'enfoncer de nouveau une bêche dans la terre. Ah ! ça me plaira bien !

— Alors, P'pa, je pourrai te satisfaire à bon compte ! répliqua Jimmy en riant. Tu peux te fier à moi pour te donner du travail autant que tu en voudras, puisque ça te plaît.

Et ils riaient encore en se mettant à table.

CHAPITRE X

Assise près de la fenêtre, Alice regardait à travers le rideau en épaisse dentelle de Nottingham ce qui se passait dans la rue. En face, Peggy lavait son appui de fenêtre... il était bien temps. Quelle cochonne, cette Peggy Hurst. Et Mrs Keely sortait avec ces deux gosses, probablement se rendait-elle au marché de Shields, histoire d'y dépenser son argent en camelote. Elle n'avait jamais été capable d'habiller coquettement ses enfants et pourtant son mari travaillait depuis des années. Ces femmes !... Elles avaient des hommes qui se tuaient au travail pour elles du lundi au samedi et la moitié d'entre elles ne valaient pas tripette. Tandis qu'elle, Alice devait subvenir à ses besoins, sans un mari ni un enfant qui lui dise un mot gentil ou lui donne un penny. La méchanceté et le péché payaient. Tout le monde disait que Dieu était bon. Avait-il jamais été bon envers elle ? Qu'avait-elle à espérer de l'avenir ? Travailler, travailler encore, travailler toujours, cinq jours par semaine, jusqu'à la fin de sa vie. Elle n'avait que quarante-six ans, mais elle se sentait vieille et ça n'avait rien d'étonnant. Avec tous les soucis qu'elle avait eus ! Oh, Dieu ! si seulement elle pouvait se venger d'eux, une fois, une seule, c'est tout ce qu'elle demandait.

Elle se leva et se mit à arpenter la pièce. Ils étaient tous réunis à présent, son mari, sa fille et son fils, pour ne pas parler de cette folle créature, tous réunis comme une bande de voleurs. On disait que Jimmy et sa cinglée passaient le plus clair de leur temps au magasin. Pourquoi une bombe n'était-elle pas tombée sur Mary et sa boutique ? Des gens bien, travailleurs, craignant Dieu, avaient disparu, tandis que d'autres, comme Mary, avaient eu la vie sauve. Seigneur, qu'elle la détestait ! Tous les ennuis qu'elle-même avait eus dans l'existence, tout venait de cette Mary !

Elle s'immobilisa. Et Betty ! Qui donc était Betty ? Elle était peu chez elle en ce moment. Elle devait avoir un gars en vue. Il y avait anguille sous roche, Alice le sentait.

La porte s'ouvrit, livrant passage à Betty qui déposa sur la table un panier d'épicerie.

— Où as-tu été ? Tu as vraiment pris ton temps.

— Oh ! pour l'amour du ciel, Mère. On pourrait croire que vous me chronométrez !

— Oh ! ce n'est pas nécessaire.

— Mon Dieu !

Alice se détourna, porta la main à sa tête et la tint en disant :

— Ne commence pas toi aussi, Betty, ne commence pas, ce serait vraiment la goutte d'eau qui ferait déborder le vase !

— Eh bien ! faudra vous y faire. Parce que vous me tapez sur les nerfs, vous répétez toujours la même chose.

Lentement, Alice se laissa tomber dans un fauteuil. Son visage était sinistre, elle se mordait les lèvres.

Betty secoua la tête, enleva son manteau et son chapeau, alla dans la chambre à coucher et revint en disant :

— Vous n'êtes pas la seule à en baver. Ecoutez plutôt ce que je viens d'apprendre... Votre Mary leur a donné le cottage.

— Quoi ?

— C'est comme je viens de vous le dire, elle leur a donné le cottage, Moat Cottage, vous le connaissez bien, vous en avez assez parlé !

Alice bondit sur ses pieds et paraissait à présent pétrifiée.

— Moat Cottage ! Mary leur a donné Moat Cottage !

— Eh oui ! J'ai rencontré Phyllis Bradley et elle m'a appris la nouvelle. Il semble que Mary était depuis longtemps propriétaire de cottage ou que son mari l'était. Mais qu'elle l'ait donné, oui, donné à Jimmy et à sa poule... c'est un peu fort de café !

— Moat Cottage ! — Les yeux d'Alice étaient dilatés, ses

mâchoires tremblaient. Elle regardait Betty sans la voir et répéta : — Moat Cottage !...

Moat avait été son rêve le plus cher. Elle était partie de Church Bank à Cornice Street en passant par Hope Street, ce n'étaient là que des étapes vers Moat Cottage. Alec avait refusé de l'habiter parce que cela eût doublé leur loyer. Voilà que Mary l'avait donné à Jimmy et qu'il allait y emmener cette femme, cette grosse garce blonde. Non, non, pas à Moat Cottage !

— Mary, elle l'a fait exprès... Elle savait que j'avais toujours désiré habiter cet endroit, s'écria Alice en saisissant Betty par les bras.

Celle-ci se dégagea et cria, plus fort encore :

— Arrêtez, Mère. Vous me faites mal... vous vouliez vivre là-bas ?

— Oui, il y a des années, mais Alec trouvait le loyer trop élevé, il avait peur... Et Mary le savait, elle savait combien je désirais cette maison. Quand ils étaient gosses, elle et Jimmy, je les emmenais se promener là-bas et je leur montrais le grand jardin qu'il y avait devant le cottage. Et l'arrière qui donnait directement sur les champs et le paysage... Ils y habitent à présent ?

— Non, ils emménagent lundi et ils donneront une sorte de party... A propos, il y a encore une autre nouvelle : leur bébé est né il y a quinze jours et vous voilà grand-mère une fois de plus... un peu de la main gauche... C'est un garçon !

— Mon Dieu !

Elles s'assirent toutes les deux et le silence régna un moment dans la pièce. Puis Alice répéta :

— Moat Cottage, Moat Cottage...

— Vous ne trouvez donc rien d'autre à dire ? hurla Betty et, sautant sur ses pieds, elle courut dans la cuisine.

Mais Alice ne bougea pas et continua de répéter :

— Moat Cottage ! Moat Cottage !

CHAPITRE XI

— Maman ! Maman !

— Quoi ? Qu'est-ce qu'il y a chérie ? demanda Mary tirée de son sommeil.

— Maman, on cogne à la porte du magasin, écoute !

Mary se frotta les yeux en tendant l'oreille, puis elle sortit du lit, enfila sa robe de chambre, courut jusqu'au salon, alluma, et alla ouvrir la fenêtre.

— Qu'est-ce que c'est ?

Une lampe torche lui balaya le visage.

— Mrs Tollett ?

— Oui, c'est moi.

— Pouvez-vous descendre un instant, c'est la police.

La police ! Le mot seul lui serrait l'estomac.

— Une minute.

Elle referma la fenêtre, jeta les yeux sur la pendule de la cheminée et y lut quatre heures moins le quart. Dans le vestibule elle passa un manteau sur sa robe de chambre et descendit, après avoir dit à Annie de ne pas bouger et de ne réveiller ni son grand-père ni cousine Annie.

Mais Alec était déjà sur le seuil de la chambre.

— Qu'est-ce qui se passe ? La petite est malade ?

— Non, non, quelqu'un frappe à la porte du magasin. Reste où tu es jusqu'à ce que je sache ce qu'il y a.

« C'est m'man, se dit-elle un instant. Il doit être arrivé quelque chose à m'man. » Mais non, c'est son père qu'on aurait alors demandé.

Tandis qu'elle déverrouillait la porte du magasin, l'agent dit :

— On va entrer un moment, si vous voulez bien.

Ils étaient deux, ils passèrent devant Mary, puis la regardèrent, comme elle s'appuyait du dos à la porte.

— C'est... c'est au sujet de votre frère, Mrs Tollett.

— Jimmy ?

— Oui, Jimmy et sa... sa femme. Il y a eu un accident... un incendie.

— Un incendie ! Le cottage ?

— Oui, oui, j'en ai bien peur.

— Ils sont blessés ?

Le policier ouvrit la bouche puis inclina la tête.

— Oh, non ! Mon Dieu ! Ils ne sont pas...

— Votre frère n'a rien, c'est-à-dire que des brûlures. Mais sa femme est morte.

— Lally ? Je veux dire sa femme... elle est morte ? Non ! Qu'est-ce qu'il y a eu. Comment est-ce arrivé ? Jimmy en deviendra fou. Lally qui n'aurait pas fait de mal à une mouche !

— D'après ce qu'on a pu savoir, le feu s'était déjà propagé bien avant que votre frère se réveille. Ils ont été asphyxiés par la fumée. Il a ouvert la fenêtre et il a essayé de faire sortir sa femme par là, mais il n'y est pas arrivé, alors... d'après ce qu'on a compris, il l'a traînée en bas des escaliers. Tout brûlait. Elle devait être presque morte avant qu'il ne la sorte dans la rue. Et la nuit est froide... le contraste, vous comprenez. Il a essayé de la ranimer. Des gens qui passaient dans la rue principale ont vu les flammes et quand ils sont arrivés sur place, ils n'ont rien pu faire. Et quand les pompiers sont arrivés, il ne restait plus rien du cottage.

Mary se sentit fléchir sur ses genoux et ne vit plus rien. Puis elle entendit la voix de son père.

— Petite, petite, bois ceci.

Elle rouvrit les yeux. Les policiers étaient toujours là. Elle ne se rappelait pas qu'ils l'avaient aidée à remonter. Elle regarda son père. Ses joues étaient inondées de larmes et Annie pleurait en gémissant :

— Oh, oncle Jimmy ! tante Lally !

Cousine Annie sortait en boitillant de la cuisine, un plateau dans les mains. Elle avait fait l'inévitable tasse de thé. Elle aussi pleurait.

— Où sont-ils ? demanda Mary d'une voix éteinte.

— A l'infirmerie de Frederick Road, à Shields. Nous avons la voiture, nous pouvons vous y conduire.

— Oui, merci. — Ils l'aidèrent à se lever. — Je vais m'habiller.

— Bois d'abord cette tasse de thé, petite, conseilla cousine Annie.

— Je ne veux pas de thé.

Elle regagna sa chambre et, en s'habillant, elle se demandait quel mauvais sort s'acharnait sur eux. Jimmy allait en perdre la raison, la vie peut-être ; il ne voudrait pas de la vie sans Lally. Elle était son appui.

Pendant des jours Jimmy resta dans un état de douloureuse hébétude physique et mentale. Il appelait la mort. Si on lui avait laissé un moyen à sa portée, il se serait tué. On lui faisait des injections pour le calmer, mais elles ne lui apaisaient pas l'esprit. Il avait tué Lally, il avait allumé l'incendie où elle avait péri.

Pour la millième fois il se revoyait dans la pièce. Il avait mis un disque sur le gramophone et dit à Lally :

— Quelle chance que nous ayons ce gramophone. Nous achèterons aussi une radio à piles. Je ne voudrais ni de l'électricité ni du gaz. J'aime la lumière des lampes à pétrole, pas toi ?

— C'est ravissant, Jimmy, absolument charmant.

— Et tu es charmante, ma Lally.

Il l'avait prise par les mains, l'avait fait se lever et l'avait entraînée dans un tour de valse. Elle avait crié :

— Tu es pompette !

— Et toi aussi, avait-il répondu, nous sommes gris tous les deux, et ce n'est qu'un commencement. C'est fête aujourd'hui, on pend la crémaillère. De toute façon on aurait célébré ça lundi.

Et en remplissant les verres de whisky, il avait ajouté :

— La seule fois que je me suis senti comme ça, c'est

quand j'ai conduit le monôme à Shields, au son de l'orchestre de l'Armée du Salut, tu te souviens ?

Ils s'étaient jetés au cou l'un de l'autre en riant et Lally avait dit :

— Quel numéro tu fais, Jimmy !

— Et toi, quelle fille tu fais, Lally ! Une vraie gaillarde du Nord ! Et je t'aime... je t'aime... je t'aime...

Et il la serrait contre lui à chaque affirmation. Elle haleta :

— Jimmy, ça semble trop beau pour être vrai... C'est le paradis.

Puis, ils s'étaient assis devant le feu qui ronflait. Elle s'était appuyée contre lui et, regardant les étincelles qui s'engouffraient dans la cheminée, elle avait déclaré :

— Je voudrais ne jamais mourir.

Oui, elle avait dit cela. Et puis, ils étaient montés à l'étage et elle était morte. Et c'était sa faute à lui, parce qu'il avait trop chargé le feu. Lally l'avait prévenu :

— Attention, n'en mets pas tant.

Mais il avait ri en répondant :

— Cette vieille cheminée tiendra le coup. Elle est tout en briques, aucune poutre ne la traverse. Le feu couvera et la pièce sera chaude demain matin quand nous nous lèverons.

Réveillé par la fumée, il avait tiré le gros corps inerte de Lally hors du lit et avait essayé de le faire passer par la fenêtre, mais celle-ci était trop étroite et ne s'ouvrait d'ailleurs qu'à moitié. Alors il l'avait portée jusqu'à l'escalier. Mais, arrivé à mi-chemin, il avait vivement retiré sa main de la rampe brûlante et il était tombé. Et il avait traîné Lally à travers la pièce encombrée de meubles qui brûlaient, car une grande partie du mobilier n'était pas encore mise en place, les déménageurs n'ayant pu faire passer les meubles à travers l'étroit escalier. Quand il avait franchi ce qui restait de la porte calcinée, le bois adossé contre la maison brûlait lui aussi. Comment ? Jimmy ne se l'était pas demandé. Il savait simplement qu'il avait traîné Lally plus loin. Et puis que, penché sur elle, il la berçait en criant.

Trois jours plus tard, quand il avait repris conscience, Mary était assise à côté de son lit.

— Hello, lui avait-elle dit et il s'était contenté de la regarder. Il ne pouvait remuer ni mains ni bras, à cause des pansements et on lui avait également bandé la tête. Il se rappelait maintenant que ses cheveux aussi avaient pris feu.

— Te sens-tu mieux ?

Pour toute réponse, il dit :

— C'est ma faute, Mary.

— Mais non, Jimmy.

— Si.

— Qu'est-ce qui te fait croire ça ?

— J'avais bourré la cheminée. J'étais ivre — il ferma les yeux et poursuivit — j'étais ivre, Mary. Les malheurs arrivent toujours quand je suis ivre.

— Chut, chut... Ne parle pas, dors. Mais ce n'est pas ta faute. Ce n'est la faute de personne.

Deux jours après, il eut de nouveau conscience que Mary était là. Il avait l'esprit plus clair à présent.

— Tu as moins mal, Jimmy ?

— Oui, j'ai moins mal... Tu sais Mary, ça ne pouvait pas durer. C'était trop beau, trop merveilleux.

Elle avala sa salive, mais ne put articuler un son.

— Je n'étais pas digne d'elle et... j'aurais dû savoir qu'il arriverait quelque chose comme ça, parce que, dans l'après-midi, j'ai vu ma mère... ma mère qui venait de Brooker's Lane, pas loin du cottage. Elle ne m'a pas aperçu, je me suis arrangé pour ne pas la croiser, mais je me souviens avoir regretté de l'avoir rencontrée. J'aurais dû comprendre, n'est-ce pas ? Elle m'a jeté un sort.

— Calme-toi, calme-toi, ne dis pas de choses pareilles, protesta Mary, mais son esprit travaillait rapidement.

Sa mère à Brooker's Lane, la rue d'où débouchait le chemin rocailleux où se trouvait le cottage ? Qu'est-ce que leur mère faisait du côté de Brooker's Lane ?

Trois jours plus tard, Mary le sut. L'inspecteur de la compagnie d'assurance passa chez elle avec le représentant local et un autre homme, venant de Newcastle, qui s'occupait tout particulièrement de la branche incendie. C'est lui qui déclara à Mary :

— Je regrette, Mrs Tollett, mais nous sommes obligés d'examiner à fond votre déclaration, plusieurs points sont à élucider. Nous ne pouvons rien affirmer, pour l'instant, mais l'enquête continue. Dans son état actuel, il semble que le feu n'ait pas commencé par la cheminée, mais bien au tas de bois empilé devant la maison, et sur lequel on avait versé de l'huile de paraffine.

Mary dévisagea tour à tour les trois hommes, puis répéta :

— De l'huile de paraffine ?

— Oui, Mrs Tollett, c'est ce qu'on croit. Connaissez-vous quelqu'un qui aurait eu un motif d'incendier cette maison ?

Sans faire même un signe de tête, Mary continua de poser sur les hommes des yeux écarquillés.

Son assureur disait à présent :

— Vous avez dit, Mrs Tollett, que leur première intention avait été de s'installer lundi. Qui que ce soit qui ait mis le feu à la maison — si c'est quelqu'un qui l'a fait — il est très probable que c'est sans savoir qu'elle était occupée, conclut-il en regardant ses supérieurs.

Quelqu'un avait mis le feu de l'extérieur en utilisant de l'huile de paraffine et Jimmy avait dit qu'il avait vu leur mère, dans Brooker's Lane, mais qu'elle ne l'avait pas aperçu. Et un des hommes venait de lui demander si elle connaissait quelqu'un ayant un motif pour mettre le feu au cottage.

Oh, non, non ! Elle ne pouvait pas avoir fait ça !... Mais si, elle pouvait... Elle était capable de tout, sa m'man, de défigurer ou de faire brûler vif les gens dans un incendie. Elle était capable de n'importe quoi. Elle avait dû aller voir son cher cottage une dernière fois, puis être revenue à la nuit y mettre le feu.

— Ne vous inquiétez pas, Mrs Tollett, disait l'inspecteur. Vous serez dédommagée, il n'y a aucun doute sur ce point, mais il y aura une enquête.

Ils prirent poliment congé et Mary assise, les yeux perdus dans le vague, bouillonnait d'une telle rage qu'elle aurait crié si elle ne s'était pas dominée.

Annie entra et demanda :

— Maman, je peux aller jouer avec Bella ?

— Oui.

— Mais qu'est-ce que tu as ? Tu es malade ?

— Non, chérie, je vais très bien. Va jouer avec Bella. Je vais m'absenter un moment. Je sortirai par-derrière. Dis à Teresa que je sors, mais que je n'en ai pas pour longtemps.

Elle alla mettre son chapeau et son manteau, puis sortit.

Durant le trajet entre Cornice Street et Haydon Terrace, Mary s'exhorta au calme, tout en se demandant comment elle pourrait empêcher de porter la main sur sa mère.

Elle n'avait jamais été à Haydon Terrace mais connaissait la maison par la description que lui en avait faite Jimmy. Elle pénétra dans le vestibule et s'arrêta devant la porte de gauche. Elle y frappa un coup sec. La porte s'ouvrit sur Betty. Lorsqu'elle vit sa visiteuse, elle porta sa main à la bouche et marmonna :

— Non, non...

— Laisse-moi passer.

Comme elle entrait dans la pièce, Betty lui saisit le bras et dit :

— Ça sert à rien. Laisse-la tranquille. — Betty désigna la porte d'un mouvement de tête. — Tu ne peux rien faire. Ça ne sert à rien.

Mary repoussa brutalement Betty, s'approcha de la porte et l'ouvrit. En face d'elle, dans un grand lit, elle vit sa mère étendue, les deux bras posés sur la couverture, la tête penchée sur une épaule, le coin de la bouche relevé sur la joue.

— Tu vois, tu vois bien, gémissait Betty. Elle ne peut pas parler, pas bouger. Elle a eu une attaque. Elle est comme ça depuis qu'elle a appris...

— Appris quoi ?... Tu veux dire depuis qu'elle sait qu'elle a fait brûler Lally et que Jimmy a failli y rester lui aussi ? C'est ça que tu veux dire, Betty ?

Elle fit un pas vers le lit sans éprouver la moindre pitié pour la forme paralysée.

— Tu as pris de la paraffine, M'man, un bidon de paraffine, et tu as mis le feu au tas de bois devant la maison, n'est-ce pas ? et tu as essayé de les faire périr dans les flammes. Personne ne devait avoir Moat Cottage, surtout pas Jimmy et Lally. Tu as toujours guigné cet endroit, pas vrai ? Et qu'ils puissent justement être heureux là, c'en était trop pour toi. Eh bien ! je vais te dire quelque chose. Ton fils a été plus heureux cette année qu'il ne l'a été de toute sa vie. Il a eu un an de bonheur comme peu d'hommes en connaissent.

Mary se tourna vers Betty :

— Et toi, tu peux écouter ceci — elle se tourna de nouveau vers sa mère : — Ta phrase de prédilection était : chacun a ce qu'il mérite. Eh bien ! à présent, c'est vrai pour toi.

Les yeux clignotèrent, le visage se crispa, la salive s'écoula du coin des lèvres tordues, des sons gutturaux emplirent la pièce et Mary resta plantée là, ne ressentant toujours aucune pitié. Elle dit lentement :

— J'espère que tu vivras longtemps, M'man, des années et des années, jusqu'à ce que tu sois une très vieille femme.

Sur ce, elle tourna les talons et quitta la pièce.

Elle ouvrait la porte du vestibule, quand Betty la rattrapa et levant la tête vers elle, murmura :

— Elle ne savait pas, elle ne savait pas qu'ils étaient dans la maison. Je lui avais dit qu'ils emménageaient le lundi. Elle n'aurait pas fait ça, si elle avait su.

— Et toi tu savais ? tu savais qu'elle allait le faire ? Tu es aussi mauvaise qu'elle ! Et j'espère que toi aussi tu vivras longtemps. Vous formez une belle paire toutes les deux.

Elle traversa le hall et de la rue, elle entendit la voix gémissante de Betty :

— Je ne la garderai pas toute ma vie. Il faudra qu'elle aille à l'asile, je n'en suis pas responsable, je ne la garderai pas ici...

CHAPITRE XII

Lorsque Mary ramena le bébé de l'hôpital, le train-train de la maison fut désorganisé. Il fallait tout plier aux besoins d'un enfant délicat, atteint d'une infection de l'oreille, qui devait être nourri toutes les quatre heures et qui pleurait une grande partie de la nuit. Et même quand il ne pleurait pas, Mary sentait sa présence : elle avait placé le berceau à côté de son lit.

Puis, la petite Annie dut céder sa chambre et on mit son lit dans celle de cousine Annie, ce qui n'alla pas sans protestations de l'une et de l'autre. L'enfant était très attachée à son oncle Jimmy et la vieille Annie avait pour lui de la compassion, mais elles ne voulaient pas pour autant perdre leurs aises en son honneur.

Pourquoi, demandèrent-elles toutes les deux, ne pouvait-il partager la chambre de grand-pa ?

Parce qu'il ne partagerait pas la chambre de grand-pa !

Mary ne leur donna pas davantage d'explications. Elle savait qu'il faudrait beaucoup de temps à Jimmy pour se ressaisir. Il y aurait des nuits où il arpenterait la pièce, des nuits où il pleurerait et où il aurait besoin d'être seul.

Dix jours plus tard, quand elle l'installa chez elle, il avait l'air d'un enfant, si perdu, si abandonné que Mary avait le cœur serré, alors même qu'elle lui disait :

— Ce qui est fait est fait. Tu ne peux rien y changer. J'ai vécu cela et c'est affreux, mais il faut faire face.

— Face à quoi, Mary ?

— A la vie.

— Quelle vie ?

Elle soupira.

— Jimmy, tu as un enfant sur lequel veiller.

— Un enfant ? Ah, oui ! — C'était comme s'il venait de se rappeler le bébé. Il regarda Mary avec angoisse et demanda : — Mais, tu vas t'en occuper, n'est-ce pas, Mary ?

— Non, Jimmy. C'est toi qui en es responsable, répondit-elle en essayant de prendre un ton dur.

Elle n'ajouta pas : « J'en ai bien assez sur les épaules, avec p'pa, cousine Annie, une fille, deux magasins, sans me charger de toi et de ton bébé en permanence. »

Jimmy la regarda et, comme s'il n'avait pas été question de l'enfant, déclara :

— Mary, je ne peux pas chasser de mon esprit ce que j'ai fait. Si je n'avais pas été ivre, ou tout au moins éméché. Et si seulement j'avais prêté attention à ses paroles. Elle me l'avait dit.

— Calme-toi, Jimmy. Ce n'est pas ta faute.

Il secoua la tête, puis la baissa et Mary vit la partie du crâne nu, la cicatrice, et se demanda bêtement si les cheveux repousseraient jamais.

Elle s'assit vis-à-vis de lui et le regarda. L'esprit agité, elle se demandait si elle devait lui dire la vérité, lui dire qui était responsable de l'incendie. Mais elle avait peur de l'effet que cela aurait sur lui en ce moment. Dans l'état où il était, il ne faudrait pas grand-chose, de toute façon, pour le déséquilibrer. Peut-être valait-il mieux le laisser croire encore un peu à sa culpabilité, jusqu'à ce qu'elle ait réussi à le remettre sur pied. Le médecin lui avait dit que cela serait long, qu'il aurait besoin de soins, d'être traîté avec douceur, avec ménagement.

Pauvre Jimmy !

Le lendemain matin, Mary descendit de bonne heure au magasin. Elle s'était levée avant six heures pour donner son biberon au bébé et ne s'était pas recouchée. A cette époque, elle n'ouvrait pas avant huit heures et elle tirait le volet quand le facteur passa le courrier à travers la boîte aux lettres. Mary n'alla pas le chercher immédiatement. Ce ne pouvait être que des factures et des circulaires. Elle ne recevait jamais de courrier personnel. Elle ramassa une demi-douzaine d'enveloppes brunes et une blanche, adressée à Mrs Mary Tollett. Elle tourna l'enveloppe, regarda encore une fois son nom et l'ouvrit. Elle n'avait même pas pensé à regarder le cachet de la poste. Elle lut :

« Chère Mary... je ne vous ai jamais encore appelée Mary, mais c'est toujours ainsi que je pense à vous. Je voudrais seulement vous dire combien j'ai été navré d'apprendre la tragédie dont ont été victimes votre frère et sa femme... Ma mère me l'a écrit. Nous partons demain pour l'Amérique et je m'en vais avec des sentiments mêlés. Je voulais seulement vous dire encore une fois au revoir, en souvenir des jours d'autrefois, des jours où nous étions jeunes. Votre très fidèle, Hughie Amesden. »

Mary gagna l'arrière-boutique et s'assit. En souvenir des anciens jours ? Quels anciens jours ? Quand ils étaient jeunes, réellement jeunes, il ne lui avait jamais parlé, sauf pour lui dire « hello ». Deux fois il était venu dans la boutique, et une fois ils avaient échangé un mot au cimetière. Voilà maintenant qu'il était parti pour l'Amérique. Ils ne se reverraient probablement jamais.

En souvenir des anciens jours, quand nous étions jeunes...

Elle avait souvenir de la lumière blanche qui l'avait auréolé et le sentiment qu'elle en avait éprouvé. Mais il ignorait cela et de toute façon, cette lumière s'était évanouie et avait disparu quand elle avait rencontré Ben. Elle était sur le point de déchirer la lettre, puis elle se ravisa. Il s'était seulement montré poli envers quelqu'un dans la même situation que lui. Il avait perdu son unique enfant : elle avait perdu Ben et David et ses grands-parents tous le même jour. Il voyait en elle une femme seule, une veuve, et lui témoignait sa sympathie.

Seule ! Elle leva les yeux au plafond. Ils étaient cinq là-haut à présent. Annie avait douze ans. D'ici cinq ou six ans, elle pourrait se marier et partir, mais les autres : son père, cousine Annie, Jimmy et son fils, elle les aurait avec elle pour toute la vie.

Brusquement, elle s'enfouit le visage dans les mains et essaya d'arrêter les larmes qui lui coulaient sur les joues, mais elles lui passaient entre les doigts, tombaient sur ses poignets et elle avait beau se morigéner, se dire qu'elle était égoïste, elle ne pouvait s'empêcher de pleurer. Quand finalement, elle y parvint, elle regarda ; ses larmes avaient fait couler l'encre et avaient brouillé l'écriture de la lettre posée sur ses genoux.

Trois mois s'étaient écoulés quand Mary dit à Jimmy qui était responsable de la mort de Lally...

Physiquement, il se remettait, mentalement aussi, son esprit semblait être redevenu normal, car il lui avait dit la veille :

— Il faut que je pense à retrouver du travail.

— Tu as tout le temps, lui avait-elle répondu. Va un peu aider p'pa à la boutique, ça te réhabituera.

Il avait eu de terribles crises de dépression au cours desquelles il se faisait les pires reproches. Le dernier accès datait de trois semaines et il s'était terminé comme à l'habitude : il avait demandé un verre à Mary et elle lui avait versé un doigt de whisky.

Cet après-midi-là, vers quatre heures, Mary venait de rentrer avec le bébé qu'elle avait emmené au dispensaire pour son traitement hebdomadaire. Elle était fatiguée par le trajet et aussi par son manque de sommeil. Elle n'avait plus une nuit complète depuis des mois. La maison lui paraissait pleine à craquer et pas plus tard qu'hier Annie lui avait annoncé tout de go qu'elle avait vendu sa maison de Wallsend, ce qui signifiait que Mary l'aurait chez elle sa vie durant. Oh ! Elle l'avait toujours su, mais le fait que cette petite bonne femme avait mené ses tractations de vente dans le plus grand secret la vexait un peu. Annie avait eu peur, probablement, si elle en parlait à Mary, que celle-ci lui dise qu'il était grand temps qu'elle retourne chez elle. C'était un « fait accompli ». Ben utilisait souvent cette expression et il lui en avait expliqué le sens. A présent, elle savait par expérience ce que ça voulait dire, car chacun semblait être entré de cette façon-là dans sa vie.

Lorsqu'elle monta, elle trouva Jimmy assis au salon, les yeux sur le feu et il ne tourna même pas la tête vers elle.

— Ah, non ! dit-elle à voix haute.

Puis elle ressortit immédiatement, déposa le bébé dans son

berceau, revint dans la pièce et s'assit face à Jimmy. Elle lui prit les mains.

— Ecoute-moi, Jimmy et regarde-moi. J'ai quelque chose à t'apprendre.

— Ah, Mary... Oui, oui...

— C'est au sujet de l'incendie.

— De l'incendie ? interrogea-t-il les yeux agrandis.

— Ce n'est pas toi qui l'a provoqué. Tu n'as pas mis le feu à la maison. Tu te rappelles les inspecteurs de la compagnie d'assurance qui sont venus ici souvent ? Je ne les ai jamais laissés te parler. Tu n'étais pas en état. Le cottage a été incendié, Jimmy, volontairement incendié.

Il ferma les yeux, puis les rouvrit.

— Incendié ?

Elle lui serra les mains plus étroitement.

— Oui, à l'aide d'un bidon d'huile de paraffine versé sur le tas de bois que tu avais empilé à l'extérieur. Tu te rappelles, à côté de la porte ?

— De la paraffine sur le bois ?

— Oui, délibérément répandue. Tu-n'as-pas-mis-le-feu. Ça n'a rien à voir avec la cheminée. Tu aurais pu rôtir un bœuf sur ce feu et la cheminée aurait tenu. N'oublie pas que tu l'avais ramonée. Le feu n'a pas pris à l'intérieur, Jimmy, il a été mis volontairement à l'extérieur.

— Qui ? Mais qui, bredouilla-t-il, le visage crispé, les pupilles dilatées.

Elle ravala sa salive à deux reprises avant de pouvoir haleter :

— M'man.

Elle vit l'expression de son visage passer de la surprise à l'horreur, puis à l'incrédulité puis de nouveau à l'horreur, avant qu'il s'exclame :

— Non ! Non ! Elle n'aurait pas fait ça. Aussi mauvaise qu'elle soit, elle ne l'aurait pas fait !

— Si ! Elle avait toujours désiré le cottage. Tu ne te rappelles pas ? Elle voulait que p'pa le prenne, mais lui trouvait le loyer trop élevé. Et quand elle a su que tu allais t'y installer avec Lally, elle n'a pas pu le supporter, elle...

Il dégagea si violemment ses mains que Mary faillit tomber. Il avait bondi sur ses pieds et courait vers la porte.

Mary courut derrière lui, se suspendit à son épaule et cria :

— Jimmy, Jimmy, écoute ! Ça ne sert à rien que tu ailles chez elle. — De toute sa force elle le poussa contre le mur. — Elle ne savait pas que vous étiez là. Elle avait, semble-t-il, entendu dire que vous deviez y emménager le lundi. Elle ne savait pas que vous y étiez le samedi. Elle voulait simplement incendier la maison.

— Mais... Mais elle a tué Lally.

Il avança le bras pour repousser Mary et d'un bond elle fut entre la porte et lui, hurlant à présent :

— Ça ne sert à rien d'y aller, Jimmy, crois-moi ! Elle a eu une attaque. Elle est paralysée. Elle paye. J'ai été là-bas, j'étais moi-même prête à la tuer de mes mains... Et je l'ai vue incapable de bouger, le visage tordu... Il n'y a plus que les yeux de vivant en elle... N'y va pas, Jimmy, c'est inutile. Je lui ai dit que j'espérais qu'elle vivrait longtemps et c'est vrai... Qu'elle marine dans le poison de son âme !...

Elle vit Jimmy se tasser. Il semblait perdre de sa taille. Puis il regagna en chancelant son fauteuil devant le feu... Et soudain il se mit à rire.

Mary fut effrayée, car jamais elle n'avait entendu semblable rire.

— Jimmy ! Jimmy ! arrête !

Mais il continuait à rire.

Elle lui dit, gentiment d'abord :

— Voyons, voyons, je pensais qu'il fallait que tu saches, qu'il fallait que je te le dise, tu te détruisais toi-même. Il vaut mieux que tu connaisses la vérité. J'ai attendu. Arrête-toi, Jimmy.

Le rire devint si fort qu'il résonnait dans la maison. Mary prit son frère par les épaules et le secoua. Peu à peu le rire diminua, mais ce furent des sanglots qui remplirent la pièce. Et Mary ne savait pas ce qui était le pire. Jimmy pleurait bruyamment, pas comme pleure un homme, en silence, un peu honteux, mais comme un gamin brusquement confronté avec une catastrophe. Et entre deux sanglots, il répétait sans arrêt :

— M'man, ma m'man !

Les cris étaient assez forts pour faire monter Alec et cousine Annie, tandis qu'au magasin les clientes se regardaient en disant :

— Il appelle sa mère... Vous voyez bien... La voix du sang... C'est de sa mère qu'on a besoin quand on est dans la peine.

Jimmy resta couché jusqu'au lendemain à midi. Puis, sans être aperçu de Mary, il sortit. Folle d'angoisse, elle attendit tout l'après-midi que la police vienne l'avertir, mais personne ne se montra. Elle attendit toute la soirée. Il était près de neuf heures et demie et elle songeait à se rendre au commissariat, quand deux hommes ramenèrent Jimmy. L'un habitait la rue, l'autre lui était inconnu. Ils avaient bu eux aussi, mais ils n'étaient pas ivres. Comme le dit l'un d'eux :

— Il ne faut pas grand-chose pour soûler Jimmy.

Ils le laissèrent sur le palier et souhaitèrent bonne nuit à Mary. Quand elle regarda son frère, elle sut que c'était le commencement d'une fin qui serait longue.

LIVRE TROIS

LES REJETONS
(Jarrow, 1972)

CHAPITRE PREMIER

— Tu veux dire que tu n'as jamais, jamais eu...

— Oh, Maggie ! Tu parles de ces choses-là d'une façon... Et puis ça ne te regarde pas !

— Sois franche, dis-moi la vérité. J'ai toujours pensé que Cliff et toi...

— Eh bien ! tu t'es trompée, voilà tout.

Maggie Pierce se leva d'un bond du tapis sur lequel elle était assise devant le radiateur électrique et, les mains dans le dos, se mit à arpenter le petit espace entre les deux lits-divans, qui occupaient chacun un angle de l'étroite pièce. Le dos voûté, le menton en avant, elle imitait un personnage que toutes les deux connaissaient bien, le vieux Dodgett, professeur de mathématiques appliquées. Passant la langue sur un coin de la bouche, puis sur l'autre, elle déclama :

— Gentlemen, il semble qu'aujourd'hui *virginibus puerisque canto,* car nous avons ici un spécimen... une certaine Patricia Ridley, Miss Ridley, bien entendu, se targue de sa virginité. Et si nous considérons...

— Oh, Maggie, arrête ! Tu es dégueulasse, vraiment dégoûtante !

— Ah ! La voilà que se réveille. Sais-tu — elle s'approcha de sa compagne les bras étendus — que c'est la première fois que je t'entends jurer ? Quitte ton piédestal, rejoins la bande, tu es des nôtres.

Pat repoussa les mains qui s'étaient abattues sur ses épaules.

— Merci pour l'invitation, mais je ne désire nullement me

joindre à la bande. Qu'êtes-vous d'autre qu'un troupeau d'animaux sans cervelle ? C'est vrai ce qu'a dit hier Tim Hardley, la moitié de votre fameuse bande ne devrait pas être à l'université parce que vous en faites un lieu qui tient à la fois du bordel et de la clinique d'avortement !

— Dieu tout-puissant, voilà que tu parles comme mère Marie-Madeleine ! Et sais-tu quelque chose ? Je pense que tout ça, c'est du boniment. Tu fais du cinéma. Parce que tu ne vas pas me faire croire que tu es allée faire de la varappe du vendredi soir au lundi matin, avec un garçon comme Cliff Spencer et qu'il ne t'a pas touchée... En tout cas, la version de Cliff est différente. Il a dit à Reg...

— Alors, c'est un menteur, un menteur ! Il ne s'est rien passé quoi qu'il ait pu raconter à Reg. Nous sommes descendus à l'hôtel, tu le sais.

— Bon sang, ne sois donc pas aussi puérile... Franchement tu me fais rire, Pat. On a l'impression qu'on parle à une gosse de six ans... pas de sept, parce qu'à sept ans elles sont toutes affranchies... Oh, Pat ! Pour l'amour du ciel, tu ne vas pas te mettre à pleurer !

— Non, je ne vais pas pleurer, répondit Pat, qui traversa la pièce et se jeta sur le bord de son lit, mais je vais te dire : je quitte tout ça.

Un silence suivit cette déclaration, puis Maggie lança :

— Ecoute, Pat, ne fais pas l'idiote. Je te taquinais simplement.

— Tu m'as taquinée une fois de trop, Maggie. Tu me crois stupide, n'est-ce pas ? Oh, oui ! je sais. Ne m'as-tu pas appelée « la demeurée de Jarrow » ?

— Oh, c'était il y a des années, quand tu es arrivée. Nous étions alors toutes naïves et ridicules, décréta Maggie en haussant les épaules.

— Ce n'était pas il y a des années, c'était il y a dix-huit mois tout juste. — Pat soupira et posa des yeux vagues sur le mur en face d'elle. — C'est vrai que parfois il semble qu'il y ait des années... En tout cas, je fais mes valises.

Elle eut un geste de défi et Maggie s'écria :

— Qu'est-ce que tu entends par faire tes valises ? Tu parles de la chambre ou des cours ?

— Des deux.

Maggie s'assit à côté de Pat.

— Oh, non ! Tu ne peux pas faire ça. Trouve-toi une chambre où tu seras seule, soit, mais n'envoie pas promener la licence. Tu es le seul sujet brillant de tout le groupe des matheux et ils disent que tu auras la mention très bien. Si tu veux la vérité, c'est bien ce qui m'agace. Je suis jalouse... Jalouse de ce que tu as dans ta caboche, ajouta-t-elle en tapotant gentiment la tempe de Pat.

— Inutile, Maggie, répondit Pat d'une voix devenue calme. J'ai beaucoup réfléchi et depuis pas mal de temps. Les cours ne sont pas ce que j'espérais ; je ne désire pas passer ma licence.

— Qu'est-ce que tu veux donc faire ?

— Je n'en sais rien... Je suis toute désorientée. Je ne sais qu'une chose, c'est que je ne veux pas continuer.

— Simplement parce que je t'ai mise en boîte ?

— Non, Maggie.

Elle se retourna et regarda la fille rousse qu'elle aimait bien par moments et qu'elle détestait à d'autres.

— Dans l'ensemble, c'était amusant de vivre avec toi... Et puis, tu m'en as beaucoup appris — elle baissa la tête et leva les sourcils — les trois bons moyens de perdre sa virginité...

— Il n'y en a qu'un, ma chère.

Pat ne put s'empêcher de rire, et Maggie poursuivit avec sérieux :

— Es-tu sûre que ce n'est pas à cause de ce que j'ai pu faire... ou dire ?

— Oui, j'en suis sûre.

— Mais abandonner les maths ! Avec l'avenir que tu as devant toi ! Tu auras la situation que tu voudras !

— Tu es gentille, Maggie, mais ma décision est prise.

— Tu as une autre idée en tête ?

— Non.

— Que diront tes parents ? Y as-tu pensé ?

— Oui, ils pousseront probablement les hauts cris, surtout ma mère. Je l'entends déjà : « Après tout ce que nous avons fait ! » Les récriminations habituelles, quoi.

— Ce n'est pas parce que tu bénéficies d'une si petite bourse d'études ?

— Oh, non ! L'argent n'a rien à voir à l'affaire.

— En tout cas, je réfléchirais bien avant de leur en parler. Laisse-les passer un bon week-end. Et lundi, tu pourrais voir les choses différemment, toi aussi.

— Je ne rentre pas à la maison ce week-end.

— Mais tu m'avais dit...

— C'est entendu, Maggie, c'est entendu. Reg peut venir ici et y rester aussi longtemps que ça lui plaît, pourvu que — elle tapa son lit du poing — pourvu qu'il ne dorme pas ici, dans mon lit à moi après vos réjouissances hebdomadaires. Et ne t'avise pas de refaire simplement le lit, parce que je m'en apercevrais, figure-toi.

— Croix de bois, croix de fer, il n'approchera même pas de ta couche virginale.

— Oh, Maggie, change de disque. C'est tellement ridicule. Le sexe, le sexe... ça te rend malade !

— Eh bien ! Tous les goûts sont dans la nature, comme disait la brave femme...

— Qui embrassait la vache ! Oui, oui, je sais.

Elles rirent toutes les deux, puis Maggie se leva et poursuivit :

— Tout dépend comme on voit les choses. Moi, j'aime ça. Ça ne me dérange pas du tout de plus être... Tu vois ce que je veux dire ?

— Je vois ce que tu veux dire, Maggie, mais si tu veux bien accepter un conseil de quelqu'un d'aussi inexpérimenté que moi, fais attention. Si Mrs Smith revient un soir de bonne heure et qu'elle trouve Reg ici, elle te dénoncera.

— Ne t'en fais pas... A propos, si tu ne rentres pas chez toi, où vas-tu... A Jarrow ?

— Oui, chez ma grand-mère Tollett.

— Ah !... Je voulais te dire, je l'ai vue hier, à Northumberland Street.

— Ah oui ? Tu lui as parlé ?

— Non, elle était avec un grand type.

— Blond ? Le genre suédois ?

— Oui.

— C'est mon cousin Ben.

— Ah ! C'est donc Ben. C'est un beau garçon. Et la

dame, c'est difficile de croire qu'elle est ta grand-mère ! En voilà une qui sait s'habiller.

— Que portait-elle ?

— Une sorte de manteau couleur taupe, bordé de renard, très chic. Et une toque de fourrure. Elle est restée d'une beauté... Le blond est marié ?

— Ben ? Non, si ce n'est à ma grand-ma. Il est toujours dans ses jupes. Je pense qu'elle doit parfois le trouver un peu collant.

— Pourquoi ne vas-tu pas chez toi ?

— Mes parents vont dans la famille de mon père, à Scarborough.

— Ta grand-mère est prévenue de ton arrivée ?

Pat eut un rire clair.

— Non, je n'ai pas besoin de l'avertir, je peux aller chez elle n'importe quand.

— C'est chic d'avoir une grand-mère comme ça. Tu verras Philip avant de partir ?

— Oui, je lui ai promis de passer chez lui.

Maggie jeta la tête par-dessus son épaule et, un sourire ironique sur les lèvres, avertit :

— Ah, ah ! Attention !

Puis elle porta la main à sa bouche et marmonna :

— Pardon, pardon, sujet tabou.

Vingt minutes plus tard, elles étaient prêtes toutes les deux, Maggie à recevoir son ami habituel et Pat en tenue de ville, vêtue d'un manteau foncé qui la faisait paraître plus grande encore que son mètre soixante-dix. Comme elle sortait ses gants d'un tiroir, Maggie la regarda et lui dit lentement :

— Réfléchis bien... Je veux dire à ta décision de partir d'ici. Tu pourrais trouver pire ailleurs. Cette université est correcte. Oh ! Bien sûr, nous rouspétons, mais, comme ils disent, c'est une des prérogatives de la jeunesse... Et puis nous sommes chez nous, près de nos parents...

— Oh, Maggie, tout ce que tu peux me dire, je le sais !

— Mon Dieu ! Voilà que tu te vexes une fois de plus. Excuse-moi. Tout ce que je veux, c'est que tu comprennes que quand on a la chance d'avoir une bonne université, juste à sa porte, on n'envoie pas tout promener sans raisons graves.

Elles se regardèrent et échangèrent un petit sourire. Puis comme Pat arrivait à la porte, Maggie changea de ton et s'écria :

— Une bise au grand blond ! demande-lui s'il n'aurait pas quelques bouquins pornos que je n'aie pas lus. Il a le genre des bonshommes qui en bourrent leur matelas !

Pat sortit et claqua la porte... Mais elle hôchait la tête et souriait pour elle-même en arrivant dans la rue. Tandis que dans le froid mordant elle se dirigeait vers la station d'autobus, elle se demandait si Maggie avait quelque chose à voir avec son désir actuel de quitter l'université. Mais non ! Maggie n'y était pour rien, ni les autres. Peut-être ne devait-elle blâmer qu'elle-même. Peut-être était-elle tombée dans une bande qui ne lui convenait pas. Elle les avait connus par Maggie et elle avait connu Maggie par le foyer.

Elle se demanda une fois de plus pourquoi elle éprouvait cette agitation intérieure. Mais n'était-ce pas le propre de tous les étudiants d'être inquiets ? Ils étaient les incubateurs de l'agitation. Ils appelaient cela mûrir, se créer une personnalité. Peut-être avait-elle mis le doigt sur ce qui la gênait : peut-être ne désirait-elle pas mûrir et se colleter avec la vie. Lorsqu'elle s'examinait franchement, elle avait peur de la perspective qui s'étendait devant elle : une vie d'enseignement avec correction de devoirs à la maison, ou bien insérer des programmes dans un ordinateur, ou encore être assise dans un bureau toute la journée, ce qui serait le cas si elle devenait statisticienne.

Quand elle se penchait sur elle-même, elle se disait qu'elle devait être plus ou moins attardée, car elle comparait perpétuellement sa vie présente avec celle de sa prime jeunesse, au lycée. Elle avait aimé cette vie, mais ce n'était pas seulement l'école qui la rendait heureuse alors. C'était, pensait-elle, le fait de vivre à Jarrow et à dix minutes à pied de chez sa grand-ma. Tout se passait dans un petit circuit fermé, on savait toujours où trouver les gens ; la porte de sa grand-mère était toujours ouverte... Peut-être parce qu'elle avait le magasin ?

L'entrée de Pat à l'université avait changé non seulement son existence personnelle, mais celle de sa proche famille. Dès ce moment, en effet, sa mère, Annie, s'était empressée de quitter Jarrow pour Gosforth, à Newcastle, car elle n'avait jamais aimé Jarrow, alors même qu'elle en habitait le plus beau quartier depuis son mariage. Elle semblait vouloir oublier qu'elle avait été élevée dans le coin le plus pauvre de la ville et avait sauté sur l'occasion que lui offraient les études supérieures de Pat. « Nous serons pour ainsi dire à la porte de l'université, tu pourras passer tes week-ends à la maison », avait-elle déclaré.

Passer ses week-ends à la maison ! Alors que tous les quinze jours, parfois toutes les semaines, ses parents allaient chez ses grands-parents Ridley qui habitaient à présent Scarborough.

Annie avait plus d'égards pour ses beaux-parents que pour sa propre mère. Bien sûr, ils avaient plus d'argent... Vrai, elle devenait punaise ! Savoir, d'abord, s'ils avaient plus d'argent. Ils menaient plus grand train, mais Pat aurait parié que si sa grand-ma Tollett avait aligné ses pennies à côté de ceux des Ridley, ça en aurait fait davantage.

Sa mère était très montée contre grand-ma : elle n'avait pas besoin de continuer à vivre au-dessus du magasin, surtout depuis qu'elle l'avait fermé, ça faisait trois ans. Quel dommage que Cornice Street n'ait pas connu la pioche des démolisseurs, mais cela n'allait pas tarder.

Ils se demandaient tous ce que ferait grand-mère Tollett. Trois fois, au cours de ces dix dernières années, elle avait été sur le point de se remarier. Pat savait que sa mère prétendait que c'était la faute de Ben si, au dernier moment, les projets n'avaient pas été mis à exécution, Pat aurait parié que sa mère en était bien contente au fond, car cela aurait pu lui faire modifier son testament à grand-ma...

En descendant de l'autobus, elle serra davantage son capuchon autour de son visage. Le froid était perçant et elle regretta d'avoir promis à Philip de passer chez lui. Elle se trouvait toujours un peu gênée chez Philip, probablement parce qu'elle le voyait rarement seul : il y avait presque chaque fois ses deux autres compagnons de chambre, parlant métier ou occupés à mettre en pièces quelque règlement universitaire. John Summers ne l'ennuyait pas, mais elle ne pouvait absolument pas supporter Angus Mills.

Elle pénétra dans le vestibule et frappa à la première porte sur sa droite.

— Entrez ! cria la voix de Philip Smyth.

Pat ouvrit et vit Angus Mills, à califourchon sur une chaise — sa position favorite.

Il était visible qu'elle l'avait interrompu. Il tourna la tête, la regarda, mais ne la salua pas. Philip ne quitta pas davantage le divan où il était assis, mais jeta :

— Hello ! Tu as l'air gelée, approche-toi du feu.

— Il fait un froid de canard, déclara Pat en enlevant son capuchon et son manteau, mais avant même qu'elle les eût jetés sur une chaise, Angus Mills s'était remis à parler sans plus faire attention à elle.

— Si l'on considère la défection des prêtres, il n'est pas question seulement du mariage, qui n'est en réalité qu'une diversion, car ceux qui ne prennent pas ce parti se livrent à l'érotisme sous une forme ou sous une autre. Mais ce qui est plus fondamental, c'est la confession... Oui, cela aussi est profondément lié à la question du mariage légal. Alors qu'un certain pourcentage des catholiques mâles n'y verraient pas d'inconvénient, les femmes y sont farouchement opposées.

Il s'interrompit, regarda Pat qui s'asseyait sur le divan à coté de Philip et ses yeux se plissèrent quand elle leva la tête vers lui.

— Aucune femme catholique ne sera jamais favorable au mariage des prêtres, parce que, permettez-moi de vous le dire, le prêtre est l'autre homme dans sa vie... C'est son amant secret. C'est lui à qui elle peut confier ses pensées, ses pensées sombres et affreuses, ses pensées lubriques, concupiscentes. Celles-là, elle ne les confesse pas à Dieu ou, comme elle veut le faire croire, au prêtre... Non, elle parle à l'autre homme... Son autre homme, sachant qu'il la comprendra, l'apaisera et la réconfortera. Et tout cela est légal avec la bénédiction de Dieu par-dessus le marché. On ne s'expose pas au divorce pour avoir flirté avec le prêtre. Bien plus, il vous épargne une visite au psychiatre. Mais qu'on lui donne une épouse, ah ! Il a pris une autre femme que moi, se dit la pénitente.

— Tais-toi donc, tu n'es qu'un salaud à l'esprit mal

tourné, un vrai cochon ! s'écria Pat en bondissant sur ses pieds.

Philip la retint.

— Voyons, Pat !...

— Fiche-moi la paix, cria-t-elle en se dégageant et, se penchant sur Angus Mills qui n'avait pas bougé, elle reprit :

— Que connais-tu de la religion catholique ? Tu lis un article par-ci par-là, tu entends un bout de discussion à la télé et tu amalgames tout ça dans ton sale petit esprit perverti.

— Allons, allons !

Philip avait attrapé Pat par les bras et la secouait. Elle eut un sursaut et le repoussa si vivement qu'il en resta stupéfait. Elle paraissait si mince et si délicate, un long morceau d'albâtre, et pourtant la colère lui avait donné une force telle qu'elle avait failli le renverser.

Angus Mills s'était levé et tendait vers Pat son gros cou, puis il eut un sourire où se lisait la pitié.

— Eh ben !

Le ton était moqueur. Mills tourna les talons et sortit, mais sans claquer la porte comme on aurait pu s'y attendre, ce qui paraissait mettre Pat dans son tort.

Elle s'approcha du feu, se sentant ridicule, mais assez furieuse encore pour dire :

— Je ne peux pas supporter ce garçon. Qu'est-ce qu'il sait des catholiques ?

Philip la regardait, les bras croisés et répondit avec froideur :

— Il en sait plus que toi, certainement. Tu m'as dit que ton père est catholique, ta mère protestante et que ni l'un ni l'autre ne sont pratiquants. Et pas plus tard que la semaine dernière tu ajoutais que tu avais la chance de pouvoir considérer la question de l'extérieur. C'est bien ce que tu as dit, n'est-ce pas ?

Elle ne répondit pas, mais garda les yeux posés sur Philip.

— Eh bien ! Ce que tu ignores, c'est qu'Angus est bel et bien de l'autre côté de la barrière. Il est catholique pratiquant, très pratiquant même.

— Lui !

— Lui !

— Ce n'est pas possible, il ne parlerait pas ainsi.

— Oh, mon Dieu ! Ne sois pas si nouille. Rappelle-toi que nous sommes en 1972. On dit ce qu'on pense et on ne cache plus les balayures sous les tapis.

Philip se jeta sur le divan, les bras écartés et examina Pat, ses jambes fines, ses petits seins pointus, son visage clair, ses yeux bruns et ses cheveux ramassés en boucles sur la nuque et il comprit — ce qu'il savait depuis un certain temps — qu'il la désirait et qu'il allait l'avoir. Il éprouvait une brûlante envie de briser l'albâtre de son corps et de son esprit. Elle était si étroite d'idées, si plébéienne, si provinciale. Oui, c'était étrange, avec ce génie qu'elle avait pour les mathématiques, elle restait provinciale... Et elle était vierge, il en était certain malgré ce que disait Cliff. Une denrée rare.

Il prit un ton exagérément soucieux.

— Tu sais, Pat, tu m'intrigues, tu m'inquiètes et j'éprouve pour toi... une sorte de pitié.

Comme elle haussait les sourcils et rentrait le menton il poursuivit :

— Mais, en même temps, j'ai peur de toi. J'ai peur de ton intelligence — l'argument lui avait toujours réussi — je crains les femmes mathématiciennes, les filles ne devraient pas faire de maths !... Oh, je sais ! Egalité, égalité ! Libération de la femme !... Viens t'asseoir ici, viens, descends à mon niveau.

Lentement, comme une enfant grondée, elle s'approcha du divan et s'y assit. Philip lui passa les bras autour des épaules et l'attira à lui.

— Qu'est-ce qu'il y a ? Qu'est-ce qui te fait peur ? Regarde-moi, Pat. Je vais te poser une question et je voudrais que tu me répondes franchement par oui ou par non. — Il lui tapota les lèvres d'un doigt. — Mais promets-moi que tu me diras la vérité.

— Je dis toujours la vérité.

— Bon sang ! éclata-t-il, en se prenant la tête dans les mains, quel tissu de contradictions tu es ! — Il s'éloigna un peu d'elle et la regarda, en plissant les paupières. — On dit que tu sortiras en tête cette année et pourtant tu es si invraisemblablement naïve... L'homme en toi cherche toujours à dominer la femme et la femme est pétrifiée.

— Ne parle donc pas comme ça... N'essaie pas d'être un autre Angus Mills.

— Angus dit vrai, et moi aussi, et tu le sais. Mais revenons-en à ma question : As-tu jamais eu des rapports avec un homme ?

La peau d'albâtre vira au rouge.

— Voyons, voyons, réponds par oui ou par non, insista-t-il en se penchant sur elle, dis-le. Je connais la réponse, tu viens de me la donner. Mais je veux l'entendre de ta bouche.

Il se pencha vivement en avant, attira la jeune fille dans ses bras et tous deux basculèrent en arrière sur le divan. Et serrant contre lui le corps raidi de Pat, Philip répétait en lui riant au visage :

— Dis-le, dis-le, que diable, dis-le !

Il ne sut pas comment il se retrouva sur le plancher. Pat avait semblé se tordre sur elle-même et il avait atterri sur le sol. Il se remit sur ses pieds et la regarda qui attrapait son manteau. Il s'approcha d'elle.

— Oh, Pat, je plaisantais et je suis content... Mais oui je suis content. Mais je soutiens quand même que c'est une situation que tu devrais modifier et le plus tôt possible, pour ton bien. Tu te sentiras beaucoup mieux. — Il la regarda droit dans les yeux et conclut dans un murmure : — Je te promets que tu te sentiras mieux.

Il crut un instant qu'elle allait se mettre à pleurer et il dit avec une douceur passionnée :

— Pat, ne m'en veux pas, mais je t'aime tant... J'en perds la tête. J'ai essayé de ne pas penser à toi, je n'y parviens pas... Et je voudrais tant que tu sois heureuse. Je te plais, n'est-ce pas ? Ou devrais-je demander : est-ce que je te plais ?

Oui, il lui plaisait, elle le trouvait assez séduisant, elle était attirée par lui.

— Alors ?

— Je suis venue ici ce soir, pas vrai ? Une demi-heure d'autobus et complètement glacée ?

— Alors, reste... Nous pouvons avoir la chambre pour nous seuls.

Il se dirigea rapidement vers une commode et sortit d'un

tiroir une pancarte sur laquelle était écrit en gros caractères : « En séance ».

— Quand nous voulons travailler, nous mettons cette pancarte sur la porte. Nous l'appelons l'article 6. Nous pourrions... travailler en paix, ajouta-t-il en faisant une grimace à Pat.

Brusquement elle eut la nausée et envie de fuir, en même temps qu'elle se disait en elle-même : « Eh bien ! Tu pourrais te débarrasser de ça immédiatement. Plus de conflits ! »

Lentement elle se dirigea vers la porte en déclarant :

— Je vais à Jarrow, je leur ai promis d'être là à huit heures.

Il la reprit par les bras et l'obligea à pivoter.

— Tu n'avais pas parlé de ça et ce n'est pas vrai.

— Si.

Il était à deux pas d'elle à présent, l'air surpris. Elle avait une façon de se dégager. Elle paraissait si délicate, et elle avait assez de force pour le déséquilibrer !...

— Très bien, très bien, bonsoir, dit-il très haut en ouvrant la porte.

En arrivant dans la rue, elle baissa la tête. Jamais elle ne s'était sentie aussi jeune, aussi stupide, aussi démodée... ni aussi seule.

CHAPITRE II

Mary soutenait le verre dans la main de son père et lorsqu'il l'eut vidé jusqu'à la dernière goutte, elle lui essuya la bouche et dit :

— Voilà ! A présent, tu vas dormir. Et n'aie pas peur de me réveiller, sonne si tu as besoin de quelque chose. C'est promis ?

— Oui, Mary, je le ferai.

— Bonne nuit, P'pa.

Elle éteignit la lampe de chevet et se dirigea vers la porte. Elle avait la main sur l'interrupteur du lustre, quand la porte s'ouvrit ; une tête blonde passa dans l'entrebâillement, dominant Mary.

— Bonsoir, Grand-pa.

— Bonsoir, mon garçon. Où vas-tu ce soir ?

— Oh, dans des endroits chics : bunny girls et strip-tease Scampi et chips.

— Tu prends la Rolls ?

— Non, la Bentley, Grand-pa.

— Finis donc ! — Mary donna une bourrade dans les côtes du grand garçon, puis regarda en direction de son père qui riait et elle enjoignit : — Dors, P'pa, tu es aussi terrible que lui.

Lorsque sur le palier, elle passa devant Ben qui mettait son manteau, elle remarqua :

— Je ne suis pas très documentée sur les bunny girls et les strip-teaseuses, mais si tu ne dépêches pas, tu n'arriveras pas au club avant la fermeture.

— Ça ne me dérangerait guère ! Je me demandais si j'irais ou pas. Ecoute, pourquoi ne pas proposer à Eva de venir et de garder un œil sur grand-pa ? Toi, tu m'accompagnerais ? Ce sera peut-être amusant et il y a toujours le bingo. Qu'en penses-tu ?

Ce qu'elle en pensait ! Que cela ne la tentait pas ! Peut-être parce qu'elle était déjà trop âgée quand elle avait eu l'occasion d'aller dans ces clubs ? Ou que cela l'agaçait de voir des femmes sur le retour habillées comme des gamines ?...

— A quoi rêves-tu ?

— Qui rêve ? Moi ? Veux-tu filer, oui ?... Oh ! et tu n'as même pas d'écharpe, va mettre une écharpe.

— Je n'en ai pas besoin, je n'ai jamais froid, tu sais bien.

— Je te dis d'aller prendre une écharpe.

— Tu es un vrai dragon, dit-il en la poussant gentiment.

Et il se dirigea vers sa chambre tandis que Mary entrait au salon.

Celui-ci était à présent meublé tout différemment de ce qu'il l'avait été vingt-huit ans auparavant, plus richement, mais aussi confortable qu'autrefois. Il y avait une moquette sur le sol, un petit piano moderne à droite de la fenêtre, des tables gigognes, en plus des guéridons d'époque.

Mary elle aussi avait changé. Elle avait à présent cinquante-cinq ans et aurait pu en afficher quarante-cinq sans étonner personne. Elle n'avait aucune ride sur le visage sinon une légère patte d'oie. Ses cheveux avaient commencé à grisonner cinq ans plus tôt et elle les camouflait sous une légère teinture brune. Quelqu'un qui ne l'aurait pas vue depuis vingt ans aurait trouvé que le plus grand changement consistait dans sa façon de s'habiller.

Le coûteux trousseau qu'elle avait acheté pour Annie, lors de son mariage, en 1952, semblait lui avoir donné le goût de la toilette. Avant, elle n'y avait jamais attaché beaucoup d'importance, elle n'en avait pas le temps. Mais en l'espace d'un an la maison s'était vidée de la moitié de ses occupants. Cousine Annie était morte au début de 1952 et Jimmy peu de temps après. Et à la fin de cette même année, Annie avait atteint ses dix-neuf ans et s'était mariée.

Elle avait beaucoup songé à Jimmy cette dernière semaine. Elle avait dû vider le placard de la réserve et avait remis la main sur tous ses livres et tous ses griffonnages. C'était étrange, mais plus approchait le moment où elle devrait quitter cette maison, plus elle répugnait à déménager. Pourtant pendant des années elle l'avait considérée presque comme une prison et s'était demandé si jamais elle arriverait à être libre, si elle pourrait un jour faire ce qu'elle voudrait et aller où il lui plairait. A présent que les travaux de démolition l'atteignaient presque, elle agissait comme une gamine sentimentale qui s'attache aux lieux de son enfance.

Elle venait de s'étendre sur le divan quand Ben entra et s'approcha d'elle à grands pas. Comme toujours quand elle le regardait à quelque distance, elle fut frappée de sa ressemblance avec Lally. C'était naturel, bien sûr, mais cette ressemblance était poussée à un point tel que c'en était gênant. Son visage rappelait celui de sa mère trait pour trait. Intérieurement il avait hérité de Lally un cœur d'or. Mais il tenait de Jimmy aussi, il en avait les attitudes et l'humour. Sur un point cependant, il différait d'avec son père : il n'avait aucun goût pour la poésie. Et il n'était pas un rêveur non plus. Ben avait l'esprit pratique et, depuis qu'il avait douze ans, il savait ce qu'il voulait faire. « Je veux construire des autos, Mamy », disait-il. Il avait toujours appelé Mary Mamy et, non pas « Tante ». Eh bien ! il n'avait pas construit d'autos, mais il en avait réparé et vendu. Et il était établi à son compte, Mary avait tenu à ce qu'il ait une affaire à lui.

Ben était son fils davantage qu'Annie n'était sa fille. Annie était l'enfant de son mari et Mary aurait dû la chérir, mais la petite ne ressemblait en rien à son père, elle ressemblait à sa grand-mère, pas trop, mais juste assez pour se montrer désagréable, contrariante et égoïste quand il s'agissait de ses intérêts.

Mary avait aimé le petit Ben avec toute la passion qu'une mère témoigne à un fils unique. Peut-être était-ce parce que, quand il était enfant, il avait eu tant besoin d'elle. Combien de fois, jusqu'à ce qu'il ait cinq ans, s'était-elle rendue avec lui à l'Institution de Shields. Et tous ces trajets, tous ces soins avaient été vains, il était complètement sourd d'une oreille.

A cause de l'amour qu'elle lui portait, elle avait essayé de le rendre indépendant et avait pensé que la meilleure manière d'y parvenir était de se remarier. Mais, au moment décisif, elle y renonçait. Trois fois elle s'était montrée stupide et avait déçu ses prétendants... Ben aussi laissait tomber les filles au dernier moment. Elles l'entouraient comme des mouches une fleur. Cela durait un mois ou deux, l'une d'elles avait même tenu un an, mais quand il comprit qu'il lui fallait prendre une décision, il avait coupé court.

— Pourquoi t'agites-tu ? demanda Mary. Sors donc, je te l'ai dit.

— Je n'aime pas te laisser seule... Tu as l'air abandonnée.

Elle poussa un profond soupir, puis désigna du doigt un guéridon.

— J'ai un bon livre, une boîte de chocolats... et de quoi boire si j'en ai envie, répondit-elle en pointant l'index vers la porte de la salle à manger et, si tu n'y vois pas d'inconvénient, je serai ravie d'avoir une heure à moi.

— Tu es une affreuse... — Il posa ses deux mains de chaque côté du divan, par-dessus les épaules de Mary, et se pencha sur elle. Puis, secouant la tête, il ajouta : — Je ne sais pas si je dois dire punaise ou sorcière.

— Je ne dirai merci ni pour l'un ni pour l'autre !

Il lui effleura la joue, puis il sortit en se redressant.

— Je te pilerai un de ces jours. — Il se dirigea vers la porte, puis se retourna. — Oh ! à propos, j'ai oublié de te raconter. Tu sais ce que le petit Taylor a dit le jour où tu es venue faire le plein ?

— Non, qu'a donc dit le petit Taylor ?

— Que tu étais une belle pépée et que tu sentais bon ! Que penses-tu de cette appréciation d'un garçon de dix-sept ans ?

— Qu'on devrait lui tirer les oreilles.

Ben sortit en riant. Mary appuya sa tête contre un coussin en répétant à mi-voix : « C'est une belle pépée et elle sent bon ! »

Puis elle se mit à rêvasser, se demandant pour la énième fois ce qu'elle ferait quand son père ne serait plus là et Ben marié. Elle voyagerait, bien sûr, il y avait des années qu'elle en avait envie. Et elle le ferait d'autant plus facilement qu'à l'heure actuelle personne ne s'étonnait plus de voir une femme voyager seule.

Elle rit toute seule, tendit le bras, prit le livre, puis la boîte de chocolats.

Elle venait de s'installer confortablement lorsqu'elle entendit la porte de l'escalier. Elle regarda vers la porte qui s'ouvrait, puis elle posa ses pieds par terre et se leva en s'écriant :

— Pat, ma chérie, quelle bonne surprise ! Je croyais que tu allais chez tes parents ? Entre, entre tu parais frigorifiée.

— Ils sont partis pour Scarborough. Je ne te dérange pas, Grand-ma ?

— Ne sois pas ridicule ! Qu'est-ce que c'est que cette idée ? Qu'est-ce qui te prend ? — Elle l'avait saisie par les mains. — Tu es glacée, approche-toi du feu. Tu as manqué Ben de peu.

— Il est sorti ?... Tout seul ? Il va se perdre !

— Mauvaise langue ! s'exclama Mary en poussant Pat sur le divan. Assieds-toi, réchauffe-toi. Enlève tes souliers. Je vais te préparer une boisson chaude.

— Merci, Grand-ma, où est grand-père ?

— Couché. Il a la grippe depuis une semaine. Le médecin est venu et dit qu'il faut être prudent. Il dort pour l'instant. Que veux-tu ? Café, thé, chocolat ?

— Du thé, s'il te plaît.

Pat se renversa sur le divan et se détendit peu à peu. Elle soupira. C'était ça dont elle avait besoin : rester ici pour toujours, simplement. Elle le savait et c'était bien compréhensible.

Quand Mary revint avec un plateau dans la pièce, Pat lui demanda :

— As-tu des précisions sur la date à laquelle tu dois t'en aller ?

— Non, dans une semaine, dans un mois ou dans un an, qui sait ?

— As-tu trouvé un endroit où t'installer ?

— Non, je n'ai pas cherché.

— Tu n'as pas envie d'habiter Shields, par exemple ? Il y a quelques jolis quartiers.

Mary s'arrêta un instant de verser le thé.

— Tu sais, je n'y ai guère pensé. Je ne peux expliquer pourquoi et je sais très bien que je devrais m'en occuper, parce que la maison peut être démolie d'un jour à l'autre. Mais je n'ai nulle envie de me tracasser. C'est un peu comme si...

— Comme si ?... Grand-ma ?

— Oh ! je n'en sais rien, ma chérie, je n'en sais rien, mais je n'éprouve absolument pas le besoin de chercher... Ça doit être l'âge.

— Vieille ? Toi ! Ne dis pas de bêtises. Mais il faudra bien que tu trouves un endroit où te loger. Ben et toi pourriez vivre à l'hôtel, mais grand-père...

— Oui, oui, tout cela je le sais, tu as raison. Il faut absolument que je m'en occupe, sinon nous allons nous retrouver dans une de ces casernes... De toute manière, je dois trouver quelque chose près d'ici, de façon que Ben ne soit pas loin du garage.

— Rien n'est loin en voiture et à la vitesse à laquelle il roule, tu peux habiter au diable Vauvert.

— Oh ! répondit Mary en riant, je pense que nous trouverons moins loin. — Elle s'assit, but une gorgée de thé, puis ajouta : — Mais je vais te dire une chose. Dès qu'il sera marié, je prendrai de longues vacances...

— Il a trouvé la fille de ses rêves ? interrompit Pat d'une voix sèche.

— Non, pas vraiment. Il y a pour le moment, une certaine Irene, mais elle est en course depuis un mois, donc je pense qu'elle n'est pas loin d'avoir fait son temps !

— Comment est-elle ?

— Mince, brune, petite.

— Je n'aime pas les femmes petites, ce sont toujours des empoisonneuses.

— J'ai connu des femmes grandes qui l'étaient également.

— Oh, Grand-ma !

Pat rit et s'appuya contre Mary.

— Chérie, attention, regarde ce que tu as fait, tu répands du thé sur ma belle robe.

— Pardon, Grand-ma, elle est ravissante. En quoi est-elle ?

— Ils m'ont dit que c'était de l'angora et aussi que c'était presque un... modèle. Mais ce qu'ils ne m'ont pas dit, c'est qu'ils m'ont fait payer le prix fort.

— Tu peux te permettre de te laisser un peu rouler, et en tout cas, elle te va à la perfection. Moi, je suis... un manche à balai, comme dit grand-pa.

— Tu as la silhouette à la mode.

— Non, plus du tout. Tu n'es pas à la page. La mode est à la poitrine. Tu devrais voir les faux-seins de Maggie ! De vrais ballons de protection comme on en voit sur les gravures du temps de la guerre. Je l'ai dit à Maggie.

— Et qu'a-t-elle répondu ?

— Elle m'a répondu qu'elle avait toujours regretté de n'avoir pas connu l'époque de la guerre, sa mère lui a raconté les beaux jours qu'elle avait connus avec son père. Ça a l'air d'avoir été la grande époque de leur vie.

— D'après ce que tu m'en as dit, cette Maggie a l'art d'assez bien profiter de chaque instant de son existence.

— Oh, sûrement ! Elle a un consolateur pour les week-ends.

— Patricia !

L'attitude de Mary avait complètement changé. Elle ne riait plus et garda un moment le silence.

— Je n'ai pas de préjugés, Patricia, et je ne dirais rien si ces filles étaient fidèles à un garçon, mais il semble que ce sont de petites garces qui ont le feu au derrière.

— Grand-ma !

— Il n'y a pas de grand-ma qui tienne. Et je vais te dire autre chose, je voudrais que tu ne partages pas la chambre de cette fille.

— Ce ne sera plus pour très longtemps.

— Ah ? Tu as trouvé une autre chambre ?

— Non, non, Grand-ma. Comme toi, je n'ai rien en vue. Je pense que nous sommes toutes deux sur la même galère et toutes deux à la dérive.

— Que veux-tu dire ?

— Je voudrais bien pouvoir t'expliquer, Grand-ma. Si je pouvais en parler à quelqu'un, je te le dirais. Je suis complètement désorientée. Je ne sais plus où j'en suis.

— Un garçon ?

— Oui et non. Mais ce n'est pas tant ça… Enfin, il n'en est pas vraiment la cause. Grand-ma — elle posa sa tasse puis prit celle de Mary — je ne veux pas risquer de te faire renverser ton thé, mais écoute, Grand-ma, je crois que je vais tout lâcher.

— Tout lâcher ? Tu parles de l'université ?

— Oui !

— Mais, mon enfant !

— C'est bien ça, Grand-ma. Je ne suis plus une enfant. J'ai bientôt vingt ans.

— Tu es une enfant quand même ! Vingt ans ou pas, tu te conduis comme une enfant si tu songes à renoncer à ta carrière. Et quelle carrière ! J'aurais pu te comprendre si tu m'avais dit ça au bout de quelques mois, tout au début. Mais tu es en seconde année et tu réussis bien. Ton père dit que tu réussis admirablement.

— Oh, Grand-ma ! ne t'énerve pas. Reste assise ! Oui, comme tu dis, je réussis admirablement dans une branche qui ne me convient pas du tout. Je ne veux plus faire de mathématiques. Je ne veux pas me vouer aux mathématiques et il faut s'y vouer entièrement. Dans la vie pour réussir une chose, il faut s'y vouer.

— Pat ! Les histoires que cela va faire ! Tu pourras faire entendre raison à ton père, mais à ta mère, jamais ! Quand tu es entrée à l'université, elle a connu la consécration de sa vie. Dieu, quel drame ce sera pour elle !

Mary se rassit sur le divan et Pat posa la tête sur son épaule.

— Pourquoi as-tu pris cette décision, chérie ?

— Je ne sais pas exactement, Grand-ma. Je ne sais pas vraiment. Il y a tant de choses qui me heurtent... Ça ne tient probablement pas à l'université, mais à moi-même et je suppose à mes habitudes. Cette maison, le magasin, même le quartier m'ont marquée. Parce que j'ai été heureuse ici. C'était un autre monde... toi, grand-pa et, tu sais, même mon oncle Jimmy. Bien que je ne l'ai jamais vu, j'avais l'impression de bien le connaître, parce qu'il se trouvait toujours quelqu'un pour parler de lui. Je crois que maman en raffolait, bien qu'elle prétende ne l'avoir jamais vu autrement qu'entre deux vins. Elle a toujours répété que s'il était aujourd'hui vivant et jeune, il serait professeur à l'université et acclamé pour ses poèmes.

— C'est curieux ces tendances différentes dans notre famille. Jimmy et toi avez fait des études secondaires tous les deux, et moi j'ai autant de cervelle qu'une mouche.

— Oh, Grand-ma !

— C'est vrai, et vois Ben, le fils de Jimmy : tout ce qu'il demande c'est de travailler de ses mains.

— Mon oncle Jimmy est parti avec une femme, n'est-ce pas ? La mère de Ben, et ils n'étaient pas mariés.

— Qui t'a dit cela ? Je ne t'en ai jamais parlé.

— Non, mais maman l'a fait. Ben est-il au courant ?

— Oui, oui, il le sait. Il avait tout juste six ans quand son père est mort, mais il savait que sa mère était la femme la plus merveilleuse du monde et, plus tard, il a découvert qu'elle et son père n'étaient pas mariés, cela n'a rien changé pour lui, parce qu'il savait que son père l'avait adorée... il n'y a pas d'autre mot. Je n'ai jamais vu et je ne reverrai jamais un amour comme celui qui existait entre Jimmy et Lally.

— Mais on l'appelait Follette, Grand-ma, cela veut tout de même dire quelque chose...

— Je sais très bien ce que ça signifie, petite... mais ta mère n'avait pas le droit de dire ça. C'était un surnom que lui avait donné son mari, comme tu dirais de quelqu'un : Oh, quelle follette ! et que le nom lui en reste. Lally n'était pas plus étourdie que toi. Elle était bonne et simple et d'une grande sagesse. Certaines gens ne comprennent pas la simplicité, la bonté et la bienveillance, ils les taxent de bêtise et de mollesse. Oh, oui ! les gens sont cruels, les femmes surtout... Mais elle, Lally, était une charmante.

— Et Ben lui ressemble ?

— Oui, Ben lui ressemble... Et ne le dis pas sur ce ton. Efface ce sourire sur ton visage.

— Mais je ne dis rien.

— Non, mais n'empêche que tu es jalouse de lui et que tu en es jalouse depuis toujours.

— Moi ? Jalouse de Ben ! Oh, Grand-ma ! Donne-moi une autre tasse de thé pour que j'avale ça.

Elle regardait Mary verser le thé et réfléchissait. C'était vrai qu'elle avait été jalouse de Ben, mais pas de la façon dont l'entendait sa grand-mère. Elle se rappelait le premier sentiment qu'il avait éveillé en elle, alors qu'elle avait à peine quatre ans et qu'il en avait onze ou douze. Elle avait pleuré en lui demandant pourquoi il ne voulait pas jouer avec elle. Et il avait répondu : « Parce que je veux rester près de m'man au magasin. » Et il l'avait poussée, et elle était tombée sur le derrière et elle avait pleuré de plus belle, pas parce qu'elle s'était fait mal, mais de rage. Et il en avait été ainsi tout au cours des ans. Elle avait été jalouse non parce qu'il avait de l'affection pour sa grand-mère, mais parce qu'il repoussait la sienne. Elle s'était battue avec lui jusqu'à ce qu'elle ait dix ans. Et sa grand-mère lui avait souvent dit : « Tu es méchante, Pat. Pourquoi n'aimes-tu pas Ben ? Qu'est-ce qu'il t'a fait ? »

C'est curieux que les gens ne comprennent jamais vos raisons ! Mais comment le leur reprocher quand on ne se comprend pas soi-même ? Et Pat n'avait compris que lorsqu'elle avait eu seize ans et qu'il avait été question que Ben se marie.

— Ben est dans ton ciel l'étoile qui ne pâlira jamais, n'est-ce pas, Grand-ma ?

— Voilà que tu recommences !

— Je dis ce que je pense, simplement.

— Je l'ai élevé depuis qu'il avait quelques semaines. Il est comme mon enfant. N'arrives-tu pas à saisir ça ?

— Mais si, Grand-ma.

Elle ferma les yeux, se mordit les lèvres et un instant plus tard elle était dans les bras de Mary qui, penchée sur elle, murmurait :

— Qu'est-ce qui ne va pas, petite ? Pourquoi es-tu dans cet état. Voyons, raconte-moi. Tu sais que tu peux tout me dire. Rien ne me choquera. Voyons, sèche tes larmes... Qu'est-ce qui ne va pas. Il y a du grabuge avec tes parents ?

Pat secoua négativement la tête et ravala sa salive.

— C'est un homme ?

— Grand-ma, que penserais-tu si je te disais que je passerai le prochain week-end avec un garçon ? interrogea-t-elle en détournant la tête et en posant les yeux sur le feu.

Lentement, les bras de Mary se détachèrent et Pat, les yeux posés sur le feu, continua :

— Je... je n'ai jamais été avec aucun, Grand-ma... tu comprends ce que je veux dire et... je pense qu'il est temps que je...

— Tais-toi ! Cesse de faire l'idiote. Pourquoi ne dis-tu pas que tu n'as jamais pris de marijuana ni pris de L.S.D. et que tu penses qu'il est temps de t'y mettre !... Tu es assise là et tu racontes que tu coucheras avec un homme parce que tu penses qu'il est temps... Qu'il est temps ! Qu'est-ce que tu veux dire par-là ? Es-tu amoureuse de lui ?

— Tu m'avais dit que rien ne pourrait te choquer, s'écria méchamment Pat en se retournant.

— Je ne suis pas choquée, je suis furieuse ! Tu penses qu'il est temps de « faire ça ». Tu ne le fais pas entraînée par l'amour, par la passion ou par Dieu sait quoi. Tu le fais parce que tu penses qu'il est temps. Tu n'as pas vingt ans, tu n'es allée avec personne comme tu le dis élégamment et tu penses que l'heure est venue !... Seigneur ! Je vais te dire une chose, moi, je pense qu'il est temps que tu quittes cette université si c'est la façon dont on vous y apprend à raisonner... Je pourrais parfaitement comprendre que tu aies des rapports avec un homme dans les bras duquel t'auraient poussée tes sentiments, mais froidement déclarer...

— Qu'est-ce qu'il y a ? Qu'est-ce qu'il y a donc ?

Elles n'avaient ni l'une ni l'autre entendu Ben rentrer et à présent il les regardait, l'air stupéfait. Il entra dans la pièce, en retirant son foulard et déboutonnant son manteau.

— Vous vous chamaillez toutes les deux ? Je vous ai entendues du palier !

— Non, nous ne nous chamaillons pas... Qu'est-ce qui te ramène si tôt ?

— Je ne suis ici que pour une minute, j'irai m'asseoir dans l'escalier jusqu'à ce que tu m'autorises à rentrer !

— Tu n'as pas été dehors une heure, énonça Mary dont la voix avait repris son calme.

— Non et si j'avais su que Pat était ici, je ne serais pas revenu... Tu restes, Pat ?

— Oui.

— Dommage que tu n'aies pas téléphoné. J'en aurais profité pour passer la nuit dehors et raconter à Mamy que je faisais la grande noce.

— Oh, tiens-toi tranquille ! cria Mary.

— Bon, bon, je m'en vais.

Et Ben quitta la pièce.

Quelques minutes plus tard, Mary le rejoignait dans sa chambre.

— Ecoute, Ben, tout à l'heure, quand tu reviendras au

salon, soit gentil avec Pat. Ne la taquine pas. Tantôt tu l'ignores, tantôt tu la taquines... Et en ce moment, elle a des ennuis.

— Des ennuis... Tu ne veux pas dire qu'elle attend un bébé ?

— Non, elle n'attend pas de bébé... Mon Dieu ! il n'est question ce soir que d'hommes, de sexualité et maintenant de bébé !

— Quoi ? interrogea-t-il médusé. Enfin, s'il n'y a pas de bébé, votre réputation est sauve, Mrs Tollett...

— Bêta ! Pat parle d'envoyer promener ses études. Mais pense à ce que je t'ai dit... sois aimable.

— Tes désirs sont des ordres, Mamy, j'offrirai thé et sympathie.

Au salon, la conversation porta sur des généralités pendant la demi-heure qui suivit. Mary regarda sa petite-fille le visage décontracté, qui souriait en voyant Ben imiter son mécanicien qu'il venait de promouvoir au rang de directeur, et une étrange pensée lui traversa l'esprit. Une pensée qui semblait lui venir du fond des âges et elle en fut surprise. Il n'y a pire aveugle que celui qui ne veut pas voir, se dit-elle. Sur ce, elle se leva et déclara :

— Je vais me coucher.

— Si tôt ? il n'est pas dix heures.

Ben se mit sur ses pieds.

— Quand tu commences à parler de Bill Thompson, tu en as jusqu'à une heure du matin. Si Pat et toi pouvez vous passer de sommeil, moi pas.

Elle se pencha sur sa petite-fille.

— Bonne nuit, ma chérie. Je vais brancher le radiateur et la couverture électrique dans ta chambre, comme ça il y fera chaud quand tu iras te coucher...

— Merci, Grand-ma, dit Pat en lui rendant son baiser.

Puis Mary se tourna vers Ben.

— Bonne nuit, mon grand.

— Bonne nuit, Mamy.

Pat les regarda s'étreindre et s'embrasser et sentit en elle une blessure presque physique.

— Eh bien ! — Ben s'assit sur le divan, à la place que Mary venait de quitter et il répéta : Eh bien !

— Eh bien ! qu'est-ce que ça veut dire ?

— Rien, rien, simplement, comment vont les choses pour toi ?

— Comme pour chacun, je suppose, avec des hauts et des bas. Le balancier oscille toujours.

— Heureusement, sinon on s'embêterait.

Comme elle ne répondait pas et examinait soigneusement ses ongles, il lui demanda :

— Il paraît que tu veux tout plaquer ?

— Grand-ma n'aura pas été longue à ébruiter la nouvelle !

— Elle l'a mentionnée au passage.

— Vous n'êtes même pas sortis cinq minutes de la pièce !

— Tu vas vraiment quitter l'uni ?

— Je n'ai pas encore pris de décision, dit Pat avec un long soupir.

— Ce serait un gaspillage d'excellente matière grise, à moins que tu aies mieux en tête, bien sûr.

— Tu trouves que j'ai une bonne matière grise ?

— Au point que cela m'a toujours effrayé.

C'était la deuxième fois aujourd'hui qu'un homme lui disait être effrayé par son intelligence. Elle lança à Ben un regard en biais.

— Tu ne me l'as jamais dit.

— Voila qui est fait. Mais ça m'a toujours fait peur.

— Parce que je fais des maths ?

— Oui, je ne valais rien en maths, j'étais même nul en arithmétique.

— Cependant tu es capable de construire une voiture, moteur compris ?

— Oh, ça oui !

— Eh ben, ce sont des maths ! Le moteur n'aurait jamais existé sans maths !

— Je le sais bien, mais tout est fait quand je m'y attaque. Je n'ai plus qu'un travail de montage... Ecoute, Pat, pourquoi envisages-tu de tout abandonner ?

— Oh ! des tas de choses... Grand-ma t'a tout dit ? demanda-t-elle, brusquement sur la défensive.

Il la dévisagea, puis répondit très prudemment :

— Elle m'en a dit assez.

— Et tu me parles quand même ?

— Pourquoi pas ?

— Je pensais que tu monterais sur tes grands chevaux... Tu es tellement puritain.

— Puritain ? Moi ? qu'est-ce qui te fais dire ça ? demanda-t-il en élevant la voix.

Celle de Pat resta calme, claire et agaçante.

— Tu l'es, c'est tout.

Il la menaça du doigt.

— Ne commence pas ! Nous ne pouvons pas être deux minutes ensemble sans que tu m'asticotes. Il n'y a donc pas moyen que nous parlions amicalement ?

— Tu cherches toujours à m'exaspérer. Tu te mets tout de suite en rage.

— Moi ?

— Oui... alors je pensais que tu allais avoir une attaque.

— Une attaque ?

— Grand-ma a bien failli en avoir une.

— Oh ! tu sais, elle est d'une autre génération. Il y en a même deux qui la séparent de toi. On ne le dirait pas, c'est vrai, mais le fait est là.

— Tu m'étonnes !

Pat se cala sur le bord du divan et regarda Ben droit dans les yeux.

— Et moi qui viens de dire à cette incarnation de la sainteté que je vais aller passer mon premier week-end avec un garçon ! Et toi, tu prends ça aussi calmement que si tu dirigeais une école de prostituées.

« Tiens, se dit Pat, voilà que je parle comme Maggie. » Mais le sourire s'effaça de ses lèvres quand elle vit Ben baisser la tête comme un taureau prêt à charger. Elle crut un instant qu'il allait la frapper et elle se rejeta en arrière en bredouillant :

— Tu... tu m'as dit que tu savais... tu m'as dupée.

Elle sauta sur ses pieds et lui en même temps qu'elle et quand il la saisit par les épaules, elle crut qu'elle allait s'écraser sous ses doigts. Mais elle ne fit rien pour lui échapper... et attendit qu'il parlât.

— Tu es venue ici ce soir et tu as dit ça à Mamy... tu lui as dit que tu allais passer le week-end avec un type ?

— Oui. A qui voulais-tu que je le dise ? Je lui ai toujours tout raconté.

— Petite... petite putain !

— Veux-tu bien me lâcher et ne pas me traiter de putain ! De toute façon, je vais faire quelque chose de définitif. Pas comme toi, qui vas de l'une à l'autre et qui a peur de conclure.

Lorsque la main de Ben s'abattit sur son visage, Pat resta un instant aveuglée. Lorsqu'elle eut repris son sang-froid, elle le regarda, furieuse et, sentant les larmes lui monter aux yeux, quitta la pièce, claquant si fort la porte que le bruit se répercuta dans toute la maison.

— Un instant, cria Mary quand on gratta contre sa porte. — Elle se mit au lit et cria : — Entre !

Lorsqu'elle vit l'expression de Ben, elle demanda inquiète :

— Qu'est-ce qui se passe ? Qu'est-ce qui est arrivé ?

— Il vaudrait mieux que tu ailles voir Pat.

Mary quitta de nouveau son lit et attrapa une robe de chambre en répétant :

— Mais qu'est-ce qui se passe ?

— Je l'ai simplement giflée.

— Tu l'as... giflée... simplement.

— Oui, rien de plus.

Elle le regarda quitter la pièce comme il y était entré, et resta un instant plantée là en répétant : « Il... il l'a simplement giflée ! Qui aurait pu croire ça ? »

CHAPITRE III

— Très bien, très bien, Papa. J'ai promis de réfléchir.

— Fais-le sérieusement ma chérie. Elle est bouleversée... et j'ai bien peur de l'être aussi quelque peu.

— Tu l'as très bien pris.

— Peut-être, mais ça ne veut pas dire que je ne pense pas que tu as agi très stupidement. Je suppose que c'est un signe des temps. — Tom Ridley eut un pauvre sourire. — Il y a quelques années, je t'aurais fais remarquer que tu étais mineure et que tu devais m'obéir. Mais à présent, d'après la loi, tu es une femme responsable. Je t'en prie cependant, réfléchis bien. Je n'ai jamais vu ta mère dans un état pareil. Mais ne fais pas attention à ce qu'elle dit, elle n'en pense pas la moitié... tu es sûre que tu ne veux pas que je te reconduise en ville ?

— Non, Papa, merci. D'ailleurs elle a plus besoin de toi que moi. — Pat désigna du doigt la maison. — Je vais prendre le bus au coin de la rue, il y en a un dans quelques minutes.

— Si Maggie était si peu bien, tu aurais dû l'emmener avec toi. Un week-end au lit et quelques gâteries l'auraient remise d'aplomb.

— Oh, non ! elle n'aurait pas accepté. Et... elle n'est pas vraiment malade, mais je crois... je crois qu'il est préférable qu'elle ait quelqu'un auprès d'elle pendant la nuit.

— Oui, ma chérie, je comprends.

Patricia ne put supporter le regard de son père. Tact et

diplomatie. Pas de mensonges... Tact et diplomatie seulement.

— Au revoir, Papa, et merci d'avoir été aussi gentil. Je suivrai ton conseil et je réfléchirai sérieusement.

— Au revoir, ma chérie, sois prudente, il y a du verglas.

Comme elle se dirigeait rapidement vers la station d'autobus, Pat se dit : « Qui sait, cette nuit me fera peut-être changer d'avis. La fin pourrait justifier les moyens. Ça vous faisait, paraît-il, changer d'apparence, cela faisait de vous une autre personne. Maggie disait... Mais Maggie disait tant de choses, beaucoup trop ! »

Il était presque dix heures quand Pat descendit de l'autobus, dans la banlieue de Low Fell. Elle ne connaissait pas ce côté de la rivière. Philip avait dit que s'il n'était pas à l'arrêt du bus, elle trouverait facilement son chemin vers Bailey Close : la première rue à gauche, la deuxième à droite, et elle y serait. Et il guetterait son arrivée.

Il n'était pas à l'arrêt du bus et il ne guettait rien du tout.

Elle sonna à la porte du n° 5. Un jeune homme vint lui ouvrir et, à sa vue, elle éprouva le désir de prendre la fuite, non pas parce qu'il avait la mine patibulaire, mais à cause de son petit air estimatif.

— Mr Philip Smyth est-il chez lui ? Il habite avec son cousin, Arth...

— Oui, oui, premier étage, porte face.

Elle le remercia et monta l'escalier. Le vestibule était bien éclairé, les marches garnies d'un tapis, tout était propre et soigné.

Elle frappa à la porte et dès qu'on l'eut invitée à entrer, l'ouvrit. Philip était à demi couché sur un étroit divan, en une seconde il fut sur ses pieds.

— Tu es en avance !

— En avance ?

— Oui, tu avais dit que tu prendrais le bus de dix heures douze.

— J'ai dit que je prendrais celui de neuf heures, pour être ici vers dix heures.

— Ah, mon Dieu ! dit-il en se frappant sur le front. Enfin, tu es là, c'est le principal.

Il lui prit des mains sa mallette, la jeta sur le lit dans le coin de la pièce, puis l'aida à se débarrasser de son manteau.

— Tu as besoin d'un verre. Tu as l'air gelée... Viens ici, que je te réchauffe d'abord un peu.

Il l'attira, la serra contre lui et se mit à l'embrasser. Sa bouche paraissait prendre possession de tout le bas du visage de Pat.

— Hein, que dis-tu de ça pour un début ? — Il leva le pouce en signe de satisfaction, puis fila vers une porte en disant : — Je vais te préparer un grog : whisky chaud et cassonade, tu m'en diras des nouvelles.

Le dos tourné au petit radiateur électrique, Pat resta plantée à regarder la pièce. Celle-ci également était propre, pas plus en désordre que celle de Philip, ou que la sienne à dire vrai. Mais là c'était Maggie la responsable de la pagaille. Les meubles étaient ici un étroit divan, un lit, une commode, un fauteuil confortable, une petite table.

Philip revint, un verre fumant dans chaque main. Il sut immédiatement que Pat avait examiné la pièce et dit :

— Jolie, s'pas ? Et grande. Mon cher cousin sait ce qu'il veut et le moyen de l'obtenir. Ça lui coûte d'ailleurs les oreilles. Un vieux bonhomme et son fils s'occupent de la maison : ils font la turne et le reste, repas compris. Tiens, ingurgite ça.

Pat but une gorgée, puis toussa.

— Avale d'un coup. Il y en a encore, pas besoin de le ménager.

— Je n'aime pas beaucoup le whisky, c'est... pour moi c'est un vrai médicament.

— Eh, ben ! prends-le comme tel et avale-le d'un trait.

Il vida son verre, ferma les yeux, toussota, se plia en deux puis éclata de rire et elle avec lui.

— Je vais te faire un café, un café irlandais et ensuite nous nous installerons pour bavarder.

Elle le regarda franchir de nouveau la porte de ce qui était probablement la cuisine. Il était amusant, séduisant, gentil, mais elle savait qu'il était également un peu sournois et astucieux. Oui, il lui plaisait, mais elle ne l'aimait pas. L'amour ! Qu'est-ce que l'amour avait à voir dans l'affaire ? Sa grand-ma avait dit qu'elle pouvait comprendre qu'on fasse ça par passion ou par inexpérience, mais pas parce qu'on trouvait qu'il était temps. Eh bien ! Sa grand-ma ne savait pas tout. Et il était temps. Et Ben qui l'avait traitée de putain ! L'imbécile ! Il était donc aveugle ? Pour lui, il n'y avait qu'une femme au monde, grand-ma ! Quel dommage qu'un garçon ne puisse pas épouser ou sa mère... ou sa tante... ou n'importe qui lui plaisait.

« Calme-toi, ma fille », se dit-elle en allant s'asseoir sur le divan. Elle renversa la tête en arrière et ferma les yeux.

Philip revenait avec un plateau.

— Du café irlandais, nous aurons presque l'impression d'être chez nous... L'Irlande du Sud, pas celle du Nord ! A propos, Angus a demandé de tes nouvelles.

— Angus Mills ?

— Parfaitement, Angus Mills... Oh ! il a une très haute opinion de toi.

— Après ce que je lui ai dit la semaine dernière ?

— C'est précisément ce qui l'a impressionné. Tu veux savoir ?

Il se pencha sur elle et se mit à promener ses lèvres autour du menton de Pat tout en marmonnant :

— Il a le béguin pour toi. Il ne le laisse pas voir, ça non, mais moi, Philip Smyth, je m'y connais très bien en passions cachées. As-tu remarqué qu'il ne te regarde jamais quand tu entres dans une pièce ?

— Non, je n'ai rien remarqué du tout, répondit-elle d'un ton glacial.

— Moi, je l'ai noté ! Et la plupart de ses grands discours ne sont faits que pour toi. Il pense que tu as un cerveau d'homme... Oh, Pat ! ma chérie — il frottait à présent, sa bouche contre l'oreille de la jeune fille — c'est vrai que tu en as un, mais tu as la carrosserie d'une femme et il n'y est pas insensible...

— Oh, je t'en prie ! cesse Philip.

Pat frissonnait. Il se mit à rire et la menaça du doigt :

— J'ai touché un point sensible, hein ?

— Ne sois pas aussi vulgaire !

— Vulgaire ! Ecoute, il y a une autre chose dont il faut te débarrasser, cette confusion que tu fais entre la vulgarité et la sensibilité subtile... Attends que j'aie versé le café.

Il versa le café, y ajouta une bonne dose de whisky, puis la crème et tendit une tasse à Pat.

— Voilà... Laissons agir l'élixir — il avala une gorgée — la vulgarité, c'est ton mot favori, « c'est vulgaire ! » « c'est vulgaire ! » Tout ça c'est lié avec l'autre chose, c'est le réflexe d'un mécanisme non utilisé. Parce qu'après tout, nous ne sommes rien d'autre que des machines, tu sais. Comme les autos. Laisse une voiture dans un garage, sans t'en servir, et elle devient froide, oui ma chérie, elle devient froide et quant tu tires sur le starter... Crrr !...

Il sauta sur le divan.

— C'est tout ce que tu obtiens... Crrr... — Il bondit de nouveau — Aucune joie. Les machines sont faites pour être utilisées, ma chérie.

— Philip, je t'en prie, cesse de dire des idioties et... et ne m'appelle pas chérie. Je suis nerveuse...

— Oh, pardon ! — Il l'attira dans ses bras et lui caressa les cheveux, tandis qu'il lui effleurait la tempe des lèvres. — Nous avancerons lentement. Nous avons tout le week-end. Nous n'avons pas besoin de mettre le nez dehors. Il y a ici tout ce qu'il faut pour nourrir un régiment et des chiottes et une douche. Ecoute, je vais te faire rire, c'est Olive qui l'a dit, c'est très drôle. C'est cette fille de quatorze ans qui était en pension. Un soir...

— Philip, je n'ai pas envie du tout d'entendre les histoires d'Olive.

— Non ?

— Non !

— C'est amusant, plus risqué que vraiment cochon.

— Peut-être, mais ça ne m'intéresse pas.

— Vulgaire ?

— Oui, c'est possible.

Il poussa un soupir affecté.

— Un travail pénible m'attend, je vois ça. Mais le travail pénible ne m'a jamais fait peur. Le travail de nuit ne me rebute pas.

Il prit brusquement les lèvres de Pat et, de nouveau, elle eut l'impression d'être avalée.

Il y avait près d'une heure qu'elle était là. Elle avait bu un whisky chaud et deux cafés irlandais. Elle aurait dû être réchauffée intérieurement et se sentir décontractée, mais ce n'était pas le cas. La boisson n'avait réussi qu'à lui nouer l'estomac.

Philip était très amusant, très drôle. Plus il buvait, plus il était drôle. Pat avait renoncé à compter le nombre de whiskies qu'il avait bus. Il n'était pas ivre, un peu éméché seulement. Elle se dit qu'elle l'était un peu aussi. Maggie disait toujours qu'il fallait être légèrement grise, mais pas trop, parce qu'alors on n'avait pas de plaisir. Du plaisir !... Que faisait-elle donc ici ? Eh bien ! elle avait pensé que le moment était venu. Oh, zut ! Oui, zut pour sa grand-ma et zut pour Ben. Qu'il aille se faire fiche ce Ben Tollett qui désirait épouser sa grand-mère ou sa mère ou sa tante, l'imbécile !

Philip était penché sur Pat.

— Qu'est-ce que tu dis, mon lapin ? Que tu voudrais te coucher ?

— Je n'ai jamais rien dit de tel.

— Mais je lis tes pensées. Tu ne savais pas que je lisais les pensées, n'est-ce pas ? Oui... C'est une de mes nombreuses aptitudes. Tu sais que je voulais devenir psy... psy... psychiatre ? Oui, je voulais faire ma médecine et devenir psy... psychiatre. Y a de l'argent à gagner. On fait se coucher les bonnes femmes... et on est payé pour ça. Viens mon lapin, viens. Et je suis d'accord avec toi... avec ce que tu penses. Il est temps de se mettre au lit... grand temps !

Il voulut la faire lever, mais elle protesta :

— Attends un peu... Nous parlions de Reed et du festival.

— Lève-toi ! Je me fiche du festival.. Tourne-toi.

Lorsqu'elle se retourna, il tira sur la fermeture de sa robe et la lui passa par-dessus les épaules. Quand la robe tomba sur le plancher, Pat fit un pas pour s'en débarrasser tout à fait. Phil l'attrapa et la tint devant lui, puis la balança sur le divan :

— Article un... Oh, un slip ! Nous portons un slip. Je ne savais pas que nous portions un slip... et un soutien-gorge, voyez-vous ça !

Lorsqu'il voulut faire tomber les bretelles de celui-ci, Pat bredouilla :

— Laisse-moi prendre ma robe de chambre.

— Une robe de chambre ? Pourquoi as-tu besoin d'une robe de chambre ?

— Eh bien !... il est encore de bonne heure. Je ne suis pas fatiguée... Nous pourrions parler...

— Parler ! Nous ne faisons que ça depuis des heures !

— Ne sois pas ridicule. Il y a à peine plus d'une heure que je suis ici.

— Il me semble qu'il y en a dix ! De toute façon, de quoi veux-tu que nous parlions ? Nous avons joué toute la gamme.

Elle remit en place ses bretelles.

— Je voulais te dire, à propos de Reed. Il aimerait commencer au Nouvel An et il m'a demandé si je l'aiderais...

— Oh ! pour l'amour du ciel !... je me fous de Reed. Il ne fait que péter des festivals.

Il attrapa le slip de Pat par la ceinture et tira dessus tandis qu'elle criait :

— Arrête ! Ne fais pas ça !

— Pas ça quoi ?

Il était devant elle à présent, les mains pendantes, le corps penché sur elle, la bouche ouverte.

— Ne... n'utilise pas d'expressions comme ça.

— Quoi ? Pé...

— Tais-toi, veux-tu. Inutile...

Il la saisit par les épaules.

— Ecoute ! Qu'est-ce que tu cherches ? Tu recules pour mieux sauter ?... Ne me dis pas que ta sensibilité est choquée par le son de deux syllabes qui ne font que dépeindre une fonction mineure du corps. Allons, allons.

Lorsqu'il passa la main dans le soutien-gorge de Pat et lui prit le sein, ce fut comme si elle subissait une secousse électrique. Et lui aussi... En un instant, sa tête fut plus basse que ses jambes et il atterrit étendu sur le sol.

Pat le regarda secouer la tête, cligner des yeux, secouer la tête de nouveau, puis s'apprêter à se relever et elle hurla :

— Ne bouge pas. Je te préviens, ne bouge pas, parce que si tu le fais, je te renvoie au tapis.

— Qu'est-ce que tu feras ? Qu'est-ce que tu...

Comme elle saisissait sa robe et la renfilait, elle le vit s'appuyer sur un bras, puis se rétablir sur les genoux.

— Je t'ai prévenu, n'est-ce pas ?

— Du judo, c'est du judo !

Il avait pris une expression comique, risible, mais aucun d'eux n'avait envie de rire.

Elle ne prit pas le temps de refermer sa robe, se contentant d'agrafer le crochet du haut puis elle attrapa son manteau, enfila ses chaussures et, sans quitter Philip du regard, elle saisit au vol sa mallette sur le lit.

Lorsqu'il plongea dans sa direction, elle lui fit un croc-en-jambe. Il partit les mains en avant, dans l'espoir de se rétablir.

Cette fois-ci, elle n'attendit pas de voir le résultat de la chute du garçon, mais ouvrit la porte et dégringola l'escalier. Quand elle arriva dans la rue, le froid la saisit. Elle s'arrêta un instant pour reprendre son souffle.

Ce n'est qu'en arrivant dans la rue principale, se demandant si elle avait raté le dernier bus, qu'elle se rendit compte qu'elle avait oublié son sac à main.

Elle n'avait pas un penny sur elle. Qu'allait-elle faire ?

Elle était à quatre bons kilomètres de chez elle. De toute façon, elle ne pouvait pas rentrer et affronter Maggie. Reg serait là. Il lui fallait retourner chez sa grand-mère. Oh, non ! elle ne pouvait pas affronter non plus sa grand-ma... ni Ben. Impossible ! Alors ? Elle ne pouvait pas davantage aller chez ses parents.

Elle resta plantée sous une lampe, faisant un effort pour ne pas pleurer. Elle irait quand même à Jarrow. C'était une longue marche, car il n'était pas question de prendre des raccourcis dans la nuit.

Elle n'était pas rendue à Gateshead que deux voitures s'étaient arrêtées dont les conducteurs l'avaient invitée à monter. A son bref refus, l'un avait dit : « Tant pis pour vous ! » Et l'autre, après avoir roulé lentement un instant à côté d'elle ne s'était éloigné que lorsqu'elle l'avait menacé d'appeler au secours.

Et voilà qu'il commençait à neiger et qu'elle se sentait une ampoule au pied.

Cinq cents mètres encore et elle ne pouvait plus avancer. Elle était profondément humiliée, il ne lui restait qu'à mettre à exécution l'idée qui lui était venue avant de quitter Low Fell : téléphoner à sa grand-mère en P.C.V.

Elle boitilla encore cinq minutes avant de trouver une cabine téléphonique et hésita en décrochant le récepteur.

Lorsqu'elle donna le numéro à l'opératrice, elle pensa qu'ils seraient tous couchés et qu'ils n'entendraient peut-être pas le téléphone. Mais une voix répondit presque immédiatement :

— Allô ?

— Voulez-vous payer une communication d'une Miss Ridley ?

Pat ferma les yeux jusqu'au moment où lui parvint la voix de Ben :

— Oui, oui, bien sûr. Allô ?

— C'est moi..., Pat.

— Oui, j'ai pensé que ça ne pouvait être que toi, Miss Ridley !

— Ben ?

— Oui ?

— Je voudrais parler à grand-ma.

— Elle est couchée.

— Ne peux-tu pas aller la chercher ?

— Non ! Quelque chose l'a mise sens dessus dessous aujourd'hui. Elle est montée de bonne heure et a pris un soporifique. Qu'est-ce qui se passe ? Où es-tu ?

— Quelque part dans la banlieue de Gateshead.

— Dans la banlieue d'où ?

— Gateshead, sur la grand-route, près d'un carrefour.

— Mais qu'est-ce que tu fiches là ? Tu as loupé le dernier bus ?

— Non, c'est-à-dire, oui, Ben...

Il y eut un silence, puis il demanda :

— Qu'y a-t-il, Pat ?

— Je... je n'ai pas d'argent et je suis trempée... est-ce que tu ne viendrais pas ?

— Où as-tu dit que tu étais ?

Elle regarda autour d'elle, puis lui donna une brève description de l'endroit.

— Reste dans la cabine. Tiens bon. Je serai là aussi vite que possible, dans un quart d'heure au plus.

— Merci, Ben, merci.

Elle raccrocha, s'appuya contre la paroi et attendit.

Moins d'un quart d'heure après, Ben s'arrêta devant la cabine, mais il semblait à Pat que cela avait duré une éternité au cours de laquelle elle avait revécu sa vie, surtout ces derniers dix-huit mois.

Lorsqu'elle fut installée dans la voiture, Ben prit une couverture sur le siège arrière et la déposa sur les genoux de Pat.

Il y avait bien cinq minutes qu'il conduisait et il n'avait pas ouvert la bouche. Elle dit très bas :

— Merci d'être venu, Ben.

Comme il ne faisait aucun commentaire, elle baissa la tête et, la colère dans la voix, s'écria :

— Mais dis quelque chose ! Dis quelque chose, à la fin ! Demande-moi ce qui est arrivé ! Pourquoi j'étais là !

— Je te poserai toutes les questions que tu voudras quand nous serons rentrés... et à condition que tu parles bas, pour ne pas réveiller Mamy.

Elle se retint de crier : « Zut pour mamy. »

Ils n'échangèrent plus une parole jusqu'à la maison. Il ouvrit la porte d'entrée et dit :

— Chut.

Pat se glissa dans l'escalier, traversa le palier et entra dans le salon suivie de Ben qui marchait lui aussi sur la pointe des pieds. Lorsqu'il eut refermé la porte, il alla jusqu'à Pat et lui déboutonna son manteau mouillé. Il remarqua que la fermeture de la robe était ouverte et d'un mouvement vif en fit remonter la glissière.

Elle tourna vers lui un visage écarlate, puis portant à sa bouche ses mains tremblantes, elle les pressa contre ses lèvres sans pouvoir contenir ses larmes. Ben lui passa le bras autour des épaules en disant :

— Voyons, voyons, ne pleure pas.

Il n'ajouta pas : « Tu vas réveiller mamy », mais :

— Ne te mets pas dans un état pareil.

Il la conduisit vers le divan et ils s'assirent ensemble. Il ne l'avait pas lâchée et elle posa la tête sur l'épaule de Ben, lorsqu'elle murmura :

— Oh, Ben !

Il regarda ses cheveux et se raidit.

Elle le sentit et murmura :

— Ne te moque pas de moi, Ben, je t'en prie.

— Je ne me moque pas de toi, Pat. Je suis seulement...

Il inclina légèrement la tête et se mordit les lèvres. Elle marmonna :

— Je n'arrive pas à m'en débarrasser. Je suis une idiote.

— Oh !

— Je ne veux pas dire que je suis une idiote parce que je n'arrive pas à m'en débarrasser. Je suis, au contraire, une idiote d'avoir pensé que j'y arriverais jamais. Et je me sens la pire des idiotes... vieux jeu... d'un autre siècle !

— J'en suis heureux.

Elle leva les yeux sur lui et ils se dévisagèrent.

— Moi, je suis malheureuse, Ben !

Il lui prit les mains et les tint contre sa poitrine en disant gentiment :

— Tu ne devrais pas. Tu as tout ce dont on peut rêver : l'espoir de faire une belle carrière, une remarquable intelligence...

— Oh, l'intelligence, l'intelligence ! Une femme ne désire pas seulement l'intelligence. De fait, je pense que c'est même un désavantage... Tout ce baratin sur l'égalité qu'on vous prêche à l'université, tout ça et le reste... Et celles qui s'imaginent l'avoir obtenue, cette égalité, il faut les voir. Plus elles obtiennent ce qu'elles désirent, plus elles deviennent différentes de ceux dont elles voudraient être les égales. Elles s'agglutinent, elles discourent, elles sont comme des ordinateurs mal programmés. Tu sais, ces derniers temps, elle me faisait peur, mon intelligence !

Elle eut un pauvre rire et dit sur un ton sarcastique :

— C'est probablement ridicule, mais il y a en moi quelque chose qui ne veut pas de l'égalité. Et c'est vrai... je voudrais simplement... oh, Ben !

Ils se regardaient de plus en plus profondément. Ben lui prit le visage entre les mains.

— Pat !... Pat !...

Il la serra contre lui et ils se bercèrent d'avant en arrière, jusqu'au moment où il l'éloigna de lui et murmura en bredouillant :

— Ah ! toutes ces années pendant lesquelles je n'ai pas

compris. Je croyais que c'était moi seulement qui... Oh, Pat ! Pourquoi ? Pourquoi ?

De nouveau elle se sentit serrée contre lui, mais cette fois leurs lèvres s'unirent.

Lorsqu'ils se séparèrent enfin, elle prit les mains de Ben, les porta à ses joues et demanda :

— Veux-tu m'épouser, Ben... bientôt ?

Comme elle regardait les yeux bleus s'embuer, il baissa la tête et Pat connut un instant de panique. Elle marmonna :

— Oh, pardon ! Je n'aurais jamais dû dire ça. C'est sans importance, je...

— Tais-toi ! — Il la reprit contre lui. — C'est seulement que je n'ai jamais rêvé que j'avais une chance... jamais espéré que tu pourrais... Je t'ai aimée toute ma vie, mais je me voyais faisant la cour à Mamy jusqu'à mon dernier jour.

— Oh, Ben, que c'est drôle ! Nous pensions la même chose... que tu faisais la cour à grand-ma ! Si j'avais pu t'écorcher !... Oh, Ben !

Ils se bercèrent de nouveau sans savoir si l'autre riait ou pleurait.

— Tu crois que ça fera plaisir à grand-ma ? demanda Pat.

— Elle se tordra de rire. C'est-à-dire, quand elle sera remise de son choc. Et ce sera probablement un choc sérieux après la façon dont nous nous conduisions l'un envers l'autre depuis des années... En tout cas, ça l'empêchera de trop penser à l'autre histoire.

— Quelle autre histoire ?

— Sa mère, ma grand-mère, celle que je n'ai jamais vue. On lui a fait dire hier d'aller la voir.

CHAPITRE IV

Le samedi matin, Mary se réveilla vers cinq heures et se sentit, elle s'en fit la réflexion, comme revenir du bout du monde, ce qui lui arrivait chaque fois qu'elle prenait un soporifique.

Depuis deux jours elle livrait avec sa conscience un combat comme elle pensait n'en avoir jamais soutenu. Cela avait commencé avec la visite d'un agent de police. Il y avait des années qu'elle n'en avait pas vu chez elle, le dernier était venu au sujet de Jimmy. « Je ne veux pas le ramasser, Mrs Tollett, avait-il dit gentiment. Il est couché sur le seuil d'une boutique, dans Ormond Street. Si vous allez le chercher, je me dirigerai d'un autre côté. »

Cette fois-ci, le policier avait demandé :

— Mr Alec Walton habite-t-il ici ?

Sur la réponse affirmative de Mary, il avait poursuivi :

— J'ai le regret de vous informer que sa femme est mourante. Elle est à l'asile des vieillards.

Mary n'avait pas proféré une parole pendant une bonne minute, puis avait déclaré :

— Mon père ne quitte plus son lit.

— Vous êtes donc sa fille ?

— Oui.

— Peut-être aimeriez-vous aller la voir ? — Après un court silence, il avait dit : — Eh bien ! Bonsoir.

— Bonsoir, avait-elle répondu.

Sa mère mourante ! Elle avait pensé, quand par hasard elle y pensait, qu'elle était peut-être déjà morte. La dernière fois qu'elle l'avait vue, elle était sur son lit, paralysée, incapable de parler et elle lui avait souhaité de vivre longtemps. Son vœu s'était réalisé ! Mais elle ne pouvait pas le regretter. L'aurait-elle dû ? Et elle n'irait pas la voir, non sûrement pas. Quant à en parler à son père, pas question !

Cela s'était passé le jeudi et quand elle était montée dire bonne nuit à son père, il lui avait pris la main en disant :

— J'éprouve un drôle de sentiment, petite.

— Un drôle de sentiment ?

— Oui, je suis déçu, comme si nous étions sur le point de partir en voyage et que quelque chose nous en ait empêché. Tu te souviens, quand je t'emmenais à Shields, que nous faisions à pied tout le trajet jusqu'à Tyne Dock et que nous y prenions le tram pour rentrer ? Et tu trottinais péniblement et je t'achetais un sucre d'orge, dans cette boutique juste avant d'entrer à Marine Park ! Tu te souviens ? Ah, c'était le bon temps, petite !

Elle lui avait caressé la main. Le bon temps ! Alors qu'ils n'avaient même pas assez d'argent pour faire les deux parcours en tram ! S'ils l'avaient fait, elle n'aurait pas eu de sucre d'orge.

« Et ta m'man n'aimait pas ça. Elle trouvait que c'était gaspiller les sous que d'acheter un sucre d'orge.

Mary avait regardé son père. C'était la première fois qu'il mentionnait sa mère en vingt-huit ans. Pour lui elle avait cessé d'exister, comme pour Mary, en même temps que disparaissait Lally. Mary eut un frisson à la pensée que, sur son lit de mort, sa mère pût encore faire plier à son gré la volonté de son père, comme elle y avait réussi pendant de si longues années.

La veille, il lui avait dit :

— J'éprouve toujours ce drôle de sentiment, petite.

— A quoi cela ressemble-t-il ?

— J'peux pas le dire exactement, mais je suis comme abattu.

Puis, vers huit heures, elle l'avait trouvé assis dans son lit et il lui avait déclaré :

— Je me sens mieux, petite. Je me lèverai demain, sais-tu ? Tout d'un coup, voilà que je me sens le maître du monde, comme un gosse qu'on lâche de l'école, tu comprends ?

Il l'avait regardée en riant et, riant à son tour, elle avait répondu :

— Un gosse qu'on lâche de l'école, à ton âge ! Tu es dans ta seconde enfance !

— Ça ne m'étonnerait guère, petite, ça ne m'étonnerait guère... Mais sais-tu, avait-il ajouté les yeux brillants, tu n'auras pas à insister beaucoup pour me faire avaler double dose de mon médicament, ce soir !

— Oh, P'pa !

Elle lui avait tapé sur la main et lorsqu'il vit que le whisky qu'elle lui apportait était double, il dit tendrement :

— Ah, petite, tu es la meilleure fille qui soit !

Et levant son verre en direction de Mary, il se mit à chanter d'une voix fêlée, tandis qu'elle essayait de retenir ses larmes :

« *J'aime une petite,*
Une jolie, jolie petite.
Elle est aussi pure que le lis du vallon,
Elle est aussi douce que la bruyère,
La jolie bruyère rose,
Mary, ma campanule d'Ecosse. »

Des années auparavant, quand il prononçait les paroles de cette mélodie, elles étaient pour Mary comme un reproche de la faute qu'elle avait commise avec Ben. Mais ce n'était plus le cas. Elle savait, en effet, que pour son père elle était toujours aussi pure que le lis du vallon et qu'il avait oublié qu'un jour elle avait fait un faux pas.

La veille elle avait parlé de sa mère à Ben.

— Ben, quelque chose me tracasse. La police est venue prévenir que ma mère, ta grand-mère, était mourante et on s'attendait à ce que l'un de nous aille la voir.

Il l'avait regardée en répondant :

— Eh bien ! En quoi cela te tracasse-t-il ?

Il savait tout de sa grand-mère et de la façon dont elle avait agi envers sa fille.

— Je ne sais pas. Si l'on m'avait présenté la situation, disons, sous forme de question hypothétique, je n'aurais pas hésité un instant. J'aurais répondu : Non ! Elle peut bien mourir vingt fois, rien ne me fera me rendre à son chevet. Et puis, à présent, j'hésite, je me demande que faire.

— Si tu hésites, alors tu sais ce que ça veut dire... C'est que tu ne veux rien avoir sur la conscience. Ecoute, Mamy, veux-tu que je t'emmène là-bas ?

— Non, non ! avait-elle protesté énergiquement. Je vais réfléchir un peu. Et puis, je suis si fatiguée. Je n'ai pas dormi du tout la nuit dernière. — En arrivant à la porte, elle s'était retournée vers Ben : — Demain matin, elle sera peut-être morte.

— Peut-être. Mais tu es pâle. Va te coucher.

Elle avait remarqué alors :

— Je te trouve bien pâle, toi aussi.

Ce à quoi il avait répliqué :

— Je vais très bien.

Elle pensait à présent que Ben avait eu mauvaise mine toute la semaine. C'était cette histoire du dernier week-end. Qu'avait bien pu fabriquer cette petite sotte de Pat ? Cela la préoccupait beaucoup.

Ce fut à ce moment qu'on frappa à la porte de Mary. Ben entra, une tasse de thé à la main, et elle le regarda, étonnée.

— Qu'est-ce qui t'arrive ? Il est à peine cinq heures.

— Oui, cinq heures viennent de sonner.

Elle continuait à le regarder. Il avait le visage rayonnant, ses yeux pétillaient, et quand il s'assit auprès du lit et lui tendit la tasse, elle observa :

— Tu es en train ce matin !

— Je ne me suis jamais senti en meilleure forme.

— Tu as dû faire de beaux rêves.

— Merveilleux.

— J'en suis contente pour toi.

— Pat est ici, Mamy.

— Pat ? Quand est-elle arrivée ? Je n'ai...

— Non, tu ne l'as pas entendue, ton soporifique t'a assommée.

— A quelle heure est-elle venue ?

— Voyons... Quelle heure pouvait-il bien être quand nous sommes rentrés ?

— Nous ?

— Oui, mais c'est une longue histoire. Je vais te la résumer, ajouta-t-il en se penchant sur elle.

Et il lui raconta l'histoire aussi brièvement que possible, mais à sa manière. Et lorsqu'il eut achevé, Mary s'écria :

— Du judo ! Notre Pat se débarrassant d'un garçon grâce à une prise de judo. Je ne te crois pas !

— Tu lui demanderas de te faire une démonstration. Et, à propos, Mrs Tollett, je vais me marier... et sans plus attendre.

Il eut juste le temps de rattraper la tasse pour que le thé ne se répande pas.

— Te ma...rier... tout de suite ?

— Oui, c'est bien ça.

— Mais qui veux-tu épouser ?

— Voyons, à qui penses-tu ?... Pat.

Mary se laissa tomber sur ses oreillers et s'exclama :

— Oh !

— Surprise ? Choquée ?

— Surprise, choquée, moi ? Non, non, sûrement pas si tu épouses Pat.

Il leva les sourcils et son visage se crispa :

— Tu n'es pas étonnée ?

— Non, elle a été toquée de toi toute sa vie, depuis qu'elle a cinq ans.

— Oh, Mamy !

Il se pencha en avant, la prit par les épaules et elle s'exclama :

— Attention, le thé sera renversé sur moi avant que tu aies fini ton histoire.

— C'est moi qui suis toqué d'elle depuis des années.

— Vraiment, mon garçon ?

— Oui, j'imagine que ça aussi tu le savais ?

— Eh bien, non ! franchement non, et pour être tout à fait honnête je ne savais pas exactement quels étaient ses sentiments pour toi jusqu'à vendredi dernier, quand... quand je l'ai vue te regarder. Je dois avoir été aveugle auparavant. Et puis, bien sûr, quand tu l'as frappée. Là, j'ai été certaine que tu l'aimais toi aussi.

Il lui prit la tasse des mains, la posa sur la table, puis il serra Mary contre lui.

— Nous nous marierons la semaine prochaine.
— La semaine prochaine ? Hé, hé, doucement...
— Je vais demander une licence spéciale.
— Une licence spéciale ?
— Oui, c'est bien ce que j'ai dit. Deviendrais-tu sourde par hasard ?
— Et... Et l'université ? Sa carrière ?
— Sa carrière est terminée, cette carrière-là tout au moins. Elle ne la tente pas. Ce qu'elle veut, c'est, tout comme moi, une famille et un foyer. C'est ça que nous voulons tous les deux et, naturellement, tu resteras avec nous.
Elle le repoussa brusquement.
— Ça, jamais, tu m'entends ?... Ecoute, Ben, parlons franc. Vous pouvez faire tout ce que vous voudrez, Pat et toi, mais n'essayez pas de décider de mon existence.
— Mais où penses-tu aller ? Tu sais bien que grand-pa n'en a plus pour longtemps et tu ne t'imagines pas que nous te laisserons vivre seule. Pendant des années, tu t'es occupée de chacun, tu as été à la dispostion de tout le monde...
— Ben, je t'en prie ! Comme tu le dis si bien j'ai, pendant des années, été à la disposition de tout le monde. C'est parfaitement vrai, pendant des années et des années j'ai eu l'impression d'avoir charge d'âmes, c'est le mot. Maintenant tu vas te marier et le jour où mon père s'en ira je serai libre... Libre, tu ne comprends donc pas ?
— Et il y a longtemps que tu attends ça ?
— Je te l'ai dit, des années et des années.
— Et j'ai été une de ces charges ?
— Non, Ben, non, pas toi. Si je n'avais eu que toi j'aurais pu faire ce que je voulais, voyager, aller à l'étranger. Non, mon chéri — elle se pencha et lui prit la main — tu n'as pas été mon neveu, mais mon enfant et tu le sais, n'est-ce pas ?
Il la prit entre ses bras et la tint un instant serrée contre lui.
— Mais je serai inquiet... Je ne pourrai pas m'empêcher de me faire du souci, te sachant seule.
Elle le repoussa gentiment et s'écria :
— Je n'ai que cinquante-cinq ans, ce n'est pas si vieux. Je vais aller un peu à la découverte du monde. Et je viendrai de temps à autre chez vous. Je prendrai peut-être même

une maison proche de la vôtre, pour que vous puissiez me donner les gosses à garder.

— Oh, Mamy !

Elle le regardait avec sérieux à présent et sa voix avait une note de gravité en disant :

— Je suis heureuse pour toi, Ben. Cela me décharge d'un poids de savoir que tu vas te marier. Mais puis-je te donner un conseil ?

— Venant de toi, ils seront toujours les bienvenus, Mamy.

— Eh bien ! Faites le plus vite possible et n'en parlez pas à Annie ni à Tom, parce que, je connais ma fille, elle trouvera le moyen de vous mettre un bâton dans les roues. Elle avait de grands projets pour Pat et dans lesquels un mécanicien n'avait certainement pas sa place, même s'il est propriétaire d'un garage. Parles-en à Pat et vois ce qu'elle en dit. Mais je connais mon Annie !

— Je pense qu'elle sera d'accord... J'en suis même sûr.

— Bon, bon, laisse-moi à présent, il faut que je réfléchisse un peu à ce que j'ai à faire, tu comprends ?

— Je comprends.

A dix heures, ce même jour, Mary entra dans le petit hall de l'asile des vieillards et dit à la jeune infirmière assise derrière une table :

— Je... je viens voir Mrs Alice Walton...

La jeune fille la regarda, consulta son registre et proposa :

— Voulez-vous vous asseoir, s'il vous plaît.

Mary resta debout, observant l'infirmière quitter son bureau puis se diriger vers une porte vitrée à l'entrée du couloir. Comme elle allait y frapper, la porte s'ouvrit.

Une religieuse apparut bientôt et s'approcha de Mary. Il s'agissait visiblement de la directrice et, lorsque leurs yeux se croisèrent, elles éprouvèrent instantanément de l'antipathie l'une pour l'autre. La religieuse voyait une femme bien habillée, « une de celles qui jouissent de la vie et laissent leurs parents mourir dans la misère », et Mary lisait ces pensées sur le visage de la directrice aussi clairement que si elles avaient été inscrites à la craie sur un tableau noir.

— Bonjour.

La voix était glaciale.

— Bonjour. Je... Je viens voir Mrs Alice Walton.

— Ah ! dit la religieuse en se tournant vers l'infirmière :
— N'est-ce pas la personne dont nous avons fait prévenir la famille jeudi ?

— Oui, ma sœur.

— Nous vous avons fait avertir jeudi.

— C'est exact... mais je n'ai pas pu venir avant.

— C'est fort dommage, parce que Mrs Walton est morte hier soir à sept heures... Oui, elle est morte hier soir. Elle est restée six ans ici, vous le savez, et jamais personne n'est venu la voir.

Les yeux de la religieuse étaient durs et Mary serra les lèvres quand elle poursuivit :

— Six ans sans quitter sa chambre, à demi paralysée, et se débrouillant comme elle pouvait, la chère âme... Six ans ici, sans une seule visite. Vous arrivez trop tard.

Il y avait longtemps que Mary n'avait pas senti la rage monter en elle, mais pour l'instant, elle en tremblait presque. Cette femme prenait la place de Dieu et la condamnait. Elle l'entendit qui demandait :

— Désirez-vous prendre les dernières dispositions ?

— Non, je ne le désire pas !

Sa voix surprit et la religieuse et l'infirmière.

— Je vous laisserai poursuivre jusqu'au bout votre pharisaïsme.

— Pharisaïsme, que voulez-vous dire ?... Si vous pensez que des sentiments humanitaires...

— Au diable les sentiments humanitaires ! Qu'est-ce que vous savez d'eux ?... Avez-vous trouvé que Mrs Alice Walton était une charmante nature, facile à vivre ?

Comme la religieuse secouait lentement la tête et se mordait les lèvres, Mary s'écria :

— Non, sûrement pas. Eh bien, moi non plus ! Ma mère, Dieu lui pardonne, a détruit un certain nombre d'existences. A cause d'elle, mon mari a été affreusement défiguré pour la vie. Mais ce qui est pire, elle a fait périr ma belle-sœur dans un incendie et rendu mon frère presque fou. Continuez d'appliquer vos principes humanitaires, ils vous donnent bonne conscience, n'est-ce pas ? Vous auriez dû vivre avec cette chère âme à l'époque de sa combativité, cela les aurait mis à l'épreuve vos sentiments humanitaires !

Elle regarda encore la religieuse un instant puis tourna les talons et s'en alla, laissant bouches bées la sœur et l'infirmière.

Au cours du trajet qui la ramenait chez elle, la rage de Mary s'apaisa et se transforma en un flot de larmes qui faillirent être désastreuses pour la conduite de sa voiture.

En rentrant, elle trouva Ben et Pat au haut de l'escalier et quand, d'un même geste, ils lui tendirent les bras, elle les repoussa en disant :

— Laissez-moi tranquille un moment, laissez-moi !

Elle se précipita dans sa chambre et, se jetant sur son lit, elle sanglota comme elle ne l'avait pas fait depuis la mort de Jimmy.

— Sais-tu, petite ? Je n'arrive pas à comprendre. Je me sens si bien. J'ai l'impression d'avoir repris un bail avec la vie. Tu me laisseras me lever demain, n'est-ce pas ? J'aurais déjà pu le faire aujourd'hui, parce que jamais je ne me suis senti en aussi bonne forme. C'est comme si j'avais rajeuni de quarante ans, oui, de quarante au moins.

Mary n'était pas très imaginative, mais elle pensa néanmoins que c'était curieux que son père ait éprouvé ce sursaut d'énergie la veille vers dix-neuf heures, le moment où sa mère était morte, lui avait-on dit à l'hospice. Et il avait les yeux brillants, l'air heureux, il y avait des années qu'elle ne l'avait pas vu ainsi. Et ses gestes aussi étaient vifs. Est-ce que sa mère, cette femme diabolique — elle ne penserait jamais à elle autrement — avait pu peser sur son mari tout au long de ces années ? On prétend qu'il existe une transmission de pensée. Mais alors, elle l'aurait ressentie également, parce que sa mère la détestait plus que personne au monde, de cela Mary était certaine. Mais elle avait été forte intérieurement et se serait défendue contre tout maléfice que sa mère aurait tenté de lui envoyer. Tout cela pouvait n'être que balivernes, n'empêche qu'elle avait devant les yeux son père rajeuni, parlant avec une gaieté qui réchauffait le cœur. Peut-être allait-il marcher de nouveau et profiter des dernières années de son existence. Elle l'espérait, oh, oui ! Elle l'espérait de tout son cœur, malgré la liberté dont elle avait soif.

Le lendemain matin, lorsque Mary entra dans la chambre de son père, une tasse de thé à la main, elle le trouva étendu sur le dos. Il avait un sourire sur le visage et sous sa main, placée sur l'édredon, une petite photo encadrée de Mary, prise sur la plage de Shields, quand elle avait à peu près six ans. Il était parti pour son dernier voyage.

CHAPITRE V

— C'est un scandale, un pur scandale, de toute manière, s'exclama Annie. D'abord, se marier deux jours après l'enterrement de grand-pa ! Et puis faire ça à la sauvette ! Et puis briser sa carrière ! C'est ainsi que je suis récompensée d'années de soins, d'affection, d'encouragements. Et de tout ce qui arrive, une seule personne est responsable.

— Et c'est moi, dit Mary.

— Oui, c'est toi, Maman. Tu l'as poussée dans les bras de Ben.

— Il est inutile que je te dise que je ne suis pour rien dans cette histoire, je suppose ?

— Oui, parce que je ne te croirais pas.

Annie arpentait la pièce, tandis que son mari était assis en face de Mary, la tête baissée, les mains pendant entre les genoux.

— Ben ! Entre tous, il fallait qu'elle choisisse Ben !

Mary déclara en regardant sa fille :

— Pat aurait pu courir le monde entier sans jamais trouver mieux que Ben.

— Jamais mieux que Ben ! Un mécanicien ! jeta Annie qui s'était arrêtée devant sa mère.

— Un propriétaire de garage. L'affaire lui appartient et ce n'est qu'un commencement.

— Il n'a même pas pu obtenir son brevet élémentaire !

— C'est exact, néanmoins il a une tête solide sur les épaules, une tête d'homme d'affaires et, d'ici quelques années, il possédera des garages dans toutes les villes des deux côtés de cette rivière. Il sera un autre Adams and Gibbon ou mieux encore.

— Cela reste à prouver. Pour le moment ce ne sont que rêveries.

— Oui, peut-être, mais n'aurait-il que son seul garage actuel qu'il sera toujours au large. Car, autant te le dire tout de suite, ce qui t'épargnera un choc plus tard. A ma mort, je lui léguerai tous mes biens.

— Oh, Maman !

— Il n'y a pas de oh, Maman ! qui tienne. Tom — elle désigna de la tête son gendre qui la regardait à présent lui aussi — Tom a de quoi assurer tous tes besoins et davantage. Et si Ben hérite de mon argent, il pourra également donner à Pat tout ce qu'elle voudra... Mais, au train dont vont les choses, il sera bien en selle par lui-même avant longtemps.

— Tu t'es toujours inquiétée de lui plus que de tous les autres, plus que de Pat, ou de moi ou de... oh !

Mary regardait sa fille et se disait : « Elle est exactement comme ma mère en 1933. »

— Il a été un fils pour moi, Annie.

— Et moi ? N'étais-je pas ta fille ? Ta vraie fille ?

— Tu t'es mariée alors que tu avais dix-neuf ans à peine, et avant, tu avais été gâtée par ton père, par ton grand-père et par ton oncle Jimmy.

— Jamais par toi, en tout cas !

— Il fallait bien que quelqu'un montre un peu de fermeté à ton égard.

Elle était tentée d'ajouter : « Et d'essayer de neutraliser ces traits de ta grand-mère qu'on voit chez toi depuis ta tendre enfance. »

— Où sont-ils allés, le savez-vous, Maman ? demanda Tom.

— Oui, Tom, je le sais, mais je ne le dirai pas. Ils seront de retour à la fin de la semaine.

— Et où habiteront-ils ? interrogea Annie.

— Au-dessus du garage. Ils ont tout prévu pour...

— Au-dessus du garage ! répéta Annie.

Elle secoua la tête avec mépris et leva les yeux au plafond.

— Oui, au-dessus du garage. N'oublie pas, Annie, que tu

as été élevée au-dessus d'un magasin. Et cela ne t'a fait que du bien.

— Pat est différente.

— Oui, elle est différente. — La voix de Mary était mordante. — Elle ne désire pas s'évader du cadre de ses premières années. Aussi étrange que cela puisse te paraître, elle veut vivre à Jarrow, parce qu'elle a été heureuse ici. Elle est née ici, elle s'y sent chez elle, elle en fait partie. Newcastle était pour elle un pays étranger... Quant à l'université, c'est parfait pour certains, mais Pat ne s'y adaptait pas.

— Elle ne s'y adaptait pas ? Avec son intelligence, elle aurait eu sa place n'importe où !... A Cambridge ! N'importe où ! Et à présent elle va vivre au-dessus d'un garage !

— Oh ! Je t'en prie, Annie, cesse. Elle pourra toujours utiliser son intelligence.

— A quoi ? A faire un gosse par an ?

— Elle pourrait faire pire !

— C'est une question d'opinion !

— En effet... Tu as la tienne et j'ai la mienne.

Il y eut un silence puis la voix calme de Tom s'éleva :

— Qu'allez-vous faire, Maman, à présent que vous êtes seule ?

— Vivre, je l'espère, Tom.

— Où ? demanda Annie d'une voix aigre.

— Je ne le sais pas encore, répondit Mary d'un ton détaché.

— Il faudrait t'en inquiéter pourtant, puisque l'on t'a dit que tu devais avoir quitté cette maison d'ici un mois !

— Eh bien ! Cela me donne un mois. Je trouverai bien quelque endroit. Sinon, je mettrai au garde-meuble tout ce que je désire conserver, jusqu'à ce que j'aie trouvé ce qui me convient. C'est-à-dire après avoir pris des vacances, de longues vacances... Je ferai peut-être un voyage autour du monde. Pourquoi pas ? Je me le promets depuis des années.

— Voyager ? Toute seule ?

La voix d'Annie était dédaigneuse.

— Oui. Je ne suis plus une gamine. Et d'ailleurs à notre époque, toutes les gosses d'âge scolaire se promènent à travers l'Europe. Je suppose donc qu'un bateau ou un avion m'emmènera sans difficulté !

Tom sourit gentiment à Mary.

— Vous avez de l'esprit de décision, Maman, vous savez ce que vous voulez.

— Merci, Tom.

Annie vint se placer devant sa mère. Les lèvres serrées, elle secoua la tête, clignotant des paupières pour empêcher les larmes de couler, et dit :

— Je ne te pardonnerai jamais ça, Maman.

— Je le sais, ma chérie, je le sais. Mais au fond, ce que nous voulons tous, c'est le bonheur de Pat et si elle est heureuse avec Ben, nous serons heureux nous aussi. Mais ce que tu ne sais pas, Annie, c'est que Pat est amoureuse de lui depuis des années, qu'elle courait derrière lui.

— Oh, Maman ! Ma Pat courant après Ben. Tu rêves ?

— Sûrement pas. De toute façon, comme je viens de le dire, si elle est heureuse, pourquoi nous chamaillerions-nous ?

— C'est la façon dont ça s'est bâclé, à la sauvette...

— Reconnais que s'ils avaient fait les choses ouvertement tu t'en serais mêlée, et il y aurait eu du gâchis. Pour être honnête envers toi-même tu dois t'avouer que tu leur aurais mis des bâtons dans les roues.

— Je m'en vais.

Mary se pencha, embrassa la joue raidie et déclara en souriant :

— Tâche de ne pas me détester trop. Et au sujet de mon testament, je te laisserai quand même de quoi t'acheter une sucette. Mais ne t'imagine pas que c'est pour demain.

Elle pinça l'épaule d'Annie, celle-ci se dégagea et sortit de la pièce.

Lorsque Tom s'approcha de Mary et l'embrassa gentiment, il murmura :

— Elle s'y fera !

— Je le sais bien Tom.

— Dites à Pat que je suis content de la savoir heureuse.

Elle passa les bras autour du cou de son gendre et dit assez haut pour que sa voix parvienne à Annie :

— Ma fille a une sacrée chance d'avoir un mari comme vous, Tom.

Lorsqu'ils furent partis, Mary s'assit lentement sur le divan et posa sur le feu un regard absent. La maison était silencieuse et, pour la première fois depuis quarante ans, elle s'y trouvait seule. Il n'y avait plus personne pour l'appeler, pour réclamer son attention. Elle était parvenue au stade qu'elle avait tant désiré, celui de la liberté. Son temps lui appartenait désormais.

Elle avait enfin obtenu ce qu'elle avait si longuement attendu, mais à présent qu'elle l'avait, qu'en ferait-elle ? Elle n'avait pas cru que ce serait ainsi. Elle avait pensé que cela serait excitant. Elle s'était vue dégringoler jusqu'au magasin, attraper quelques valises, téléphoner à une agence de voyages et demander quand partait le prochain paquebot pour la Norvège ou comment prendre un avion pour New York. Elle avait si souvent retourné ces idées dans son esprit !

Elle regarda autour d'elle... Elle ne faisait rien de ce qu'elle aurait cru. Elle était simplement assise là, près du feu, avec le sentiment d'être une vieille femme abandonnée... Qu'allait être son avenir ? Long ou court, il lui faudrait le meubler. Même ce soir, qu'allait-elle faire ? Regarder la télévision ? Lire un roman ? Tricoter ? Elle avait en train un pull pour Ben. Prendre le journal et regarder la cote ? Cela faisait plusieurs jours qu'elle n'avait pas surveillé le cours des valeurs. Eh bien ! Tout ce qu'elle désirait, c'était rester assise là et pleurer...

Ah, non ! Elle n'allait pas se laisser aller !

Elle allait se mettre à son déménagement puisque, de bon ou de mauvais gré, il lui faudrait quitter cette maison d'ici un mois. Il y avait dans le magasin quantité de choses dont elle devait se débarrasser... Où qu'elle aille, elle se recréerait un cadre nouveau... Elle ne voulait pas emmener des piles de souvenirs, même attachés à des meubles. Des souvenirs, elle en avait assez en tête pour la remplir jusqu'à la fin de ses jours... Elle allait faire un sérieux tri, elle ferait cela à fond. Oui, à fond !

Elle travailla pendant une semaine. Elle brûla des papiers d'affaires, se débarrassa des caisses, des cartons, des rayonnages qui étaient dans la boutique. Cela fit la joie des gosses et de pas mal de voisins qui purent choisir ce qui leur plaisait parmi les meubles dont elle voulait se défaire. Et c'est ainsi qu'elle passa, pitoyablement, ses premiers jours de liberté. On était le vendredi et elle se réjouissait du lendemain, jour où devaient revenir Pat et Ben.

Vers cinq heures, elle décida d'anticiper ce jour de fête. Elle se baigna, s'habilla et se fit une tasse de thé. Elle venait de s'asseoir au salon quand on frappa à la porte de derrière tandis qu'une voix d'enfant criait :

— Mrs Tollett ! Mrs Tollett ! Etes-vous là, Mrs Tollett ?

Elle descendit l'escalier et ouvrit la porte. La cour était sombre, mais du seuil, éclairé par la lumière qui venait de l'escalier, elle vit Freddie, le petit-fils de Mrs McArthur.

— Que se passe-t-il, Freddie ?

— Y a un gentleman qui vous cherche, Mrs Tollett. Il a demandé si vous habitiez toujours par ici, parce qu'il a vu le magasin fermé avec des planches. Et j'lui ai dit qu'oui et j'vous l'ai amené.

Mary scruta l'obscurité par-dessus la tête du garçonnet, puis, levant la main, elle tourna l'interrupteur et donna de la lumière dans la cour. Elle vit l'homme planté au milieu. Il portait un épais manteau avec un col de fourrure et un chapeau de feutre qu'il enlevait à présent. Il avança vers elle et dit d'une voix épaisse avec une sorte d'accent américain :

— Mary Walton ? Je veux dire, Mrs Tollett ?

— Mais oui.

Elle le regarda un instant, porta les deux mains à sa bouche et murmura :

— Hug... Hughie Amesden !

Elle continua de le dévisager, puis s'écria d'une voix trop haute :

— Entrez, entrez donc ! Pourquoi restez-vous dans le froid ? Oh, merci, merci Freddie. Je te verrai demain.

— Si, Mrs Tollett, au revoir Mrs Tollett.

Elle fit un pas de côté, désignant du bras l'escalier.

— Montez, je vous prie, montez !

Elle referma la porte puis gravit rapidement les marches. Dans le vestibule ils s'arrêtèrent de nouveau et ils se regardèrent.

Hughie Amesden ! Elle l'aurait à peine reconnu dans la rue. Il paraissait deux fois plus grand que quand ils s'étaient rencontrés pour la dernière fois. Mais c'était surtout son visage qui avait changé. Son teint était hâlé, presque cuivré. Elle se souvenait qu'il avait une peau très pâle, un visage magnifique. Il n'était pas moins beau, certes, mais différent, l'air plus dur. Il avait des pattes d'oie très marquées et deux rides profondes allant des ailes du nez au coin des lèvres. Mais c'était bien Hughie Amesden.

Il la détaillait.

— Vous n'avez pas changé du tout.

— Oh, voyons, en tant d'années ! Cela en fait combien ? Vingt-cinq ? vingt-huit ?

Elle le conduisit au salon.

— Je venais de me faire une tasse de thé. Attendez un instant que j'aille vous en chercher une.

Elle partit à pas précipités. Quand elle revint, il était toujours debout.

— Débarrassez-vous de votre manteau et asseyez-vous.

— Merci.

Elle lui prit le pardessus des mains et, en le posant sur le dossier d'une chaise, observa qu'il était de belle qualité.

Elle saisit la théière et dit, en versant le thé :

— C'est curieux, vous êtes bien la dernière personne au monde que je m'attendais à voir.

— Il s'est écoulé beaucoup de temps.

— Etes-vous en vacances ?

— En quelque sorte.

— Etes-vous depuis longtemps en Angleterre ?

— Non, je suis arrivé hier. Pour vous dire vrai, je débarque du train de Londres.

— De Londres ? Mais vous devez être affamé !

— Non, j'ai eu deux bons repas dans le train.

Il ne la quittait pas des yeux en parlant.

— Eh bien ! Buvez cette tasse de thé.

Il en avala une gorgée puis énonça :

— Le thé... C'est bien l'Angleterre. La plupart du temps je bois du café à présent.

— Oh ! Si vous préférez du café, je vais vous en faire.

— Non, non, je suis ravi de cette tasse de thé.

Elle s'assit dans le fauteuil, face à lui, installé sur le divan. Elle se mordit les lèvres puis déclara :

— Je ne peux pas y croire.

— Moi non plus.

— Et, vous savez, c'est curieux que vous arriviez maintenant car je suis en train de plier bagage. Une semaine de plus et vous ne m'auriez pas trouvée.

— Vous partez d'ici ? interrogea-t-il en levant légèrement les sourcils.

— Oui, tout le coin est voué à la démolition.

— J'ai bien remarqué que le paysage avait changé, malgré la neige et l'obscurité, en venant en taxi de la gare.

— Oui, ce n'est plus le bon vieux Jarrow. C'est préférable sur bien des points, j'imagine. Cela vaut mieux pour beaucoup de gens, bien qu'il s'en trouve toujours pour ronchonner et regretter le passé... On a peine à y croire.

— Et vous vous en allez ?

— Oui, au début de l'an prochain.

— Alors, j'arrive juste à temps. J'ai la chance de vous rencontrer... Vous savez, je n'osais pas y croire.

— Non ?

— Non. Je me disais que vous aviez dû quitter le pays... Que... Que vous étiez peut-être remariée.

— Eh, non ! Je ne me suis jamais remariée... Je n'en ai pas eu le temps, vous comprenez. Il y avait mon père et la cousine de mon mari, dont la maison avait été bombardée et qui est venue vivre ici. Et puis ma fille, Annie... et mon frère et son fils — après la mort de sa femme — elle parlait toujours de Lally comme de la femme de Jimmy. Il me fallait toujours m'occuper d'une chose ou d'une autre, j'étais surchargée... jusqu'à la semaine dernière. Mon père est mort il y a tout juste quinze jours.

— J'en suis bien triste pour vous. Mais il devait avoir atteint un âge respectable.

— Soixante-seize ans. Et il y avait Ben, mon neveu, le fils unique de mon frère. Je l'ai élevé et il a épousé ma petite-fille la semaine passée.

— Votre neveu a épousé... votre petite-fille ?...

— Oui, c'est assez compliqué, mais c'est comme ça... Le fils de mon frère a épousé la fille de ma fille... si vous préférez.

Il ferma les yeux un instant, puis sourit :

— Compris.

— Et j'étais — je suis — libre de disposer enfin de moi après tant d'années. — Elle se tut un instant et regarda Hughie. — Votre femme ? Elle est en Angleterre elle aussi ?

— Non, elle est morte il y a un mois, Mary.

— Oh ! Je suis désolée !

— Je devrais dire que je le suis aussi, mais je ne le peux pas, car je suis content pour elle qu'elle s'en soit allée. Depuis six mois, elle était dans un asile, elle ne me reconnaissait plus, ni moi ni personne... Elle ne s'est jamais remise de la mort de notre fille. Elle croyait que l'Amérique atténuerait ses souvenirs, mais ça n'a pas été le cas.

— Je suis sincèrement désolée.

Il hocha lentement la tête et Mary demanda :

— L'Amérique, ça vous plaît ?

— Oh, oui beaucoup ! vraiment beaucoup. Je dois reconnaître que jamais je n'aurais aussi bien réussi dans les affaires en Angleterre. Le beau-frère de Rene était dans l'automobile et il m'a pris avec lui et nous n'avons cessé de nous agrandir. Notre entreprise est devenue importante.

— Quelle coïncidence ! Mon Ben, je veux dire mon neveu, Ben, est lui aussi dans l'automobile. Il est propriétaire d'un garage.

— Ah ! C'est amusant, en effet.

Ils se dévisagèrent un instant en souriant, puis Hughie secoua la tête et déclara :

— Je ne peux pas m'y faire, Mary. Je ne peux pas m'y faire...

— A quoi donc ?

— A constater que vous n'avez pas changé. Vous êtes telle que je vous ai toujours vue à travers les ans. Et ceci — il tapota des deux mains le divan — je me suis toujours imaginé assis comme cela en train de vous parler.

Elle s'immobilisa, ravala sa salive, les yeux fixés sur lui. Pas une ligne en vingt ans, pas un mot depuis cette lettre où il lui annonçait son départ pour l'Amérique. S'il pensait à elle, pourquoi ne lui avait-il jamais écrit ? Elle dit, une note de coquetterie dans la voix :

— Voyons, voyons ! Si vous vous figuriez cela, pourquoi

ne m'avez-vous même pas envoyé une carte de Noël, pour me faire savoir que vous étiez vivant ?

Il se tut un instant, puis répondit :

— Ce n'est pas que l'envie m'en manquait, Mary. Mais j'avais peur. Dès l'instant où j'ai quitté ce pays, j'ai eu peur.

Elle s'immobilisa de nouveau. Puis, clignant des paupières, elle s'agita dans son fauteuil, saisit l'assiette et demanda :

— Voulez-vous encore un scone ?

— Non, Mary, je ne veux plus de scone... Je veux vous parler... Vous dire quelque chose. Et je suis venu de loin pour vous le dire. J'ai joué ma dernière chance, mais il fallait que je le fasse... Je n'avais pas l'intention de vous le dire tout de go... Et voilà que je ne suis pas chez vous depuis dix minutes — il regarda autour de lui — vous savez que c'est la première fois que je suis dans cette pièce ?... Mais les nuits que j'ai passées devant cette maison, à regarder cette fenêtre... Après que vous ayez épousé Ben Tollett...

— Vous faisiez cela ?

— Oui. Vous deviez bien vous en douter ? ajouta-t-il en s'efforçant de sourire.

— Oh, non ! répondit-elle en secouant vigoureusement la tête. Oh, non ! ça ne m'est jamais venu à l'esprit. Vous comprenez, vous ne m'avez jamais rien dit, pas adressé la parole pendant des années. Vous n'ouvriez la bouche que pour me dire « Hello »...

Il se mit à rire.

— Je n'étais pas communicatif et j'étais affreusement timide. Je laissais Paul — vous vous rappelez Paul Connelly ? — se charger de la conversation. Pourtant, n'avez-vous pas reçu une carte d'un « admirateur silencieux » ?

Elle joignit les mains et les serra sur sa poitrine.

— C'est donc vous qui l'aviez envoyée ?

— Oui, c'est moi. Je l'avais payée trois pence et je n'ai pas effacé le prix, parce que trois pence pour une carte, à cette époque et pour moi, c'était beaucoup d'argent !

Elle inclina la tête et se mordit les lèvres tandis qu'il ajoutait doucement :

— Et puis, quand vous avez épousé Ben Tollett, j'ai eu une sorte d'étourdissement.

— Mais Hughie — elle l'appelait pour la première fois par son prénom — vous auriez pu me parler !

— Oui, j'aurais pu, mais je pense qu'il y avait une raison qui m'en empêchait : la peur... Vous savez, mon père vivait avec une femme au bout de la rue et j'en subissais le choc. Ma mère m'en parlait pendant des heures et elle finissait inévitablement par me mettre en garde contre les filles. « Si jamais je te pince avec l'une d'elles... », me disait-elle. Enfin, vous connaissez la musique...

Il rit de nouveau.

— Tous les gars du coin flirtaient dans les petites rues, dans les jardins, moi, il n'y en avait qu'une à laquelle je désirais faire la cour, vous, Mary.

Il se leva.

— C'est pourquoi je suis revenu. Il fallait que je vienne, même si je devais vous trouver remariée... ou morte. — Il lui prit les mains et la fit se lever. — Je me disais qu'il ne pouvait y avoir qu'une chance sur mille, mais je devais la courir. Elle sera mariée, pensais-je. Elle sera sûrement remariée, belle comme elle l'est. Je n'avais aucune possibilité de le savoir, car nous n'avons plus aucun lien avec Jarrow à présent. Pourquoi ne vous êtes-vous pas remariée, Mary ?

Elle tremblait de la tête aux pieds et, détournant le regard, elle affirma :

— J'avais trop de responsabilités, je vous l'ai dit. — Puis, posant de nouveau les yeux sur lui, elle ajouta : — J'ai failli le faire pourtant, deux fois, trois... mais il est toujours intervenu quelque chose.

Elle ne pouvait plus supporter ses yeux et elle baissa la tête tandis qu'il disait :

— Vous avez été mon seul amour, Mary. Cela paraît invraisemblable je le sais, et très vieux-jeu, mais c'est pourtant vrai... Et à présent il semble qu'un miracle se soit produit puisque je vous trouve là où je vous avais laissée, mais prête à vous envoler... Puis-je... Puis-je vous demander de vous envoler dans ma direction, Mary ?

Elle leva la tête et le regarda droit dans les yeux. C'étaient ces mêmes yeux dont elle avait rêvé il y avait des années. Ces yeux vers lesquels, fascinée, elle s'était avancée un jour et qui avaient disparu dans une lumière blanche. Elle savait à présent que cette lumière blanche, c'était l'amour, les premiers signes d'un amour aussi pur que les pétales du lis du vallon, de l'amour avant qu'il ne soit touché par aucune main ou terni par la vie. Un amour aussi pur que l'âme elle-même. Cette marche dans la lumière, ç'avait été une expérience spirituelle. Elle se rendait compte qu'elle avait eu de la chance d'avoir connu un amour comme celui-là avant que Ben l'eût touchée.

Elle avait aimé Ben, mais d'un amour autre, d'un amour terrestre, d'un amour fait de sacrifice depuis le jour où elle l'avait ramené de l'hôpital, accepté la mort du romanesque et assumé la vie telle qu'elle était, reconnaissante d'être aimée par un homme tel que son mari. Mais à présent il lui semblait que la lumière blanche qu'elle avait traversée il y avait quarante ans était le point de départ d'un arc-en-ciel qui s'était courbé par-dessus les années et dont elle atteignait l'autre extrémité. Elle ne voyait plus Hughie à travers une lumière blanche, il était un homme qui avait l'air d'avoir les pieds sur terre, mais au fond, il restait Hughie Amesden, l'ancien admirateur silencieux qui lui disait maintenant :

— Je ne vais pas vous parler d'amour. Il est encore trop tôt. En fait, je peux compter les minutes que nous avons passées ensemble. Mais je connais mes sentiments, ceux que j'ai toujours éprouvés pour vous, Mary et, si vous voulez de moi, je ferai tout ce qui est en mon pouvoir pour vous rendre heureuse. Qu'en pensez-vous, Mary ?

Le cœur de Mary battait la chamade. Elle clignait des yeux, haletait, elle était sur le point de dire : « Oh, Hughie ! »... Mais à cet instant elle entendit une clé qu'on tournait dans la porte de l'escalier.

Une minute plus tard, des pas résonnaient sur les marches puis traversèrent rapidement le palier et la porte s'ouvrit brusquement. Ben et Pat, couverts de neige et radieux, s'arrêtèrent pile.

Mary s'était écartée d'Hughie. Les deux jeunes gens la regardaient bouche bée. La surprise passée, elle s'avança vers eux et s'exclama en leur prenant les mains :

— Oh, mes chéris ! Je... Je suis contente que vous soyez-là. Comme vous avez l'air heureux !

— Nous... Nous pensions que tu étais seule, dirent-ils d'une même voix.

Puis ils regardèrent la haute silhouette qui se tenait devant le feu.

— Non, je ne suis pas seule, voici Hughie. Nous nous connaissons depuis de longues années, depuis notre jeunesse... Il est revenu d'Amérique et... Et je ne sais comment vous l'apprendre... Je ne sais vraiment pas... Mais je vais partir moi aussi pour l'Amérique, avec lui. Nous... Nous allons nous marier... Et...

Elle ne termina pas. Hughie l'avait saisie dans ses bras et les jeunes gens le regardèrent, stupéfaits, l'embrasser longuement, passionnément.

Quand il la relâcha, Ben dit :

— Eh bien ! Nous connaissons la marche à suivre, Mamy. Il ne faut que sept jours pour obtenir une licence spéciale.

— Oh, mes chéris ! Mes chéris !

Ils riaient tous à présent, d'une façon presque hystérique. Puis, brusquement ils s'étreignirent les uns les autres, tandis que Mary disait :

— Je savais, je savais qu'il allait se passer quelque chose. C'est pourquoi je ne me pressais pas de trouver un endroit où me loger. Je te l'ai dit, n'est-ce pas, je t'ai dit que j'attendais — Oh, Hughie !...

Elle posa sa tête sur l'épaule vêtue de tweed, tandis que Ben déclarait :

— Je voudrais que mon grand-pa soit ici. Savez-vous ce qu'il dirait ?

Et il les entraîna dans une ronde, comme s'ils étaient des enfants, tout en chantant :

« J'aime une petite...
Une jolie, jolie petite.
Elle est aussi pure que le lis du vallon,
Elle est aussi douce que la bruyère,
La jolie bruyère rose,
Mary, ma campanule d'Ecosse. »

FIN

Achevé d'imprimer
le 5.5.83
par Printer Industria
Gráfica S.A.
Provenza, 388 Barcelona-25
Sant Vicenç dels Horts 1983
Depósito Legal B. 17347-1983
Pour le compte de
France Loisirs
123, Boulevard de Grenelle
Paris

Numéro d'éditeur : 7911
Dépôt légal : mai 1983
Imprimé en Espagne